El dios
de Darwin

Sabina
Berman

El dios
de Darwin

Sabina
Berman

Ediciones Destino
Colección Áncora y Delfín

Obra editada en colaboración con Ediciones Destino – España

Como ficción que es, los personajes y situaciones que aparecen en esta novela no reproducen la realidad

© de las imágenes del interior, Sabina Berman, Andrea Robles, Carles Salom, AP, Cortesía de Alfred Wallace Foundation, Universal History Archive/UIG / The Bridgeman Art Library, y Shutterstock

© 2014, Sabina Berman
© 2014, Ediciones Destino, S.A. – Barcelona, España

Derechos reservados

© 2014, Editorial Planeta Mexicana, S.A. de C.V.
Bajo el sello editorial DESTINO M.R.
Avenida Presidente Masarik núm. 111, 2o. piso
Colonia Chapultepec Morales
C.P. 11570, México, D.F.
www.editorialplaneta.com.mx

Primera edición impresa en España: enero de 2014
ISBN: 978-84-233-4757-5

Primera edición impresa en México: marzo de 2014
ISBN: 978-607-07-2006-2

Impreso en los talleres de Litográfica Ingramex, S.A. de C.V.
Centeno núm. 162, colonia Granjas Esmeralda, México, D.F.
Impreso en México - *Printed in Mexico*

I
El secreto

I

Fuera de las palabras hay un lugar interminable. Se llama Realidad.

Ahí empieza nuestra 1.ª historia.

En altamar, con el sol blanco en su cenit, en una expansión de cielo y agua, sin otra interrupción que la mínima de un pequeño barco solitario.

O los repentinos y sucesivos saltos de una tribu de delfines.

O el pausado paso de una bandada de fragatas que vuela en formación en V.

Ahí empieza nuestra 1.ª historia, aunque de cierto algunos metros bajo el ras del mar: en el agua azul oscura, donde unas motas luminosas se organizan en un círculo.

Y vibran.

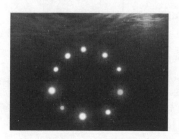

2

—¡Oh!

Ésa es la 1.ª palabra que suena ante las motas luminosas.

¿Cómo sé que es la 1.ª palabra?

Porque ningún mamífero hablador ha visto esas motas luminosas antes que Yo.

Y eso lo sé porque hace 5 años no existía el traje de buzo que uso Yo, enteramente de látex y recubierto de una lámina de asbesto. El cristal templado del visor a través del cual las miro. Los 2 cilindros hiperligeros que llevo a la espalda, uno de oxígeno, el otro un motor propulsor.

El equipo que me permite haber llegado al hábitat de agua azul oscura de lo que por lo pronto nombro, en un murmullo que forma burbujas alrededor de mi visor:

—Luciérnagas submarinas.

Extiendo la mano enguantada en látex y las motas rodean mi muñeca.

Y de inmediato se fugan en desbandada hacia la izquierda, donde una tras otra van apagándose y desapareciendo.

Despacio, flotando en el agua oscura, pienso en Edward O. Willis y su Enciclopedia de la Vida.

Edward O. Willis pretende catalogar en su enciclopedia digital todos los seres vivos del planeta.

Por ahora el archivo, el más amplio de la Historia, contiene 1 millón 200 mil especies catalogadas. En realidad una porción pequeña de las especies que habitan en el planeta: algo así como el 20 % de las especies existentes, según el cálculo del mismo doctor Edward O. Willis.

Y Yo, que he contribuido ya a la Enciclopedia de la Vida con 3 especies nuevas, aleteo, horizontal, tras la 4.ª especie que lleve mi nombre.

3

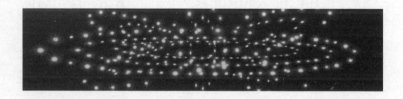

15 metros adelante se iluminan otra vez a mi alrededor: ahora es una nube de luciérnagas dispuestas en
círculos amplios. Posiblemente el movimiento abrup-
to del agua, que al acercarme a ellas he desplazado,
las ha reencendido.

Tomo entre los dedos anular e índice una mota
de luz y susurro:

—Perdón porque te saco de tu mundo.

Y la guardo en mi boca, entre la encía y la pared
bucal, donde mi saliva la mantendrá húmeda cuando Yo emerja al aire.

Entonces tomo el camino vertical para ascender
al agua más clara.

Prendo el cilindro del motor propulsor que car-
go a la espalda y puedo ascender despacio, sin ale-

tear y sin cansarme, y sin forzar a mis pulmones a expandirse demasiado aprisa.

Por fin paso por la cuadrícula de barrotes de la jaula de mis atunes.

Una cuadrícula armada no para mantener presos a mis atunes, sino para impedir que los depredadores los maten: por ella puede pasar un cardumen de macarelas o una tribu de sardinas filosas, una mantarraya o un buzo como Yo, pero no un animal más grande, digamos un tiburón asesino o una ballena.

Adoro a mis atunes en buena medida porque ellos me adoran a mí.

Plateados, se acercan a mí mientras sigo ascendiendo despacio. 10 se acercan.

20.

40.

Para darme la bienvenida a media jaula.

60, 120 atunes plateados se reúnen a mi alrededor mientras sigo ascendiendo, y ellos ascienden a mis costados.

El doctor E. O. Willis me regaló esta metáfora para describir el amor de mis atunes:

—Es el efecto estrella de rock —dijo.

—¿Perdón? —dije—. No entiendo.

Explicó:

—Es el afecto de los fanáticos por una estrella de rock.

Y cuando le contesté irritada que todavía no entendía, dijo:

—Ah sí, señorita Capacidades Especiales, contigo no hay que usar metáforas.

Es cierto: Yo vivo en el mundo de las cosas, y las palabras me resultan dificultosas porque interrumpen mi percepción de las cosas. Ya las metáforas, 2 grados alejadas de lo real, me son insoportables.

E. O. Willis tecleó unas palabras en una tableta digital y me mostró en la pantalla la fotografía de una multitud de *Homo sapiens* con los brazos alargados hacia otro simio también con los brazos abiertos y con cara de gloria.

—Una estrella de rock —dijo Willis—. Ahora sustituye a las personas que rodean al cantante por atunes.

Fruncí el ceño y me concentré. Y después de medio minuto exclamé:

—¡Lo veo!

La metáfora se había transparentado y era exacta.

Así la tribu de mis atunes me rodeó y los más cercanos metieron sus testas bajo mis sobacos para elevarme durante el último tramo de la jaula hacia la cuadrícula superior, donde mi cabeza rompió la superficie del mar y emergió al aire.

El mar estaba liso y plateado, en la distancia brillaba mi barco de acero, y en el cielo aún claro se distinguía la luna, una pelota blanca con abolladuras de sombra.

4

La 2.ª historia de este libro se inicia también fuera de las palabras.

En 2 sollozos.

Escribo esta historia en 3.ª persona porque Yo no la viví, me fue narrada.

Inicia con 2 sollozos que emiten 2 cuerpos humanos tumbados y empiernados en una cama de sábanas blancas, cuyas 2 bocas se encuentran impedidas de ejecutar la actividad predilecta de los humanos neurotípicos —hablar— porque están ocupadas en una intensa actividad bucal: intercambiar saliva y lenguas, y por momentos sollozar.

A un lado de la cama de los amantes, en la mesa de buró, en un cenicero, hay un cigarrito de mariguana humeando y un vaso con whisky con 3 hielos pequeños, que el calor ha licuado.

Y un pene entra en un ano.

Esta precisión —un pene entra en un ano— es importante en esta historia: de hecho habrá un momento en que se vuelva decisiva. Alguien incluso juzgará que ese aro de músculos se ha convertido en el centro mismo del Universo, y tendrá razón. En esta historia el ano penetrado por el pene se habrá convertido en el centro del Universo.

En el ventanal se ve una ciudad de rascacielos de cristal, dorados en esa tarde de cielo amarillo, y entre los rascacielos se distingue uno más alto, igual dorado por el sol esa tarde. La Torre lo llaman. 165 pisos de cristal y acero.

La torre más alta del planeta en el momento en que sucede esta historia.

5

Un par de horas más tarde los amantes caminan en el aire denso y caliente.

Ella es muy pálida, usa el pelo largo y negro. Él es moreno, de piel aceitunada, de cejas como dibujadas con tinta china y de ojos azules.

Tal vez eso es lo más notorio en él: los ojos azules, de un azul inusual en los iris humanos, un azul cobalto.

Ella viste una minifalda de mezclilla azul, una camiseta negra sin mangas, sandalias negras con anchas plataformas, sus piernas desnudas y largas son musculosas, y una bolsita terciada en el pecho rebota a cada paso contra su costado. Él viste igual con ropas occidentales, una camisa blanca de seda y pantalones negros de casimir.

2 especímenes humanos bien formados que caminan por la calle larga y desierta, flanqueada de edificios de cristal y acero, en cuyo fondo La Torre parece tocar con la punta el sol, una bola de fuego blanco.

Ella alarga la mano y toma la de él, pero él zafa

su mano, el rostro asustado, y la mete en la bolsa de su pantalón negro. Ella se ríe suave, alarga la mano otra vez y le coge el antebrazo. Entonces él con violencia la toma por los hombros y la coloca contra una pared.

Le habla cara a cara:

—Esto no se hace acá. No se tienen relaciones sexuales en la calle de esta zona de la ciudad. ¿Por qué juegas con fuego?

Ella se ríe:

—¿Relaciones sexuales es tomarte la mano?

—En esta ciudad, tocarse piel con piel por más de 1 minuto es tener relaciones sexuales —dice él.

Lo sabe porque su padre era musulmán. Un musulmán que emigró a Europa y ahí, al casarse con la madre de él, abandonó la Religión, pero que algunos días y por un momento recordaba alguna ley religiosa, como otros migrantes evocan la sopa que tomaban en su infancia, al otro lado del planeta.

—Otra cosa —dice él, apretando contra la pared a la mujer de pelo negro—. Hueles a alcohol, tampoco esto se hace acá, tomar alcohol. Vamos a tomar un café para que te pongas sobria.

Pero ella adelanta la nariz para meterla en el sobaco de la camisa de él y aspira el olor de su sudor, a almizcle, y él con la mano en la mejilla de ella vuelve a apartarla para decirle:

—Hay historias terribles en esta ciudad.

—Vivamos en peligro —se burla ella.

Son historias de personas que desaparecen. Personas que han pecado contra Dios y un día ya no existen más. Pecadores que han sido extirpados del mundo por ángeles vengadores.

—Pero ni tú ni yo creemos en el pecado ni en los ángeles ni en Dios —replica ella, tontamente.

Tontamente porque la traducción secular de esas historias de desaparecidos nada tiene que ver con creencias religiosas.

Se trata de personas que han sido secuestradas por la policía secreta de la ciudad. La llamada Policía Moral. La policía clandestina que atrapa a los adúlteros, a los bebedores de alcohol, a los homosexuales, a los que transgreden no la ley del código civil que rige oficialmente la ciudad, pero sí la ley milenaria del Libro Sagrado, y los retira de la sociedad humana.

—Yo sé, yo sé —susurra ella—. No me digas lo que yo misma te conté. Pero te conté también que son historias falsas. Leyendas urbanas. Historias del coco para asustar a los niños. Me lo aseguró el emir de la ciudad.

—Quién sabe —dice él, y echa a andar aprisa.

Ella lo sigue por la acera, el taca taca de sus tacones en el asfalto, la bolsita golpeando su cadera a cada paso.

—Oye guapo —lo alcanza con la voz, casi le canta.

Taca taca: los tacones marcan el ritmo.

—Oye guapo, dímelo a mí: ¿qué te haría feliz en la vida?

Taca taca.

—Te digo qué —responde él—. Quedarme acá.

—¿Acá? —se sorprende ella—. Con lo que me acabas de decir, ¿quedarte entre estos beduinos bárbaros?

Él lo pensó por 1.ª vez la noche anterior, en la zona para extranjeros de la ciudad, en la fiesta a la que asistieron en la playa.

Una mujer rubia se le acercó con una copa aflautada de champaña en la mano y le dijo:

—*Hello beautiful party boy*.

Él se sintió insultado y halagado a un tiempo por ser llamado *beautiful* y también *party boy*.

—Yo sé cuánto vales —le dijo la señora rubia en inglés, un inglés norteamericano, tal vez texano, una señora con el rostro perfecto e inexpresivo que procura una buena operación estética, y cuando él torció la boca, ella cerró un ojo de largas pestañas falsas.

—En la otra zona de la ciudad —precisa él sin dejar de andar—. De quedarme acá, sería en la zona de extranjeros, por supuesto.

Las pestañas de la mujer rubia podrían haber sido falsas, pero no las piedras de los anillos en sus dedos. 8 anillos, 6 de ellos con diamantes.

—¿Y qué harías en esta ciudad, en la zona del pecado? —preguntó a sus espaldas ella.

—Me haría rico.

—¿Cómo?

—Pondría una tienda de algo, no sé de qué.

—No sabes de qué —le hizo eco ella.

—Haría dinero fácil, acá la gente se enriquece en 2 años, e iría cada noche a una fiesta en la playa.

—Ah mira.

—Y compraría un Ferrari rojo —añade él, y entorna los ojos imaginando el maravilloso Ferrari rojo—. Desde niño he soñado con tener un Ferrari rojo.

Taca taca.

—¿Y yo entro en tu historia? —pregunta ella a sus espaldas.

Taca taca.

—¿Voy yo contigo en el Ferrari rojo a 200 kilómetros por hora o va a tu lado una mujer rubia con las manos llenas de anillos de diamantes?

Taca taca.

Él saca un pañuelo blanco de la bolsa izquierda de su pantalón y se lo pasa por la frente húmeda.

—Podría ser —escucha que tras él dice ella—. Podría pedir mi traslado a esta ciudad. Podríamos vivir acá juntos algún tiempo y hacer dinero fácil. ¿Por qué no?

Taca taca: los tacones de ella lo siguen y él de pronto se siente feliz y sonríe. Le encanta sentirse libre. Libre: tener una multitud de opciones. Le encanta sentir que la vida es amplia y puede cambiar de un momento a otro.

—¿Por qué no? —dice por respuesta.

¿Por qué demonios no?, repiensa. Así de fácil se construyen nuevas historias de vida.

Taca taca.

6

Subí por la escalera lateral del barco chorreando agua y levantándome el visor, las aletas verde limón al hombro. Me saqué la boquilla de la boca con cuidado para no escupir la luciérnaga.

Huang Wei, el único otro habitante de mi barco, un marinero chino a quien elegí porque no comparte conmigo ningún idioma, me esperaba para colocarse a mi espalda y zafarme el cilindro anaranjado de oxígeno y luego el cilindro azul del motor propulsor.

En la cocina industrial del barco, saqué del congelador una jarra de agua, extraje de mi boca con 2 dedos la luciérnaga y la observé.

Se había convertido en un grano opaco. Gelatinoso.

La muerte es horrible, pensé.

Metí el grano en el agua helada, agité la jarra y la luciérnaga se iluminó. En efecto, el movimiento las reencendía.

Mi estudio media entre la cabina de mandos en proa y la cocina del barco. Es una amplia estancia con ventanales al mar, que alguna vez fue el salón de estrategia de un barco de la marina norteamericana. Ahí encendí la computadora y, mientras la máquina pasaba por su protocolo, tomé una libreta de mi librero de libretas.

Un librero de techo a piso donde las guardo tras unas franjas de madera, que las detienen cuando el barco se bambolea en una tormenta.

Apunté en la libreta las circunstancias del hallazgo de la luciérnaga mientras en la computadora empezaban a descargarse los mensajes acumulados durante los meses en que no la había encendido, cada mensaje anunciado por un ding.

Con una cámara, tomé una fotografía a la luciérnaga que brillante flotaba en la jarra de agua.

Mientras conectaba con un cable la cámara a la computadora, para descargar en ella la foto, noté de reojo el nombre de un mensaje.

¡Urgente!

De hecho, el mensaje se repetía a lo largo de la pantalla, uno tras otro, 15 veces.

¡Urgente!

¡Urgente!

¡Urgente!

Bueno, será urgente para ellos, pensé. Para mí lo urgente era transferir la foto de la luciérnaga a la computadora, y lo hice, y luego la adjunté a un mensaje en blanco, donde le escribí a E. O. Willis:

Hola doctor E. O. Willis:
    ¡Una especie (sin clasificar, espero)! Tú dime.

Sugiero llamarla informalmente luciérnaga de mar, y para su nombre científico sugiero usar la palabra «Karenia».

Adiós,

Karen Nieto

Envié el correo y entonces abrí un mensaje ¡Urgente!

Era del director de la Facultad de Biología de la Universidad de Berkeley, y con sólo ver sus más de 5 párrafos, cada cual repleto de palabras, se me fue cerrando la garganta por la angustia.

Creo que es el momento de advertirlo. A mí las palabras me cierran la garganta del miedo. Esos trozos de sonido que forman en la retina imágenes que eclipsan la Realidad durante un microsegundo.

Un microsegundo en el que uno queda ciego a la Realidad, y a su merced.

Las oraciones que forman las sucesiones de palabras ya me causan espanto porque tapan la Realidad durante segundos completos.

Y los relatos, formados por un flujo de oraciones, suelen llevarme al borde del pánico.

Así que tomé mis medidas usuales contra los relatos.

La muñequera y la respiración:

Con una muñequera de material plástico, rodeé mi muñeca y el brazo de la silla giratoria, y cerré la unión de velcro de la muñequera, para quedar así segura de que mientras me perdía en las palabras escritas no me sucediera una catástrofe, como caerme del asiento, o no me diera cuenta del inicio de una tormenta o del anuncio del radar de la aproximación de una embarcación extraña, y tomé una honda inspiración antes de proceder a su lectura.

7

Querida Karen:

Debo llamar tu atención sobre una desgracia terrible, y te pido de antemano una total discreción. No menciones a nadie el contenido de este mensaje, pues podría ponernos a ambos en peligro.

Se refiere a nuestro amigo íntimo, el doctor Antonio Márquez, del que fuimos condiscípulos en Berkeley hace ya veinte años, con quien tú formaste un club de estudio de la obra de Darwin (el Club Darwin se llamaba, según recuerdo) y quien probablemente resultó la mente más brillante de nuestra generación de zoólogos.

Bueno pues Tonio desapareció en una ciudad del Medio Oriente el pasado mes de diciembre. Tal vez lo sepas, Tonio trabajaba para la Oficina de Derechos Humanos de la Diversidad, de la ONU, y fue enviado a esa ciudad (cuyo nombre no debo explicitar acá) para abogar por una mujer musulmana a la que se encontró en un acto de fornicio con su cuñado y fue condenada a la horca, según las leyes locales. Tonio tenía la misión de convencer al emir de la ciudad de aminorar su sentencia, de lograr que fuera flagelada en público, pero no asesinada.

Por ahora la Interpol tiene únicamente dos indicios de lo que pudo haber ocurrido. Un video fechado el 4 de abril a las 7 p. m. en el que Tonio aparece rodeado de hombres vestidos con túnicas blancas y pañuelos blancos en la cabeza. El video fue captado por una cámara de seguridad instalada en el estacionamiento subterráneo de un edificio, y en él aparece también la pareja de Tonio, al que no sé si te llegó a presentar. Un muchacho español que vivía con él desde hacía algunos años.

Posterior a esa imagen sólo hay otro trazo de él. Un mensaje de correo electrónico dirigido a ti.

Según la Interpol, dos horas después de su avistamiento en el estacionamiento subterráneo, durante su secuestro, tal vez Tonio, o tal vez alquien distinto, te envió desde su celular un mensaje. Se trata al parecer de una fórmula o de la ficha de catálogo de un documento, que ni los detectives ni yo hemos podido descifrar.

De hecho, ellos sospechan que se trata de una referencia a un texto de Darwin, porque en últimas fechas, antes de su viaje al Medio Oriente, Tonio acumuló en el estudio de su departamento en Londres copias de varios manuscritos de Darwin, y también saben, luego de revisar su computadora, que escribió varios documentos donde se repite la frase «el secreto de Darwin».

Bueno pues, querida amiga, los detectives han tratado de localizarte, pero vives en el océano Atlántico, en un lugar «indeterminado geográficamente» —uso sus palabras , y tienes la extraordinaria costumbre de navegar con los sistemas de comunicación apagados. Así que te escribo esto sabiendo que pasarán semanas, acaso meses, antes de que interrumpas tu majestuoso aislamiento en el centro del océano y lo leas.

Cuando por fin así sea, te ruego que revises los mensajes en tu correo y encuentres el que te envió Tonio.

Ojalá logres descifrarlo y compartas de inmediato su significado con nosotros, porque puede darnos una idea de dónde se encuentra Tonio y de cómo rescatarlo y no menos importante (lo añado como científico), puede conducirnos a un aumento en nuestro conocimiento del padre de la Biología moderna, Charles Darwin.

Doctor Max Eldrich
Director de la Facultad de Biología
Universidad de California en Berkeley

8

Me embroncaron las falsedades del pequeño relato de Eldrich y me recordaron el mayor peligro de los relatos, pequeños o extensos.

Los relatos no solamente la dejan a una ciega ante la vida durante periodos de tiempo, además durante esa ceguera pueden insertar en la mente experiencias irreales: mentiras.

Así que todavía con la muñequera atándome al brazo de la silla giratoria, me incliné sobre la pantalla de la computadora para expurgar lo irreal del pequeño relato del doctor Eldrich.

¿Yo era amiga íntima de quién? El mensaje aseguraba que de un tal Antonio, o Tonio, apellidado Márquez. Falso, siendo Yo una autista, jamás he sido amiga íntima de nadie.

Luego Eldrich agregaba que Tonio había resultado ser la mente más brillante de nuestra generación de zoólogos. Falso otra vez: Yo soy esa mente superior de nuestra generación, y no sólo en mi opinión, que puede estar prejuiciada a mi favor, es cierto, pero también en opinión de la revista *Science*.

Por último, Eldrich afirmaba que Tonio me había escrito un mensaje en medio de un secuestro. Dudé que alguien fuera tan estúpido como para escribirle un mensaje a una autista en una situación de peligro. Los autistas no formamos vínculos afectuosos con otros primates parlantes: un científico como Tonio hubiera conocido ese dato.

Me dispuse a borrar el mentiroso mensaje de Eldrich, cuando una vaga imagen me llegó de la memoria.

2 jóvenes, sentados en sendos sofás blancos, cada joven con un ejemplar del mismo libro en las rodillas, un volumen grueso, repleto de minuciosos dibujos de animales, y en la portada la fotografía de un primate con rasgos similares a los de un orangután, una barba blanca hasta el pecho y cejas muy pobladas: Charles Darwin.

El Club de Darwin: un club de 2 miembros, recordé. Ése sí me pareció un club al que Yo tal vez hubiera podido pertenecer.

Revisé la memoria como si se tratara de una fotografía.

Un muchacho llevaba el pelo negro hasta los hombros y atorado detrás de unas orejas grandes, como de koala, y el otro muchacho tenía la cabeza rapada, como Yo la llevé en mis años de estudiante y como la llevo todavía ahora, y mi tobillo estaba unido a la pata del sofá, una pata de acero de 10 centímetros, por una muñequera negra, mi Remedio contra los Relatos Largos.

No en vano usaba la muñequera: leíamos abismados uno de los Relatos Largos más largos del lenguaje. No por el número de sus palabras, sino por el territorio que narra: la historia de la vida.

El libro tenía en la portada su nombre:

On the Origin of the Species
by Charles Darwin
Special edition with every species drawn

Moví el ratón de la computadora para localizar 5 hojas atrás, es decir 3 meses atrás, el mensaje fechado el 4 de diciembre de 2012, cuyo remitente era Antonio Márquez, el otro miembro del Club Darwin de 2 miembros.

Su mensaje estaba titulado:

LO ÚLTIMO QUE HAGO EN LA VIDA

No contenía ni una sola palabra, únicamente letras y números y un acento circunflejo.

K^303-LR132

No era una fórmula, pero tal vez sí era una referencia a un catálogo. Lo copié en una de mis libretas de tapas negras y apagué la computadora.

9

2 pares de vaqueros blancos.

2 camisetas blancas de manga larga.

1 saco marinero de fieltro azul marino y doble abotonadura negra.

1 par de botas de suela de hule.

1 muñequera de seguridad contra Relatos Largos.

1 tarjeta de crédito Visa.

1 pasaporte mexicano.

Mi equipo para volver a Tierra.

Coloqué los objetos sobre la cama de mi camarote. El barco subía y bajaba en un mar desasosegado. La luna redonda con abolladuras de sombra en el cielo con puntos de luz.

Entré al baño, bebí agua del grifo y luego ante el espejo del lavabo observé mi cabeza. Los ojos verdes. La nariz recta. Los labios breves. El centímetro de cabello rubio.

Me enjaboné la cabeza.

Y con la navaja fui recorriendo la espuma para ir borrando de mi cráneo el centímetro de cabello rubio.

En la terraza tendida sobre el mar, las lámparas esféricas pendían de las ramas de flamboyanes, iluminadas contra el cielo naranja. Los hombres, con túnicas blancas y la cabeza cubierta por pañuelos de seda blanca, tomaban café, fumaban cigarrillos, hablaban.

Cuando la mujer de la minifalda azul y el cabello largo y negro entró seguida del tipo fornido de ojos azules, todas las miradas se movieron para coincidir en ella mientras se sentaba a una mesa.

Una mujer occidental. Una mujer con las largas y musculosas piernas desnudas. Las mujeres musulmanas de la ciudad no salen a un espacio público, y menos con piel a la vista.

Un mesero en filipina blanca se acercó para tomar la orden a la pareja.

—Dos cafés turcos —dijo el tipo en su árabe rudimentario—. Y dos vasos de agua.

Ella se rio echando con una mano hacia atrás su cabellera negra y luego tomó del pequeño florero de la mesa la única flor que contenía, un clavel rojo, para ponérsela entre la oreja y el pelo, a la altura de sus ojos verdes.

En un rincón de la terraza un grupo de hombres con pañuelos blancos en la cabeza no había reiniciado su plática. Uno de ellos, el que chupaba la boquilla de una pipa de agua y tenía la barba unos centímetros más crecida que los otros 3, por fin bajó la boquilla al mantel de la mesa, se alzó del asiento y caminó hacia la pareja.

Y al ritmo de sus pasos los otros parroquianos del café fueron interrumpiendo las pláticas para prestar atención a lo que habría de ocurrir entre los fuereños y el Juez, porque así se conocía en la ciudad al hombre, como el Juez.

—*Good evening* —dijo en inglés el Juez: buenas tardes.

Únicamente se oyó el chirrido de la chicharras en la playa vecina.

—*Good evening, good evening* —respondieron luego de un instante, uno tras otro, el par de extranjeros.

Pero cuando el Juez tomó asiento a la mesa, sólo se dirigió al macho, y en árabe.

—Las mujeres —empezó tranquilamente— no son bienvenidas en nuestros lugares de asueto. En el centro de la ciudad hay otros cafés para extranjeros.

El de los ojos azules asintió.

—Si quieres tu puta —dijo el árabe—, llévatela allá.

—No es una puta —protestó el extranjero, y tragó saliva.

34

—Arréglala entonces.

—¿Qué quiere decir: arréglala?

—Que no se vista como una puta, como alguien que va a fornicar en la calle.

—*Okey* —dijo el joven usando la palabra en inglés.

—¿Es tu esposa?

El de los ojos azules negó con la cabeza:

—Pero la ley de la ciudad no prohíbe que ella esté en un café.

—¿No es tu esposa? ¿Y fornica contigo?

—No fornica conmigo.

El Juez olisqueó el aire.

—Puedo oler tu semen —dijo.

—Somos amantes —admitió el otro.

—Entonces sí es una puta, ¿no es cierto?

No se le escapó al de los ojos azules la belleza del perfil del otro hombre: la nariz recta, la quijada cuadrada que la barba reproducía, los labios carnosos y rosas, y un algo inasible y peligroso, un aire de ser capaz de cometer cualquier acto.

—La ley civil —recomenzó el de los ojos azules, pero el otro lo cortó:

—Sobre la ley civil, te digo lo que vale la ley civil. —Se escupió en la palma de la mano—. Una ley que pueden cambiar los hombres vale eso, saliva, no es una ley del Dios eterno. ¿De dónde eres tú? Pareces árabe y hablas el idioma.

—Nací en España. Mi padre me enseñó un poco de árabe.

—¿Cómo te llamas?

—Franco.

—Eres de al-Ándalus entonces.

Franco enarcó las cejas.

Desde sus libros de Historia de secundaria no escuchaba nombrar España con el nombre que tuvo cuando formó parte del Imperio musulmán durante la Edad Media. Un imperio que iba del Medio Oriente a la península Ibérica, comprendía el norte de África y el sur de Europa, y había sido mayor que el Imperio romano.

—De al-Ándalus —asintió Franco—. De hecho de la capital de al-Ándalus, de Granada.

—¿Y tu madre también es árabe?

—No. Era cristiana. Católica.

—Mmm. —El árabe apretó los labios desaprobando—. Los mestizos son débiles. Tienen la sangre mezclada y la cabeza llena de ideas contradictorias. Vamos a reconquistarlo, ¿lo sabes?

—¿Al-Ándalus? —se asombró Franco.

—Vamos a reconquistar el Imperio otomano completo. Deberías pensar de qué lado estás en esta guerra.

—¿Guerra? —murmuró Franco.

—Disculpen la interrupción. —Entre ambos asomó el rostro de párpados verdes y labios carmín, y sonriendo ella preguntó en inglés—: ¿Puedo saber de qué va la plática?

El Juez la ignoró:

—Guerra —le dijo a Franco—: la Reconquista.

—Me parece una rudeza innecesaria que me excluyan de su conversación —insistió la mujer.

Entonces el Juez la miró con fijeza.

Ella entornó, coquetamente, un párpado verde de largas pestañas.

El Juez bajó la mirada para revisarle el cuello y los hombros, que asomaban desnudos de la camiseta, y de nuevo se fijó en su cuello.

No dijo más, se alzó y caminó despacio hacia su mesa, seguido por todos los ojos del café.

Lo siguiente ocurrió aprisa.

El Juez no había llegado a sentarse a su mesa cuando el de los ojos azules se puso en pie, y la mujer, a continuación. El mesero, con la charola que llevaba sus 2 cafés turcos, se cruzó con ellos y volvió el rostro para verlos salir del local.

—Tiene una manzana de Adán —dijo entonces el Juez a los hombres que lo acompañaban en la mesa—. La puta extranjera tiene una manzana de Adán.

—¿De qué hablas? —preguntó otro de los árabes.

—De que la puta extranjera tiene en la garganta una pequeña y discreta manzana de Adán.

—Viste mal —murmuró otro de los hombres.

—No vi mal —respondió el Juez.

Y se volvió a mirar al más joven:

—¿Cuál es el relato del Libro Sagrado sobre la manzana de Adán?

El joven contó entonces la milenaria historia de la manzana de Adán.

Dios les permitió a Adán y a Eva comer los frutos de todos los árboles del Paraíso, excepto los de un árbol. El árbol de la Inmortalidad.

Pero Satán, el genio hecho de fuego, el Murmurador, los incitó a desacatar a Dios.

Arrancó una manzana del árbol, la mordió y se la entregó a él, y Adán la mordió, pero al tragar el trozo de la fruta que le daría vida infinita, igual a la de Dios, sabiendo que pecaba se atragantó, y desde entonces los hombres tienen en la garganta un fragmento de eternidad, sólo un fragmento, que los angustia y no les permite la paz, y es la señal de su desacato al Grandísimo.

12

—Bla bla blá.

En las lomas de césped de lentos declives del campus de la Universidad de Berkeley, los estudiantes, dispersos en grupos de 3 o 2 o 5, se dedicaban a la actividad predilecta de los mamíferos habladores. Blablablear.

Vestidos en pantalones cortos y tenis, abrazando libros y cuadernos, blablableaban sin cesar, y en los árboles cercanos al edificio de la Facultad de Biología, una construcción de piedra que copiaba el estilo de los templos griegos antiguos, las golondrinas, en grupos de 2 o 3 o 5, piaban.

—Pi pi piiiii. Pi pi piiiii.

Cada especie su cantar.

Me pasa así. Llegada a tierra firme me resisto a dejar que mi oído se deslice dentro de la burbuja del lenguaje humano y lo escucho todo desde fuera como un blablablá general y sin significado.

Ic, ic, ic, las suelas de goma de mis botas de cuero color miel sobre el piso de madera del pasillo de la Facultad de Biología sonaron irritantemente agudas en mi oído, acostumbrado a los sonidos lentos y apagados del mar, y el toc toc toc de mis propios nudillos contra la puerta me sobresaltó.

Max Eldrich abrió la puerta.

Le miré las velludas rodillas y luego los zapatos. Unos tenis blancos bastante rotos y con los bordes de las costuras llenos de hilos blancos.

—¡Todavía bla bla bla! —oí que tronaba su voz en inglés.

Pasé dentro de la oficina.

—¡Bla bla bla, señorita Capacidades Diferentes!

Ése era mi apodo en nuestros tiempos universitarios: señorita Capacidades Diferentes, que Edward O. Willis dignificó en el artículo de *Science*, donde me citó por 1.ª vez, al convertirlo en señorita de Capacidades Especiales.

Mientras me sentaba en una silla Eldrich siguió blablableando, por fortuna con menos volumen de voz.

—Bla ble bli blo blu.

Ésta era la costumbre humana que Yo acataba: sentarme 5 minutos ante el mono parlanchín que me había invitado a su territorio y escucharlo sin desafiar su dominio.

En mi caso eso incluía asentir como si lo escuchara, porque no era mi intención entrar dentro de la burbuja del lenguaje, sino permanecer fuera de ella, oyéndolo como un blablablá general.

—Flautista de los atunes del océano Atlántico —distinguí que Eldrich decía.

No miro a los ojos a nadie. Corrijo: a casi a nadie. Necesito sentir una confianza completa en esa persona a la que sí miro. Y por supuesto no miro a los ojos a alguien al que no he visto en años y que además me insulta. Así que mirando una ventana abierta al jardín traté de responder:

—Autista.

—¿Bla? —preguntó él.

—Autista de —recomencé, concentrándome— los atunes.

Otro apodo con que me nombra la revista *Science* cuando publica o cita mis investigaciones con la especie de atunes, un sobrenombre que luego algunos han distorsionado a Flautista de los Atunes, que carece de sentido porque Yo ni siquiera toco la flauta.

—¿Blo bla bli? —preguntó Eldrich.

Alcé los hombros.

—¿Bla bli blo?

Asentí.

—Ja ja ja —se rio Eldrich.

—Ja ja ja —me reí con él de quién sabe qué y miré el piso de madera vieja.

—¿Blo ble blo hablaban español? —inquirió entonces Eldrich.

Adiviné lo que me preguntaba: si Yo y Tonio hablábamos en español cuando habíamos sido compañeros universitarios.

—Sí —dije—. Sí.

Tonio era español y yo mexicana, y en efecto, poder hablar en nuestra 1.ª lengua, el español, nos unió.

—¿El blensaje era blen español?

Miré mi reloj de pulsera: habían pasado 5 minutos.

—Cientos y cientos de bla ble juntos, ¿por qué te elige a ti para enviarte el último mensaje de su vida?

Lo dijo Eldrich y Yo lo pensé con cuidado: sí, ¿por qué me envió a mí el último mensaje de su vida?

—Bla ble blo —profirió exaltado Eldrich.

Y Yo me puse en pie y alcé también la voz:

—¡Se acabó!

Pero él contraatacó, alzándose también en pie:

—¡Bla ble bli blo blu!

He dicho que en la oficina había una ventana grande que daba al jardín y que estaba abierta. Bueno, caminé a un lado de Eldrich, que me retaba con ambas manos en la cintura, subí al marco de la ventana y de ahí salté al jardín, apenas a medio metro de distancia.

Minutos más tarde sentí que alguien me seguía y me volví para caminar de espaldas por el césped del campus. Eldrich venía detrás de mí, la correa de su portafolios al hombro.

13

La casa de Tonio se encontraba en las cercanías del campus universitario. En una calle con un suave declive hacia arriba, recorrida por cerezos en las aceras. En un medio poste, a un lado de la entrada al jardín, 3 números de fierro negro la distinguían.

303

Una casa por lo demás semejante a las otras del vecindario, de 2 pisos y con techo a 2 aguas de tejas de barro deslavado. Lo que no era típico era que la vegetación en el jardín creciese salvaje.

El pasto subía hasta nuestras rodillas, las enredaderas cubrían las paredes exteriores de la casa por completo, y algunas de sus ramas se colaban por entre los quicios y los marcos de madera de las ventanas, resguardadas desde dentro con persianas color crema, entornadas.

Me reí.

Me alegró cómo en la casa de mi presunto amigo biólogo la flora conquistaba el cemento.

Por ahora me había sintonizado ya al lenguaje y

entendía lo que me informaba Eldrich en su incesante parloteo.

La casa llevaba 2 años sin que nadie la visitara o atendiera el jardín. Tonio disfrutaba su 2.º año sabático cuando le había ocurrido la desgracia de desaparecer en el Medio Oriente.

Los profesores con plaza pueden ausentarse cada 6 años de su universidad por 1 año, explicó luego, pero el doctor Antonio Márquez tenía una licencia indefinida para estar ausente con goce de salario, por una razón:

—Ya sabes —me dijo Eldrich—. Su peculiaridad.

No, no sabía cuál era su peculiaridad y enarqué las cejas y puse cara de sorpresa para indicarlo.

—No puedo decírtela, si no la conoces —se disculpó el director de la Facultad de Biología—. Sería indiscreto de mi parte descubrir su peculiaridad.

En todo caso, explicó, durante sus años sabáticos, los profesores suelen rentar sus casas, pero Tonio no quiso almacenar sus objetos de uso personal y sobre todo no quiso desbaratar su biblioteca, así que ni la rentó ni quiso contratar a alguien que la atendiera. Simplemente cerró con llave las puertas de la casa y se fue.

Era probable, existía el rumor, que alguna vez volvió a colocar en su librero nuevos libros, pero de eso no estaba seguro Eldrich.

Me moví por la hierba a trancos, Eldrich detrás de mí. La puerta principal estaba previsiblemente cerrada.

Rodeamos la casa y rumbo a la puerta trasera pasamos por un garaje. La cortina metálica estaba separada del piso 10 centímetros, así que me acuclillé y levantándome de un tirón la alcé.

Me reí otra vez.

Dentro de la sombra del garaje también crecía alto el pasto.

El pasto es una especie conquistadora. Cada día alarga sus raíces, como si fueran patitas de pollo, un milímetro más allá, y si nadie lo detiene, las patitas conquistadoras enraízan. La hierba del jardín de Tonio había tenido tiempo para extender su dominio a todo el suelo del exterior de la casa.

Un hacha sobresalía de la hierba, la cabeza filosa contra la pared: permanecí un momento observándola.

Bueno, caminamos luego hasta la puerta trasera de la casa, pero estaba igual cerrada.

Empezamos a rodear la casa buscando alguna ventana que cediera a la presión y se abriera o cuya persiana no nos ocultara del todo el interior.

En vano.

No habíamos hablado en todo ese tiempo y, como bien se sabe, para un primate parlanchín no hay mayor estímulo para hablar que el silencio. Eldrich entró de lleno a narrar la historia de la peculiaridad de Tonio, esa que hacía 2 minutos no podía contarme.

—Nuestro tímido y flaquísimo profesor de orejas grandes había empezado a ir al gimnasio 2 horas diarias —empezó.

Eso en los tiempos en que ya había terminado la

maestría y Eldrich lo había llamado para enseñar en la universidad.

—El cuerpo le cambió —dijo Eldrich—. El cuerpo se le robusteció y se le proporcionó por fin al tamaño de las orejotas. ¿Te acuerdas de las orejotas? Y con el cuerpo otras cosas le cambiaron.

Tonio enderezó la postura de su robusto cuerpo, se dejó crecer una sombra de barba, muy atractiva, y le afloró una sonrisa radiante. Las alumnas suspiraban por él, los otros profesores le pedían consejos, hasta los perros callejeros lo seguían por la calle, y el comité de maestros votó unánimemente por concederle la plaza vitalicia de maestro.

Y entonces, ya con la plaza vitalicia e irrevocable a su nombre, fue cuando Tonio se descaró.

—Tú sabes —explicó Eldrich—: decidió que su peculiaridad saliera a la superficie.

Yo dije:

—No, no sé. ¿Cuál era su peculiaridad?

—Tú la conocías desde que erais estudiantes. Llevaba una vida practicándola dentro de su casa.

Negué con la cabeza.

—Fiel hasta el final —dijo Eldrich, y vi en el reflejo de una ventana que me sonreía—. Usar faldas —añadió—. Ésa era la misteriosa peculiaridad que de pronto Tonio decidió hacer pública. Llegó a dar clase con falda escocesa, a pesar de que había nacido en España, no en Escocia.

Yo seguí intentando abrir las siguientes ventanas y Eldrich continuó detrás de mí su relato.

—Luego apareció además con camisas de encaje. Negras primero. Luego rojas. Luego amarillas. A través del encaje se le veía el pecho plano y velloso. Pensábamos: debe de ser una moda de su minoría, faldas escocesas, camisas de encaje y botas de minero.

—¿Su minoría? —pregunté.

—Perdón por llamarle minoría a una preferencia sexual.

Tonio era homosexual y pasaba sus fines de semana en San Francisco, con una amiga también homosexual, la doctora E. Garden, profesora de Stanford, y como Yo debía de saber, según Eldrich, en San Francisco los homosexuales inventan modas.

El nombre E. Garden me sonó remotamente conocido.

—Lo que cambió todo de golpe fueron las sandalias españolas con medio tacón —declaró Eldrich—. Garapatas. No, un nombre parecido. Alpargatas, creo. Así que de pronto teníamos a un puto profesor dando clases con faldita escocesa, camisa de encajes y sandalias de medio tacón con listones que se enredaban hasta las rodillas. ¿Fumas?

Me ofreció una cajetilla, dije que no. Empujé la última ventana que me quedaba por revisar, y no cedió.

Eldrich prendió un cigarro y fue a la banca de piedra que asomaba en la maleza. Dejó en la hierba su portafolios, y estaba por sentarse cuando Yo le llamé la atención:

—Las enredaderas.

—Ah sí —dijo Eldrich, y apartó las enredaderas

que cubrían la loza de la banca antes de sentarse—. Estoy con un miembro del ecologista Club Darwin.

El caso es que nadie hizo nada respecto al profesor travesti.

—Mierda, no estamos en el medievo —dijo Eldrich echando humo por la boca—. Somos una universidad de Occidente, la más liberal de Occidente, además.

Hasta que el padre de un alumno de Kansas se presentó en la oficina de Eldrich para pedir el despido del puto por conducta inmoral.

Me reí.

En el techo de la casa una enredadera se enredaba por la antena de televisión, pero en su punta le ganaba la carrera a la antena: echaba al cielo una flor morada.

Una trompetilla morada.

La señalé y volví a reírme.

—Lo sé, lo sé —dijo Eldrich como si entendiera—, es de risa loca. ¡Inmoral! En el siglo 21, ¿quién puede afirmar que una puta falda escocesa es inmoral? El señor de Kansas en cambio lo tenía claro —siguió diciendo mientras cruzaba una rodilla sobre la otra y echaba humo al ejercer la conducta predilecta de la especie de primates parlanchines: blablablear.

El tipo había donado a la universidad un fondo de 10 millones de dólares y para imponer su moral cristiana estaba dispuesto a retirarlo.

—Mi fondo o su puto —le dijo a Eldrich con una claridad brutal.

Yo me moví por la hierba alta, de nuevo hacia el garaje, y Eldrich se alzó de la banca y hablando me siguió.

Eldrich le ofreció al empresario que el profesor de la faldita escocesa no le diera clases a su hijo. Pero su hijo era lo de menos para el empresario de Kansas. Ésa era una guerra cristiana contra los desviados, anunció. Ésa era una conflagración de los hijos de Dios contra el proyecto del Diablo.

Eso era, sobre todo, la lucha de los fieles a Dios contra la confusión moral de Occidente.

Entonces Eldrich le rogó a Tonio que lo ayudase.

—¿Podrías no usar tu puta faldita escocesa en las clases, como un favor a la Universidad de Berkeley?

Tonio sabía que su plaza era vitalicia y con esa certeza se negó a hacerle un favor a la Universidad de Berkeley.

—Esto es, en efecto, una guerra moral —le dijo Tonio a Eldrich.

Se había presentado en el despacho del director no con su faldita escocesa, sino con una falda de crepé negro marca Prada que se ajustaba a sus pantorrillas velludas. Se alisó la falda, juntó en el piso sus botas de minero y dijo en su voz suave y seductora:

—Ésta es la guerra entre los individuos que deseamos ser libres de expresar nuestros deseos y estos señores que leen la Biblia como la doctrina de una dictadura, y tú tampoco deberías emputecerte lamiéndoles el culo, ni siquiera por 10 millones de dólares.

Rojo de rabia Eldrich aplastó su cigarro contra la

banca, lo lanzó lejos y siguió blablableando mientras Yo entré en la sombra verde del garaje.

Tomé el hacha que asomaba entre el pasto y me dirigí a trancos por la hierba del jardín hasta la puerta trasera.

—Y entonces —dijo Eldrich reapareciendo a mis espaldas—, el presidente de la universidad le hizo una oferta irresistible a Tonio. Un sabático extendido indefinidamente.

Coloqué el hacha sobre mi hombro como si fuera un bate de béisbol, mientras Eldrich a mi lado seguía absorto en su relato.

—Así que a los 40 años nuestro querido Tonio cumplió su sueño más preciado. Se fue a Inglaterra a trabajar en la comisión para la defensa de los Derechos Humanos de la Diversidad de la ONU, con su salario de profesor intacto y su puta faldita escocesa.

Como si fuera un bate, descargué un hachazo contra la puerta, CRAS, y Eldrich, en lugar de terminar su idea, saltó a un lado.

Descargué otro hachazo, CRAS.

Fui destrozando la puerta a hachazos, CRAS, CRAS, y entre uno y otro creo haber oído a Eldrich murmurar:

—Putos locos. Por eso te eligió a ti. Son de la misma puta banda de locos.

CRAS, CRAS, CRAS.

14

—Un taxi un taxi —deseó en voz alta el hombre de los ojos cobalto, y apresuró el paso por la avenida vacía.

—Mi reino por un taxi —se mofó ella.

Franco se volvió 180 grados y siguió caminando de espaldas por la acera de la avenida de 8 carriles, desierta en el aire denso de calor, el cielo rojo del ocaso al fondo.

—Date cuenta —dijo él angustiado—, habló de reconquistar al-Ándalus. Joder, dijo que debía elegir de qué lado estaba yo en esta guerra.

—Delira —se rio la mujer del pelo largo y negro, llevándole el paso, aún el clavel en la oreja—. Escúchame Franco, él delira, no enloquezcas igual tú.

Franco se pasó el pañuelo blanco por el rostro sin dejar de caminar de espaldas y entonces se oyó el silbido.

Los hombres de las túnicas blancas venían desde la otra esquina hacia ellos y uno volvió a llevarse ambas manos a la boca para silbar.

—¡Ey ey ey! —gritó otro.

Y otro voceó en árabe:

—Queremos hablar con ustedes.

—¿Qué dicen? —preguntó ella.

Pero Franco sólo respondió en español:

—Corre. —Y él mismo echó a correr.

Pero al echar a correr ella, la ancha plataforma de una de sus sandalias cayó en falso sobre el asfalto: se le quebró el tobillo y se detuvo a descalzarse. Todavía le dio tiempo de pensar: «Los zapatos altos son cárceles portátiles». Simone de Beauvoir *dixit*. Alzó el par de sandalias por las trabillas y echó a correr descalza, pero una mano le agarró el cabello y tiró de él, para detenerla.

La peluca de cabellos negros quedó en la mano del hombre de la túnica y la cabeza de pelo canoso y corto quedó descubierta.

—Dios es grande —dijo el árabe.

Ella ¿o él? se pasó la lengua por los labios pintados de rojo, cerró un momento los párpados pintados de verde, abrió su bolsita y sacó de ella una tarjeta.

La sostuvo al frente.

En letras rojas la tarjeta de plástico tenía escrito «ONU», y a un lado aparecía su fotografía sin peluca ni maquillaje.

En muchos lugares del mundo, la tarjeta había serenado tensiones igual de intensas. La tarjeta había hecho sonreír a un aduanero, un instante antes malhumorado. La tarjeta había hecho bajar los cañones de las metralletas de soldados serios. Cierto, siempre la había mostrado vistiendo completamente de hombre, y rogó que funcionara igual ahora que la mostraba vestido de mujer y con su pelo corto de hombre al aire.

—Señores... —dijo él/ella en inglés—. Voy a irme. Ustedes se irán igual. Acá no ha pasado nada todavía. Si me pudieran regresar mi peluca les estaría muy agradecida.

Nadie le respondió.

—¿Alguien habla inglés? —insistió.

Uno de ellos movió los ojos, como para pedir permiso al hombre con la barba más crecida en las quijadas, al Juez.

Ella sonrió con dulzura al que dudaba:

—¿Tú hablas inglés? —le preguntó.

Pero lo que ellos vieron fue a un payaso patético y no respondieron.

—Con permiso —volvió a decir ella/él en inglés, y dando por perdida la peluca comenzó a dar unos pasos hacia atrás, hacia Franco, que la aguardaba junto a un poste de luz.

—Sé —dijo él/ella sin dejar de caminar hacia atrás—, sé que la ley local prohíbe el travestismo, pero esta tarjeta, esta tarjeta de la ONU, me otorga inmunidad diplomática. ¿Me entienden?

Lo repitió despacio:

—In-mu-ni-dad di-plo-má-ti-ca. Sí me entienden, sé que me entienden.

Los 4 hombres con túnicas sólo la miraban alejarse.

2 luces redondas aparecieron en la avenida. Los faros iluminados de una limusina que se acercaba. Una limusina blanca. Un taxi por fin.

El de los ojos cobalto alargó el brazo para marcarle la parada.

—¡Vámonos! —gritó en español cuando la limusina se desvió para apearse a un lado de la acera, a unos 10 metros.

Con el clac de la portezuela al cerrarse ambos soltaron un sollozo de alivio. Franco se acodó en el espaldar del asiento vacío del copiloto para pedirle al chofer uniformado:

—Al hotel Mall.

La limusina describió una U en la avenida para tomar rumbo hacia el sur de la ciudad.

Pero al llegar a la otra acera cambió de plan y dio otra U para cerrar un óvalo.

—¿Qué putas pasa?... —alcanzó a decir Franco cuando ya se abrían sucesivamente 3 portezuelas y los 4 hombres de túnicas subían al interior del vehículo.

3 se sentaron en el asiento posterior, apretando en el centro a la pareja de extranjeros, el Juez tomó asiento junto al chofer uniformado.

—Bendito tú a quien Dios entrega una misión —dijo el Juez, y la frase puso a su entera disposición al chofer—. A La Torre —agregó.

Volvió entonces el rostro para verl@ aterrad@ en el asiento posterior.

—Pervertido de mierda —pronunció en un perfecto inglés británico.

15

El vestíbulo de La Torre era un cubo de mármol color ámbar lleno de aire helado. En una pared colgaba un óleo de Miró de 20 metros de altura. Una superficie blanca con 2 óvalos rojos, 2 óvalos negros, 1 círculo amarillo. En la pared opuesta se distribuían 24 elevadores de puertas de acero dorado. Y en la recepción, sentado al centro de un mueble en forma de o, un guardia dormitaba rodeado de pantallas de televisión.

El guardia observó la imagen en blanco y negro de la limusina blanca aparcando en el estacionamiento subterráneo 4. No se sobresaltó, la limusina había pasado las aduanas de seguridad para llegar ahí.

En otra televisión miró luego al grupo que caminaba hacia los elevadores: 5 hombres, todos con túnicas y pañuelos en la cabeza, excepto 1 vestido con pantalones negros y 1 mujer con minifalda y larga cabellera negra.

El guardia sacudió la cabeza, desaprobando. Seguramente la mujer era una prostituta occidental que habían recogido en la zona centro de la ciudad.

Y por otro televisor los vio en el elevador 6, ascendiendo al piso 57. Las cámaras de su mueble registraban únicamente los espacios comunes, no el espacio de cada piso de oficinas, por eso ésa fue la última ocasión en que el guardia vio al grupo.

Así habría de explicarlo meses más tarde a los agentes de la policía civil, cuando les entregó los videos de las cámaras de seguridad.

En el piso 57 el Juez colocó el índice en el detector de huellas digitales, y en la puerta de cristal contigua sonó el clic del pestillo al descorrerse.

En el largo pasillo las luces fueron encendiéndose tramo por tramo al paso del grupo, al tiempo que se iluminaban las oficinas adjuntas, por cuyos ventanales se veía la ciudad con sus rascacielos iluminados y más allá el desierto: las ondulantes dunas del desierto iluminadas con luces rosas y naranjas: la instalación de un artista chino.

Una extraña ciudad. Una ciudad donde se anudaban el futuro y el pasado de la especie. La ciudad más avanzada del planeta en cuanto a tecnología urbana, habitada por primates con una cultura inventada por tribus de beduinos nómadas hacía 4 milenios.

Tomaron asiento en una oficina para juntas financieras.

La mujer de la minifalda y la cabellera negra en una silla, las rodillas desnudas muy juntas, apretadas por el miedo. Ante ella el hombre con túnica blanca y pañuelo blanco en la cabeza, el Juez sosteniendo en las manos un libro de pastas verdes y letras doradas árabes. El Libro Sagrado. Los otros 4 hombres estaban sentados de espaldas al ventanal, entre ellos aquel vestido con pantalones, Franco, que se sobaba las manos.

No había necesidad de esclarecerlo, lo entendían los presentes, se trataba de un juicio, y el Juez le pidió al testigo más joven que introdujera la sesión con una historia, la de Sodoma y Gomorra.

El Recitador se aclaró la garganta.

Antes de empezar declaró:

—El Libro Sagrado es la palabra de Dios y en su relato está su conocimiento eterno.

16

Lot, sobrino del patriarca Abraham, vivía en Sodoma, cuando 3 ángeles lo visitaron en nombre de Dios. Los visitantes eran de rostro hermoso y llamaron la atención de los sodomitas, que por la noche acudieron a la casa de Lot para pedirle que se los entregara para realizar con ellos sus prácticas perversas.

Lot les ofreció a cambio a sus 3 hijas vírgenes. Pero los hombres sodomitas querían abusar de los visitantes varones. Por ello los ángeles ordenaron a Lot que escapase con su familia de Sodoma y que no volviesen la vista para mirar lo que en ella sobrevendría.

Así Lot y su familia huyeron, mientras a sus espaldas Dios devastaba Sodoma bajo una lluvia de fuego y ceniza, pero la mujer de Lot desobedeció la orden divina y volvió la mirada con curiosidad, y se convirtió en una estatua de sal.

—Así mueren los perversos —concluyó el Recitador—. Y así muere también el incauto que se detiene para apiadarse de su destrucción.

17

—No soy musulmana —dijo entonces la mujer del pelo negro y largo con voz apagada.

Buscaba su voz de profesor. La misma que usaba en sus trabajos de conciliador oficial de la Oficina de Derechos Humanos de la Diversidad de la ONU.

—No soy judía —dijo ya con esa voz lenta y tersa—, tampoco soy cristiana. Soy agnóstica. Quiero decir que por tanto la historia de Sodoma y Gomorra no me compete. No puedo ser juzgada según una historia de la que apenas he oído hablar.

—La historia de Lot —explicó el Juez con su voz tranquila— es la palabra del Dios omnipresente y eterno, Dios de la Tierra y el Cielo, y tu ignorancia no es relevante.

La mujer tenía corrida la pintura de los labios, y por esa boca como de payaso desvelado insistió:

—No puedo ser juzgada de acuerdo a un suceso ocurrido hace 4 mil años.

—Dios no ha cambiado de opinión en todo ese tiempo —la corrigió el Juez—. Su palabra es fija y eterna.

—Nada está escrito —contestó ella—. Esto que vivimos ahora, ustedes y yo, no está escrito. No cometan un terrible error.

—Quítate la peluca —ordenó el Juez.

La mujer tardó un momento en entender lo que se le pedía.

—Quítate la peluca para no pecar ante nosotros.

La mujer se llevó ambas manos a la cabeza y se desprendió, lentamente, la peluca: su pelo gris y corto y ondulado reapareció, y su amante, aún sentado contra el ventanal, clavó la vista en el tapete color ocre.

Las lágrimas se le desbordaron a él/ella y se convirtieron en 2 hilos negros que le corrieron por la cara.

—Quítate los senos —dijo entonces el Juez.

Ella/él bajó la cabeza, humillada.

Metió una mano bajo su camiseta y luego bajo el sostén de encaje negro. Se desprendió el seno de látex.

Lo dejó en el tapete color ocre.

Luego se sacó el otro seno de látex y lo puso a un lado del otro seno, en el tapete.

El Juez preguntó:

—¿Se tocaron los genitales?

—No —dijo rápido la acusad@.

—No —dijo en árabe Franco.

—¿Viajaron juntos hasta esta ciudad?

—Soy su secretario —dijo Franco en árabe—. Trabajo para el doctor Márquez. Recibo un salario de la ONU, nuestro trato es de... —Buscó la palabra en su árabe elemental, no la encontró y la cambió por una más simple—: Nuestro trato es de trabajo, no más.

Los ojos del Juez regresaron despacio a los ojos del payaso de la cara pintarrajeada:

—Doctor —dijo en inglés, con sorna—. Doctor, acaba de decirme en árabe el muchacho que ustedes sostuvieron comercio sexual, doctor.

Ella/él miró a Franco. Franco no se atrevió a negar lo que el Juez inventaba.

—Tuvieron comercio sexual, ¿sí o no?

Él/ella dijo:

—Sí.

—¿Lo penetraste tú por el ano?

—No importa —dijo el doctor en un suspiro.

—Importa. La sodomía es, específicamente, la penetración de un hombre a otro hombre por el ano.

—No hubo penetración —alzó la voz el doctor.

—Hubo penetración, doctor, eso también lo confesó el muchacho. Lo que importa aclarar es cómo fue la penetración. ¿Lo penetraste tú por el ano o él te penetró a ti?

—Mierda, de pronto un ano es el centro del Universo.

—De pronto un ano es el punto decisivo de una sentencia —precisó el Juez con calma.

Y explicó:

—Son palabras del Libro Sagrado. Los que sodomizan merecen la muerte y los que son sodomizados también. Ahora bien, existe el debate entre los exégetas del Libro sobre quién es el agente activo de la sodomía. Aquel que penetra y funge como macho o bien aquel que recibe en el ano el pene y trastoca su hombría por el papel femenino.

El doctor Márquez sintió que se ahogaba de ira.

—¡Qué puto Dios el tuyo que tiene su ojo en un ano! —gritó.

Pero de inmediato relajó los hombros y sacudió la cabeza para aflojar la tensión de su cuello y volvió a buscar su registro de voz de negociador:

—Es decir, ¿podría caber el perdón para quien no es el agente activo de la sodomía? —preguntó.

El Juez no respondió, pero el doctor Márquez volvió los ojos a su joven amante, notó las lágrimas que le corrían por el rostro y decidió sacrificarse por él:

—Yo lo penetré a él —dijo—. Lo penetré por el ano. Lo penetré en contra de su voluntad y con lujo de violencia, y claramente eso me hace el agente activo.

Y con los ojos nublados todavía adelgazó la voz para preguntarle suavemente al Juez:

—¿Qué ganas haciéndonos este juicio absurdo?

—El Paraíso —dijo el Juez en su inglés de universidad británica. Y a continuación recitó de memoria una oración del Libro Sagrado—: Los que aniquilan a los perversos tienen un lugar reservado en el Paraíso.

Entonces Franco se deslizó del asiento de la silla, se hincó sobre el tapete ocre, dobló el torso hacia delante y alargó las manos.

—Los zoólogos lo llaman posición de sumisión y se da en todos los mamíferos cuadrúpedos.

Tiempo después, cuando Franco me narró los sucesos ocurridos en ese piso 57, así se lo dije Yo. Y abundé:

—Cuando los mamíferos cuadrúpedos ven perdida su lucha ante un animal más grande, adoptan la postura de sumisión para no ser comidos. Es volverse pequeño ante el invencible enemigo. Recogerse para ocupar el menor espacio posible. Declararse insignificante, incapaz ya de nada. A merced de la decisión ajena.

Los perros se someten así. Los gatos. Los cerdos. Los chimpancés. Las ratas.

—Gracias por la información —me respondió Franco, y con 2 dedos se golpeó el cuello.

Dijo luego:

—Bueno pues, así como una rata, como un perro, como un chimpancé, me sometí yo ante el Juez.

»Dios es el misericordioso —rogó Franco en árabe hablando contra el tapete, en posición de sumisión.

Las palabras de su padre le llegaron de un lugar remoto en la memoria.

—Dios es el misericordioso, Dios perdona, Dios salva.

Y por fin recordó una frase que había leído en un periódico de Occidente: una frase escrita en una pancarta de un musulmán iracundo:

—La libertad es el cáncer.

18

El piso 57 tenía una cocina. Ahí, en la cocina de acero inoxidable, l@ tendieron en la mesa de acero reluciente y le ataron con cuerda los brazos y las piernas a los pies de la mesa.

A continuación le ataron el cuello a la mesa, porque insistía en levantar la cabeza, amordazada con un pañuelo.

Parado en un banco, uno de los árabes grababa la escena con un teléfono celular.

El Juez se acercó con una tijera de chef de 44 centímetros.

Un tijeretazo cortó el pene: las túnicas de los verdugos se mancharon de sangre y el alarido de él/ella se alargó hasta reventar en el silencio.

19

L@ empujaron dentro de un baño blanco y pulcro como un cuarto quirúrgico, su nuca golpeó contra la pared helada y sus pies desnudos, las uñas pintadas de rojo, de inmediato se salpicaron de sangre.

Parad@ en una esquina, el doctor Antonio Márquez se dejó deslizar hasta el piso, que fue cubriéndose por una lámina de sangre, y juntó sus rodillas contra el pecho para hacerse un ovillo.

Y entonces, en medio del dolor sintió la bolsita entre su cuerpo y el piso. ¿Por qué le habían dejado la bolsa de mano? ¿Cómo no habían imaginado que guardaba en la bolsa un teléfono?

El dolor extremo se vuelve por fortuna absoluto. Buscó a tientas el celular dentro de la pequeña bolsa y se respondió: porque les daba igual que contara su historia. Al contrario, celebrarían el terror que pudiera causar. Ésa era su ganancia: esparcir terror.

Levantó el aparato a la altura de los ojos. No conocía ningún número local ni el código de larga distancia, por lo demás no les daría el placer de difundir el terror. Tenía algo más provechoso que hacer:

develar un secreto para el conocimiento de la especie; abrió el correo y tecleó con las diminutas teclas del teléfono:

LO ÚLTIMO Q HAGO

Y luego pensó a quién enviarlo.

Cuando escribió «Ka» la máquina completó automáticamente «Karen Nieto», el nombre de la persona a quien decidió enviar un último mensaje.

Tecleó:

K^303-LR132

20

Volví a reírme al entrar en la casa.

Una luz blanca bajaba del gran tragaluz del centro del techo y en su cono revoloteaban mariposas centimétricas y blancas.

Polillas.

Todo el interior de la casa, una sola estancia de 2 pisos de altura, había sido invadido por las enredaderas, que penetraban por los bordes de las ventanas, reptaban por los tablones del suelo, subían por 2 sofás blancos y, enredándose en las patas, alcanzaban la superficie de una mesa de madera.

Y una fina capa de humus cubría los tablones del piso, lo que anunciaba que en los resquicios entre tablón y tablón debían de haberse avecindado y reproducido lombrices de tierra.

Eldrich a mi espalda preguntó:

—¿Puede saberse de qué te ríes?

No quise responderle. Estaba claro que a pesar de ser biólogo, Eldrich sólo percibía lo que cabía dentro de la esfera humana. Dejé de buscar lombrices en el piso y alcé la vista.

Libreros de 2 pisos de altura cubrían los muros, del techo al suelo, y una escalera de tablones de madera subía al pasillo que rodeaba la mitad alta de la biblioteca.

En el piso superior, únicamente había un hueco entre los libros. Un cuadrángulo de pared blanca donde flotaba, sostenido por hilos de acero, un salmón.

Eldrich me informó:

—Tonio estudiaba los salmones.

Hacía 3 años había estado asistiendo a diario al acuario de San Francisco, donde había desarrollado un simulador de aguas rápidas y heladas para salmones chinook a fin de poder estudiarlos a lo largo de las estaciones.

—Por desgracia, su año sabático indefinido, llamémoslo así, lo apartó de la investigación —lamentó Eldrich.

Volví a reírme: había dirigido la atención a los libros del 2.º piso, y en la esquina derecha distinguí una sección llena de libretas delgadas y de colores.

Rojas arriba. Luego azules, luego amarillas. Luego verdes. Luego cafés. Junto al piso, rojas.

—Sería amable de tu parte que me explicaras tu

risa —insistió Eldrich subiendo la escalera detrás de mí.

—Yo y Tonio aprendimos de Darwin a usar libretas para anotar observaciones —dije—. Durante toda su vida, Darwin apuntó sus ideas y observaciones en cuadernos que guardó clasificados con gran cuidado.

—Ajá —dijo Eldrich—. ¿Y entonces?

—Me reí porque he entendido por fin el mensaje de Tonio.

—Escucho.

—K, decía el mensaje de Tonio, K es Karen.

—Por supuesto.

—El acento circunflejo —dije, y formé con 2 dedos el dibujo de ^— lo usábamos de estudiantes para indicar «casa». 303 era el número de la casa de Tonio en Berkeley, según encontré en sus datos en internet.

—Por supuesto —repitió Eldrich.

—Por eso vine a Berkeley y a su casa. Y ahora, al ver las libretas sé que L es libreta.

—Lógico —aprobó Eldrich.

—Y R —dije Yo— apuesto que es rojo.

Llegamos a las libretas.

—Darwin usaba sólo libretas de tapas negras —expliqué—, las encargaba a una tienda de París y eran fabricadas en Italia. En este siglo la marca Moleskine ha empezado a vender las mismas libretas también con tapas de colores, pero Yo las sigo prefiriendo negras, como Darwin, a diferencia de Tonio, que según se ve las usa de colores.

—Lógico otra vez —dijo Eldrich—. Darwin las usaba negras, Tú, la autista, negras, ortodoxas como las de Darwin. Y Tonio, el gay, de colores.

Saqué de la bolsa de mi saco marinero mi libreta negra y busqué el mensaje de Tonio.

K^303-LR132

Me acuclillé ante las libretas rojas y 3 mariposas blancas vinieron a posarse sobre mí.

1 en mi cabeza rapada. 1 en mi oreja derecha. 1 sobre mi hombro.

En los lomos, las libretas de Tonio tenían marcados números con tinta. Encontré entre las rojas la que tenía en el lomo:

1

3

2

La abrí.

Estaba en blanco. Cada hoja en blanco. Excepto una hoja central donde Tonio había apuntado en tinta azul una lista, saltando del inglés al español:

LONDON
ABADÍA DE WESTMINSTER
DARWIN'S TOMB
SEGUIR LA ESPADA
ARCHIVOS
MISS HOPE

—En Londres está la abadía de Westminster —tradujo Eldrich— y ahí la tumba de Darwin. Hasta ahí entiendo la lista.

Asentí. Lo pensé. Pregunté:

—¿Qué es una abadía?

—Un monasterio —dijo Eldrich.

—¿Es decir?

—Un lugar donde viven monjes o monjas.

—¿Un lugar donde viven personas religiosas?

—Sí.

—¿La tumba de Darwin está en un lugar religioso? —pregunté.

Eldrich lo repensó.

—Al parecer así es.

Frunció el ceño. Dijo:

—Creo recordar algo al respecto. Una postal con la fotografía de la tumba de Darwin, una postal que alguien me envió hace tiempo.

—¿Cómo es la tumba de Darwin?

—Eso no lo recuerdo —dijo Eldrich—, pero en la postal se ve que la tumba está en la iglesia de la abadía de Westminster. Es decir, en el lugar más sagrado de la abadía, el lugar de los rezos.

Pregunté:

—¿Qué quiere decir sagrado?

Eldrich frunció el ceño otra vez:

—Que está tocado por Dios y sirve para contactar con él.

Chasqueé la lengua contra el paladar. En aquel momento mi única definición de Dios, aprendida cuando niña, era que no existía.

Dije:

—Nunca he entrado en una iglesia.

—No puede ser —se sorprendió Eldrich—. ¿Nunca de verdad?

—Nunca tuve para qué.

Tomé aire para preguntar algo más:

—¿No llamaban a Darwin en su siglo el Gran Ateo?

Eldrich respondió:

—También el Asesino de Dios. Y también el Científico que separó la Ciencia de la Religión.

—Tengo de pronto un horrible dolor de cabeza —murmuré, la garganta cerrada por la angustia.

Las 3 polillas se desprendieron de mi cabeza, mi oreja y mi hombro y se alejaron volando.

Yo dije:

—¿Qué hace la tumba del Asesino de Dios en la iglesia de una abadía?

Esto es lo que pasó a continuación.

Algo se desprendió de las hojas de la libreta del doctor Antonio Márquez que Yo sostenía en la mano: 1 estampa apenas mayor que un timbre postal, que fue a caer a la duela mostrando su envés, en el que estaba escrita, con la misma letra del doctor Márquez y en tinta azul, una frase:

EL SECRETO DE DARWIN

Volví la estampa y reconocí la reproducción de un retrato de Darwin, ya anciano, el dedo índice sobre los labios, como si soplara:

—Shhhhh.

II
No dudes más

21

Así es como llegué a Londres, buscando el secreto de Darwin.

Así una mañana de cielo encapotado crucé el ancho puente sobre el río verde que cruza la ciudad, el Támesis.

Y me enfrenté con un cubo gigantesco de piedra gris, con columnas exteriores que flanqueaban unos vitrales largos y estrechos donde dominaba el azul. La abadía de Westminster.

En el pequeño vestíbulo de la entrada alargué mi tarjeta de crédito para que me cobraran 18 libras esterlinas por el ingreso y pedí también un mapa del templo de la abadía.

Lo desplegué. Contenía al pie, en letras diminutas, un índice de tumbas y monumentos. Fui deslizando mi dedo para encontrar la tumba que no quería encontrar.

El corazón me dio un salto, ahí estaba, en efecto, la tumba 388, de Charles Darwin, pero todavía rogué, por enésima vez, que fuera un error.

22

Lo primero fueron las alas.

Alas largas, extendidas en las espaldas de 2 primates en el pasillo de entrada del templo.

¿Primates alados?, me sobresalté.

Ángeles, recordé que se llaman esas criaturas esculpidas en mármol blanco.

Me acerqué a observar las alas, labradas minuciosamente. Alas de águila.

Retrocedí confundida y choqué contra la otra pared del pasillo.

El eco del golpe rebotó por las paredes del amplio templo y en la altísima bóveda se disolvió en un rosetón de cristal de colores.

El aire era frío y azuloso. Me adentré en la noche de la iglesia con la extrañeza de quien entra en una zona del mar desconocida.

A lo largo de las paredes me asustaron más alas sobre la espalda de más primates.

Niños de nalgas redondas y cabezas repletas de caireles flotando con alas cortas, alas de gallina.

Primates juveniles de pelo largo y ondulado y con

túnica y alas cerradas en la espalda, alas de cisne blanco. Tan absorta estaba descubriéndolos en los nichos de las paredes que volví a tropezar, esta vez con un humano vivo, vestido con una falda negra hasta el piso. Usaba lentes redondos y era calvo.

Me disculpé con una inclinación, él se disculpó con otra inclinación. Y siguió hablándole con voz de secreto a un grupo de turistas:

—Ahora que nos adentramos por el templo, iremos pisando las tumbas de varios reyes y reinas, estadistas y poetas, teólogos y científicos.

Los turistas sonrieron: parecían sentir gran placer al caminar sobre cadáveres de gente famosa. De cierto habían pagado 18 libras por el privilegio, cuando Yo hubiera pagado el doble por no tener que pisar sobre esos huesos.

Alcé la vista a los vitrales de colores en los que dominaba el azul y entorné los ojos para distinguir las figuras.

Señores y señoras primitivos, vestidos con túnicas, y muy de vez en cuando alguna otra especie. Un burro. Un caballo. Una paloma blanca que bebía de una copa de oro.

Un león con una lanza que le atravesaba las feroces fauces abiertas y arriba otro ángel, que se sostenía horizontalmente en el aire gracias a sus alas de cisne y soplaba una trompeta.

Se me había cerrado la garganta otra vez: los ángeles me causaban un terror lento, como el que se siente cuando uno se ha perdido en un sueño extraño y quiere despertar.

Me senté en una de las bancas de madera, abrí mi portafolios, saqué mi tableta, le escribí a Edward O. Willis.

Querido E. O. Willis:
¿Existe alguna especie intermedia entre los primates erectos y las aves?
¿Un primate alado?
¿Tal vez existe en el registro de fósiles?
Espero contestación,
Karen Nieto

Pensar que precisamente Darwin, el padre de la Biología moderna, el creador de la Teoría de la Evolución, estaba enterrado entre especímenes de especies improbables me desorientaba.

¿Cómo pudo la familia de Darwin permitir que fuese enterrado en un templo dedicado a Dios, lleno de primates alados?

¿Cómo pudieron permitirlo sus acólitos?

¿Y cómo pudieron los monjes de Westminster y los altos jerarcas de la Religión enterrar al Ateo más famoso de la Historia en su Iglesia?

Soy un animal lento y premeditado, me muevo despacio en el aire como si fuera en agua: cerré los ojos, respiré hondo, y me dispuse a instalarme en la bioenergética de recordar.

Respiración pausada y profunda, ojos vibrantes bajo los párpados.

Recordé a mi tía Isabelle, de ojos verdes, como los míos, con una melena rubia cortada en forma de casquete, no como mi testa rapada.

Un día en la biblioteca, siendo Yo una niña todavía con cabello rubio, le conté a mi tía Isabelle, que se hallaba sentada a la cabecera de la mesa de caoba, que la maestra de la escuela nos había hablado de Dios. Un señor todopoderoso que nos vigilaba para premiarnos o castigarnos según fuéramos buenos o malos.

Mi tía se puso furiosa de golpe y al día siguiente en la escuela y frente a todo el salón le prohibió a la maestra que nos hablara de lo que llamó supersticiones.

—En este país hicimos una guerra para expulsar a Dios de las aulas —la amenazó con su dedo índice—. Mi abuelo el general Nieto quemó curas y monjas para desterrar la superstición de la educación.

—¿Quién es Dios? —le insistí esa tarde en el comedor a mi tía Isabelle.

Por los ventanales de nuestra casa se veía el mar tronando sus olas.

—Dios es nada.

Lo dijo y alargó la mano para acercarse el plato con mantequilla.

Tomó un cuchillo. Cortó la mantequilla.

—Dios es nada —repitió y untó la mantequilla en un pan tostado—. Es una palabra que no tiene referente en la Realidad. Dios es una mentira. Repítelo por favor. Dios es nada, una mentira.

—Dios es nada —repetí—. Una mentira.

—Una mentira que cree la gente primitiva. Una

mentira que los clérigos repiten por mentirosos. ¿Entendido?

Asentí.

—Fin de tu educación religiosa. Ve a la playa.

Para Darwin, igual, Dios era nada, pensé. Una invención.

Thomas Huxley, su rabioso defensor, el Bulldog de Darwin, según lo llamaban, el guardián y divulgador de su legado, escribió: «Para los darwinistas Dios es una hipótesis vacía».

La frase redactada con letra Baskerville en una hoja de un libro de Thomas Huxley apareció bajo mis párpados.

Y a continuación otra del mismo libro: «Darwin separó la Ciencia de la Religión para siempre».

Y otra más: «Darwin dio al origen y a la diversidad de la vida una mejor explicación que Dios, la evolución».

Y otra frase apareció bajo mis párpados, impresa en letra Arial, escrita por otro exégeta de Darwin: «Dios está muerto, lo mató Charles Darwin».

Lo que era una metáfora complicadísima. ¿Darwin mató a lo que no existía?

Salté sobre la metáfora imposible y noté poco a poco una ausencia en mi información. ¿Qué había pensado Darwin mismo de Dios?

Recordé una línea escrita por Darwin en una carta dirigida a otro científico: «Estoy ahora convencido de que las especies no son (es como confesar un asesinato) inmutables».

¿Se refería al asesinato de Dios?

Recordé entonces un artículo de periódico reproducido en mi maravilloso librote de *El origen de las especies*. Darwin declaraba a un periodista: «Dios y la evolución nada tienen que ver entre sí».

Se me fue el aire. ¿Qué quería decir esa frase? ¿Que no existía Dios o que el territorio de Dios y el de la Teoría de la Evolución eran distintos?

Y de significar lo 2.º, ¿por qué Darwin no había hecho callar a su Bulldog, a Huxley, cuando en su nombre había negado a Dios y la Religión?

Cuando reabrí los ojos, me llegó el siguiente sobresalto.

Al frente, en la sombra azul, distinguí un primate asesinado. Colgado en una cruz dorada, con los brazos abiertos y ensangrentado. Noté a una mujer hincada ante el asesinado.

Era el llamado Dios-Cristo, me llegó de la memoria vagamente la información.

Qué extraña cosa colgar a un asesinado en medio de un espacio público, pensé. Más misterioso todavía llamarlo, a un asesinado, todopoderoso.

Con manos temblorosas revisé mi mapa. Descubrí que precisamente detrás del Dios asesinado se encontraba la tumba de Darwin, su asesino. Entre uno y otro mediaba sólo un muro.

Tal vez alguien estaba narrando en ese templo una historia. Una historia secreta. Tal vez era la historia secreta de Darwin y Dios. Tal vez era ésa la historia que el doctor Antonio Márquez había descubierto en la abadía de Westminster, y ahora Yo, siguiendo sus instrucciones, estaba por conocer.

Caminé hacia el señor asesinado en la cruz, llegué al muro y entré en el estrecho túnel de techo curvo que me llevaría del otro lado a la tumba de Darwin.

23

—Por favor —susurraba el señor de las faldas negras a la veintena de sonrientes turistas—, por favor los que están pisando la tumba de Charles Darwin, el mayor científico de la Historia, retrocedan 10 pasos para que podamos verla.

Respetuosos los turistas caminaron hacia atrás 10 pasos y dejaron visibles 2 rectángulos de mármol en el piso.

Uno, negro y lleno de letras, era la lápida sobre el cadáver de John Herschel, un hombre que tuvo la desgracia de ser enterrado junto al científico más notable de la Historia, y por tanto era probable que nunca fuera presentado a los turistas.

A su lado, la otra lápida, esta de mármol blanco y con pocas letras y números, cubría los huesos de Charles Darwin.

Los turistas la miraron 30 segundos con cara de idiotas y el guía no dijo nada porque no había nada que describir.

Era un humilde pedazo de mármol blanco incrustado en el piso con una simplísima inscripción.

CHARLES ROBERT DARWIN

Nacido 12 de febrero 1809

Muerto 12 de abril 1882

La ficha de catálogo de un insecto no sería más discreta.

¿Qué sabían de la Teoría de la Evolución estas personas? Me lo pregunté observando su respetuoso silencio ante la tumba, y me respondí: probablemente generalidades aprendidas en la secundaria.

¿Y qué sabían de la Religión, fueran creyentes o no? Probablemente generalidades también.

Sólo una extensa ignorancia explicaba su calma al mirar esa aberración, la tumba del Gran Ateo en una iglesia, una aberración que debería escandalizarlos, que debería hacer que por lo menos alguno volviera por la noche con un pico para quebrar su mármol y sacar el esqueleto del Asesino de Dios de un piso cristiano.

—Bien, sigamos de frente, por favor —susurró el guía, entremetiéndose entre los turistas para tomar la delantera del grupo.

En cuanto se retiraron fui a pararme con mis botas de color miel sobre la tumba.

Alcé la vista hacia el vitral donde un ángel flotaba en el cielo con alas de cisne y soplaba una trompeta y volví a sentir miedo, entonces supe con precisión de qué.

De mezclar mi ordenado relato de la Realidad, el Relato darwinista, el relato de las causas y los efectos de la materia, con el relato de ángeles y mil otras cosas fantásticas, o por ahora para mí fantásticas, de la Religión.

Fantásticas: producto de la fantasía.

Vete de acá, me escuché pensar.

Aléjate de la confusión.

La confusión: la mezcla de la mentira y la verdad.

Aléjate de esa locura.

Desprendí la mirada del ángel, extraje de mi saco la libreta negra y la abrí en la hoja donde había copiado la lista del doctor Antonio Márquez.

LONDON

ABADÍA DE WESTMINSTER

DARWIN'S TOMB

SEGUIR LA ESPADA

ARCHIVOS

MISS HOPE

De un nicho situado en la pared asomaba una espada de mármol blanco. Al acercarme pude ver que la empuñaba la estatua de un guerrero de mármol, con casco y alas.

Siguiendo la dirección de la espada crucé en línea oblicua la iglesia y ahí encontré una pequeña puerta de madera, la abrí y salí a un patio lleno de luz nublada y circundado de arcos de piedra gris, y sin desviarme de la dirección de la espada atravesé el patio, entré en otro patio y lo crucé para llegar a una torre localizada en una de sus esquinas.

Un prisma heptagonal de ladrillos rojos.

En su puerta de madera, una minúscula placa anunciaba:

ARCHIVOS

Una inscripción tan discreta que parecía calculada para no ser encontrada.

24

Los ojos vendados, las manos amarradas a la espalda, alguien empujó a Franco fuera de una puerta, hacia un vendaval: imaginó que estaba en la azotea de La Torre, en el tejado del piso 165, de inmediato alguien más lo asió del antebrazo y lo movió hasta la puerta de un helicóptero, contra el viento que desplazaban sus aspas.

Tropezó con cada peldaño de la escalerilla. Lo aventaron al fondo de la máquina rugiente. Cayó sentado en el asiento y se recorrió hasta aplastarse contra una superficie sólida que temblaba, el cuerpo de la nave, y pensó otra vez en los rumores que corrían por la ciudad.

Los desaparecidos. Extranjeros y musulmanes de los que nada volvía a saberse. Extranjeros que las agencias internacionales buscaban en vano. Musulmanes cuyas familias dejaban de buscar porque suponían que habían sido capturados por la Policía Moral, que realizaba juicios y ejecutaba sus sentencias en secreto.

Una cosa pesada y húmeda cayó sobre su regazo.

Con las manos atadas a la espalda no podía palparla, pero adivinó que sobre sus muslos tenía la cabeza ensopada en sangre de Tonio.

La venda se le humedeció por el llanto de terror.

El helicóptero separó una pata del piso, luego, pesadamente, la otra pata, y se fue alzando por el aire, contra el cielo del amanecer.

25

Olía a mar. Podía oler el salitre, la frescura. Al fondo del ruido atronador del helicóptero, respiró profundamente el mar.

Levantaron la cabeza de su regazo. Alzaron el resto del cuerpo del asiento.

El helicóptero se sostenía en una sola posición en el aire. Oyó que descorrían la pesada puerta lateral y el rugido se duplicó al tiempo que el viento inundaba la cabina. Mugieron al aventar el cuerpo del doctor Antonio Márquez.

Lo imaginó cayendo en vertical desde 1.000 metros de altura, y al entrar al mar marcando en la superficie azul un punto blanco de espuma.

Luego un círculo. Luego 3 círculos concéntricos.

Lo imaginó cayendo por el agua con las extremidades abiertas, cada vez más lentamente, imaginó su rostro sereno y el pelo largo esparcido alrededor de la cabeza, como un lento animal marino.

No venían a cogerlo a él.

¿Qué pasaba?

No venían a levantarlo del asiento y llevarlo a la puerta y lanzarlo.

No llegaba su caída en vertical durante 1.000 metros.

Gritó:

—¡Soy un buen musulmán!

Una boca le gritó en el oído:

—¡No puedes ser un buen musulmán!

—¡Puedo! —gritó de regreso.

—¡No puedes! ¡No sabes nada de lo que es ser un musulmán!

Súbitamente varias cosas sucedieron.

Corrieron la puerta del helicóptero y el rugido y el viento cesaron, y luego de ladearse con suavidad a la derecha el helicóptero resbaló rápido hacia el sur.

26

Pero 1 hora después sí lo cogieron a él.

Le desataron las manos y tomándolo de los hombros lo condujeron hacia la puerta abierta del helicóptero: de golpe el viento infló su ropa, de los pantalones a la camisa, y se supo al borde de la caída de 1.000 metros.

—¡Dios es compasivo! —gritó contra el viento.

—¡Dios es misericordioso! —aulló contra el viento.

—¡Dios es compasivo y misericordioso y perdona y salva!

Jamás había gritado más alto.

Igual lo empujaron fuera del helicóptero y cayó.

27

Escasos 5 metros para estrellarse de pecho contra una superficie blanda. Arenosa. Caliente.

La furiosa picazón de la arena contra sus ropas y su cara desnuda le hizo agradecer la venda que todavía le cubría los ojos y los protegía. Estaba en un torbellino de arena que por fortuna fue asentándose a medida que el estruendo del helicóptero se alejó hacia arriba y se volvió tolerable, un ruido distante. Luego un zumbido, como de insecto.

Cuando la arena se aquietó a su alrededor y no escuchó sino su propia respiración agitada, se quitó la venda de los ojos.

Estaba en el desierto.

Era temprano en la mañana.

Estaba en el desierto vacío, 360 grados a la redonda de arena, a no ser por una formación rocosa en el horizonte a su derecha. Una especie de pedrusco que se recortaba contra el cielo blanco con sus aristas geométricas e irregulares.

Ojalá sea una roca labrada por manos humanas,

deseó Franco. Ojalá sea un espacio creado por humanos para resguardo de humanos.

Pensó a continuación: Este desierto vacío es la Nada.

Kilómetros de arena. Sin olor. Sin color, sin sonido, salvo el ínfimo chasquido de la luz al golpear la arena brillante.

Pensó luego algo curioso: Esto soy Yo.

Esto es lo que hay debajo de todas las historias que me he inventado para responder a la pregunta de quién soy Yo.

¿Quién soy Yo?

La pregunta no había cambiado a lo largo de su vida y sólo por momentos había podido contestar algo concreto, una historia bien armada, una historia que tarde o temprano se había disuelto en la confusión.

—Soy un actor en busca de un gran personaje —le había respondido al elegante doctor Márquez hacía 3 años, cuando lo había conocido en un bar gay de Sevilla.

Hacía 25 horas en una playa le había respondido con orgullo a una mujer rubia:

—Soy el asistente del doctor Antonio Márquez y trabajamos para la comisión por los Derechos Humanos de la Diversidad en el planeta.

Ella le había respondido:

—*No, my love. I can see through you, you are a beautiful party boy.*

Se había inclinado para agregar en su oído, también en inglés:

—Eres un muchacho experto en complacer.

Complacer: sentir placer con.

—En esta ciudad donde el dinero corre como agua, valdrías tu peso en oro, *party boy*, siendo algo amable con unas cuantas mujeres de negocios, solitarias y muy ricas.

—Quiero una tienda y hacer dinero y un Ferrari rojo.

Lo había dicho hacía 12 horas caminando por una calle flanqueada de edificios cada uno más alto que el otro.

—Soy musulmán —había clamado hacía apenas 30 minutos, con los ojos vendados y las manos amarradas a la espalda—. Cumpliré las leyes de Dios. Enséñenme las leyes de Dios para cumplirlas.

Y ahora era apenas esto: un animal bípedo que caminaba sobre su sombra, su sombra siempre delante de él, caminaba en la arena caliente, caminaba.

Y la pregunta de su vida se había simplificado para ser: ¿quiero vivir o me dejo morir?

¿Sigo andando hacia esa formación rocosa, tal vez humana, o me tumbo a morir quemado bajo el sol?

Siguió caminando.

28

Al traspasar el umbral rectangular recortado en la montaña de roca, Franco sintió el frío de la sombra contra su piel ardiente, y tembló.

Siguió caminando por un sombrío patio hacia un rumor de voces, las piernas tiesas, que movía en bloque, como si fueran pedazos de tronco. Cruzó un nuevo umbral para entrar a un patio lleno de luz tenue y repleto de hombres vestidos con túnicas blancas, con pañuelos blancos en la cabeza, barbas recortadas al ras de las quijadas, sin bigotes, tal vez 400 hombres.

Los hombres fueron hincándose en el piso cubierto con un enorme tapete rojo y luego, uno tras otro, colocaron las manos en el piso y agacharon los torsos para adquirir la postura de la sumisión.

Entre los hombres postrados, Franco era el único que permanecía en pie y el único vestido a la manera occidental, es decir, con los jirones de una camisa y un pantalón.

Dobló con esfuerzo las piernas para arrodillarse. Desaparecer, pensó. Volverse uno de ellos. Era su deseo más fervoroso, perderse de vista a sí mismo. Escapar por fin del eterno vaivén de su conciencia. Renunciar a la terca voluntad de reinventar, una y otra vez, una historia personal.

Colocó las manos en el tapete y la cabeza sobre las manos, y como no sabía aún ningún rezo, habló desde su deseo más íntimo:

—No dudar más.

Lo rogó una y otra vez:

—No dudar más.

—¡Dios es grande! —Los hombres postrados elevaron las voces a coro.

—¡Dios es Grande! —los secundó él.

Y cuando los 400 hermanos de la fe se alzaron a un tiempo, se levantó igual él, apenas con 1 segundo de retraso. Y cuando volvieron a gritar:

—¡Dios es grande!

Él lo hizo ya al unísono y la piel se le erizó de emoción.

29

—Ésta es la historia del Libro Sagrado, el libro que contiene la Palabra de Dios. Así el Recitador en una silla en el estrado introdujo el relato.

En la amplia estancia recortada dentro de la Montaña los 400 Hermanos de la fe se encontraban sentados con las piernas cruzadas sobre tapetes rojos y tapetes verdes. Cada uno con una túnica blanca y un panuelo blanco en la cabeza.

Al frente del grupo que ocupaba cada tapete se repartían varios platos hondos. Uno con una masa de garbanza molida. Otro con tortillas redondas. Otro con aceite de olivo.

—Fue en el desierto, en una cueva —dijo el Recitador—, donde al Profeta se le reveló la Palabra de Dios.

Según su costumbre, Mahoma, por entonces dedicado al comercio, se había refugiado en una cueva, en los exteriores de la ciudad de la Meca, para reflexionar sobre un mundo donde no encontraba ni orden ni justicia ni belleza. Y en una de esas noches se le reveló una presencia abrumadora.

De súbito sintió una presión repentina en el pecho. Luego una mano gigantesca lo tomó y lo oprimió entre sus dedos, permitiéndole apenas respirar. Y oyó una voz que le ordenaba:

—Recita, recita.

Y después de un silencio la voz volvió a exigirle:

—Recita, recita.

—No tengo nada que recitar —respondió Mahoma.

Entonces aquella voz, que era la del arcángel Gabriel, le reveló el 1.er verso del Libro.

—¡Recita! En el nombre de Dios, que ha creado. Que ha creado al hombre de sangre coagulada. ¡Recita!, puesto que tu Dios es el más generoso, el que ha enseñado al hombre el uso del cáñamo y ha enseñado a la humanidad lo que no sabía.

—Recita —murmuró para sí Franco—. Recita.

Y recitó para sí el 1.er verso.

Palabras venidas de Dios a través de un ángel y luego repetidas por el Profeta y luego, 1.500 años más tarde, por el Recitador, y por fin en sus propios labios.

Palabras de seguro más sabias que las que su conciencia podría jamás elegir.

—Éste es el Relato para existir en el mundo según la voluntad de Dios —declamó el Recitador.

Franco se prometió borrar de su conciencia cualquier trazo de un pequeño relato personal para entregarla vacía a ese Relato Grande, milenario, que lo hacía 1 con 400 hermanos, con 4 mil hermanos, con 400 mil millones de hermanos muertos, vivos y por nacer.

—Acá termina tu libertad —enunció entonces el Recitador—, acá empiezas a ser un esclavo de Dios y su ley.

30

—¿*Miss* Hope o *lady* Hope?
El archivo se alzaba 3 plantas: 5 paredes de largos libreros.

Trepado en lo más alto de una escalera y mirándome hacia abajo, el monje me lo preguntó en un español de acento rarísimo. Un tipo feliz al parecer, su cabeza sonriente era enteramente calva y más grande de lo normal. Con guantes blancos en las manos me mostró 1.° un folio negro y luego otro.

—Hay un folio sobre *miss* Hope y otro sobre *lady* Hope. Entonces, ¿qué folio quieres?

—El de *miss* Hope —respondí—, eso dice mi lista, no *lady* Hope.

El monje metió en su lugar uno de los folios y emprendió el largo descenso abrazando el otro folio y sujetándose con la otra mano a la escalera. Al llegar al piso fui Yo quien tuvo que mirarlo hacia abajo, era un semienano, su cabeza llegaba a la altura de mis hombros.

Subimos a un elevador estrecho y Yo, según mi

costumbre, estaba por mirar el piso, pero me detuve en el ciento de botoncitos negros de su vestido negro.

—Es cierto —se rio él—. No es el hábito de un fraile anglicano.

—Ah, vaya —dije por decir cualquier cosa, porque la palabra anglicano no me decía nada.

—Es un hábito católico.

—Lo felicito —dije, usando una de mis frases catalogadas como cordiales.

—Estoy en Westminster en un intercambio ecuménico, ¿no es maravilloso?

—¿Qué es maravilloso?

—Estos tiempos de ecumenismo entre las religiones. Católicos y anglicanos nos descuartizamos no sólo en una guerra, sino en varias, y ahora mire la maravilla, somos hermanos.

—¿Por qué son hermanos? —pregunté.

—Porque todos tenemos el mismo padre —dijo él.

—¿Qué padre? —pregunté, perdida ya entre demasiadas palabras que no entendía con precisión: ecuménico, anglicano, católico.

Se rio otra vez, el semienano.

—Dios, hija, Dios es nuestro padre.

Hija: otra palabra que aplicada a mí por él Yo no entendía.

—Estoy en Westminster investigando algunos papeles —me informó a continuación—, porque trabajo en la Congregación para la Doctrina de la Fe del Vaticano.

—Me habla en chino —le dije.

—Me refiero a la prefectura de la sagrada Congregación para la Doctrina de la Fe.

—En chino culto —dije Yo.

Chirriaban los engranajes de ese elevador de más de un siglo de viejo.

—Eres graciosísima —dijo el monje.

—No lo soy, es que no lo entiendo.

Se rio.

—Hablo 5 idiomas —siguió, feliz, informándome.

—Lo felicito —dije.

—Políglota —resumió—. Sin contar que hablo el hebreo, el griego y el latín. Los idiomas de rigor en la prefectura.

—¿Y los abrocha todos cada mañana? —pregunté—. Son más de 100.

Me refería a los botoncitos, alineados desde el cuello hasta el bies de su vestido negro.

—Hay un truco —confesó.

Dobló la tela donde estaban cosidos los botoncitos, debajo había una cremallera que corría desde el cuello hasta el borde del vestido.

—La bragueta más larga del mundo —me dijo.

—Apuesto a que sí —respondí.

Y entonces se abrió el elevador y salimos a la sala de lectura.

—Guantes —dijo él en voz queda señalando una cesta con guantes de algodón como los que él usaba.

De cierto los 7 lectores de la sala, distribuidos en

varias mesas, usaban guantes blancos de algodón para no manchar con grasa humana los viejos textos. Libros manuscritos y coloreados con pincel. Periódicos que al pasar una hoja crujían.

Un lector usaba una lupa sobre un libro grande y grueso, con primorosas letras garigoleadas y recuadros pintados. Llevaba sobre la cabeza un sombrero y tenía una barba larga y blanca que, dada la historia en que Yo parecía estar engarzándome, no pudo sino recordarme al viejo Darwin de barba blanca hasta el pecho.

El monje se detuvo junto a él para saludarlo con un soplido:

—Rabino Lerer.

—Buenos días, padre Sibelius —le respondió éste en un soplo.

—Acá los presento. El rabino es experto en literatura antisemita medieval.

El rabino inclinó hacia mí su cabeza barbada y ensombrerada.

—La doctora Nieto es experta en Darwin y en atunes.

Incliné igual mi cabeza rapada.

—El rabino estudia cómo los cristianos asesinábamos a sus ancestros —me soltó el monje al oído.

Me quedé pasmada.

Observé que en su libro aparecía una pintura preciosa de un hombre envuelto en llamas anaranjadas.

—Ése es un manual para quemar judíos —dijo sonriente Sibelius.

—Se acabó —susurré Yo, y tomé a Sibelius por

el codo.

—Amo el atún —murmuró hacia mí el rabino en tono de despedida—, especialmente con mayonesa.

—Sentarse —le ordené al oído a Sibelius.

El monje depositó el folio en la mesa a la que habíamos llegado y trepó a una silla, y sentada a su lado Yo noté que sus zapatos de cordones no alcanzaban a rozar el suelo de duela.

Dijo, abriendo el folio:

—Acá está tu *lady* Hope.

Me embroncó que a pesar de mi insistencia en *miss* Hope él hubiera elegido a la *lady*, pero entonces me informó lo que sigue:

—La *lady* fue la secretaria de Charles Darwin.

El folio contenía una diversidad de papeles, que removió con la mano enguantada.

—Mira, doctora. —Eligió una lámina y me la mostró.

—Es un grabado de la abadía el día del funeral de Charles Darwin.

—¿Esta abadía de Westminster?

—Esta misma.

El dedo enguantado blanco del monje avanzó por el minucioso dibujo y se detuvo en el centro, en un cuadrángulo gris.

—Éste es el ataúd de Darwin —sopló en mi oreja—. Ahora observa.

Señaló un rostro en la fila de personas contiguas al ataúd.

—¿La ves? La mujer más próxima del féretro.

Era una mujer con un sombrerito.

—¿La esposa de Darwin? —adiviné.

—No. La esposa de Darwin no asistió al funeral de la abadía.

—¿Por qué?

—Tenía partida de *bridge*.

Me miró a los ojos, Yo los desvié, se rio entre dientes.

—Una broma —aclaró.

No me reí.

—La verdad, no sé por qué la señora Darwin no asistió al funeral de su esposo —siguió él—. Lo que importa es quién es esta mujer que está cerca del ataúd, ¿no te parece?

—¿*Lady* Hope?

—La misma, la secretaria de Darwin.

—¿Cómo lo sabe?

Dio la vuelta al grabado. En el envés un dibujo calcaba la silueta de las figuras, y dentro del rostro de cada una había un número diminuto que se correspondía con el de un listado incluido al pie del dibujo. 6 columnas de números y nombres.

El dedo del monje se detuvo en el 45.

Leyó:

—*Miss* Hope, secretaria de Charles Darwin.

—Lo de *lady* —agregó— le vino después, cuando fue nombrada *lady* por la reina Victoria. Ahora mira.

Eligió un fajo de hojas. Un cintillo de seda negra, agrisada por el tiempo, las unía por el margen izquierdo. Lo colocó ante mí.

En la hoja frontal estaba escrito:

Miss Elizabeth Hope:
Recuento de su audiencia con la reina Victoria del Imperio británico.
13 de abril de 1882.

Y más abajo aparecían los sellos:

—Este documento estuvo en el archivo confidencial de la reina Victoria durante 150 años —susurró el monje—, y recién al desclasificarlo, en nuestro siglo, lo enviaron a la abadía. No puedes fotografiarlo —me advirtió—, pero puedes tomar notas.

Saqué de mi portafolios la libreta de tapas negras, mi pluma fuente Varsity y mi muñequera de plástico flexible y negro.

Coloqué la mano en el brazo de la silla de madera y con la otra mano la rodeé con la muñequera y la cerré en las junturas de velcro.

El monje me miró hacer.

—No voy a explicar nada —le informé.

—Disfruta —me sonrió él, se deslizó de la silla y su vestido cubrió sus zapatitos de agujetas.

31

El documento, en papel cebolla, semitransparente y rugoso, estaba mecanografiado en letras Courier que se habían imprimido con tal profundidad que en algunos sitios agujeraban el papel. De cierto, los puntos de las íes eran agujeros en el papel.

En su 1.ª hoja relataba con una prosa sin adjetivos que el párroco de la Iglesia anglicana de la población de Downe, un tal Josef Browning, se había comunicado con el arzobispo de Westminster, que a su vez lo había hecho con el secretario de la reina Victoria para solicitarle que concediera de inmediato una audiencia a *miss* Elizabeth Hope, habitante de la población de Surrey, contigua a la población de Downe, y secretaria del señor Charles Darwin, que había muerto la tarde del día anterior.

Miss Hope quería explicarle a la soberana algo acontecido al señor Darwin que juzgaba que era de importancia suprema para el Imperio. Corría prisa que la Reina lo supiera porque probablemente querría ordenar un cambio en el lugar de la sepultura del afamado científico, que hasta el momento estaba previsto en el jardín de la humilde parroquia de Downe para la mañana siguiente.

Miss Hope deseaba contárselo en secreto a la reina Victoria.

A continuación, prometía el documento, se describiría el encuentro entre la monarca y *miss* Hope.

Estaba Yo dando la vuelta a la hoja cuando un ruido me distrajo.

Del otro lado de la mesa un tipo vestido de negro y con lentes negros de aviador había jalado una silla y tras tomar asiento alzó la diestra, enguantada en un guante blanco.

Barba de 2 días de no rasurarse, pensé.

Abrigo negro abotonado hasta la garganta.

Y un dato sospechoso: en una biblioteca y no trae consigo nada que leer.

—Buen día —me dijo en español.

No le respondí.

En cambio noté que en otra mesa otros 2 tipos vestidos de negro habían tomado asiento uno frente al otro y tampoco leían nada.

Firme en mi propósito, volví los ojos al texto del que iría revelándose lo que habría de convertirse en la 3.ª historia de este libro.

Miss Hope era una mujer delgada que se presentó a la cita vestida de negro, «como suelen vestirse las predicadoras del movimiento de la Temperanza —acotaba el texto—, y con una cofia negra que le guardaba el rostro en la sombra».

Fue recibida en el palacio de Buckingham por el secretario particular de la Reina, que la hizo entrar por el flanco de las caballerizas, y no por la entrada principal, para evitar murmuraciones, tras lo que la condujo por un enjambre de pasillos hasta el jardín. Eran las 8 de la mañana del 20 de abril de 1882.

La Reina la esperaba de pie, en un vestido amplio y sencillo, negro y con encajes blancos en los puños y el cuello. El cabello recogido en un chongo cubierto por una redecilla.

Miss Hope inclinó el torso en una tiesa reverencia y besó la mano que la Reina le tendía.

La Reina le advirtió que quería un relato detallado.

—Lo urgente se aborda despacio —dijo.

Hablaron mientras caminaban a pasos lentos por

una vereda de arena en el jardín. El secretario, un paso atrás, apuntando en su libreta.

Un par disímbolo: la Reina en su vestido negro de falda amplia, *miss* Hope en su vestido negro sin holanes ni crinolina, esmirriado a su cuerpo flaco, y con la cofia negra que le ocultaba el rostro.

En la 3.ª hoja, antes del recuento de la conversación entre las 2 mujeres, aparecía otro sello.

Y con letra manuscrita:

Para ser archivado en el Archivo de la reina Victoria durante 150 años.

33

Miss Hope le contó a la Reina que había sido contratada por el señor Charles Darwin como escribana. Al científico, al que ya toda Inglaterra nombraba el Gran Hombre, le era difícil escribir, en especial en los días fríos, en que las manos le temblaban. Durante cerca de 2 años, lloviera o nevara, *miss* Hope llegaba a la propiedad de los Darwin en el momento en que en el reloj del vestíbulo sonaban 12 campanadas. Preguntaba a la servidumbre por él e iba a encontrarlo.

A veces Darwin estaba en su estudio de la planta baja, a veces en el jardín, a veces en el invernadero, a veces en su dormitorio, en la cama, la espalda contra cojines blancos.

Cada día era más común hallarlo en la cama, la espalda contra los cojines, la barba blanca hasta medio pecho, los lentes redondos calados, con algún libro o periódico en las manos temblorosas.

Entonces el Gran Hombre le dictaba y ella apuntaba en un cuaderno. Le dictaba cartas, que ella transcribía por la tarde con letra fluida en papel de seda y le llevaba al día siguiente para firmar y así poder enviarlas. O le dictaba notas científicas, y entonces ella permanecía en la casa para transcribirlas esa tarde en el estudio, en alguna de las libretas que se guardaban ahí en un librero.

La mañana a la que *miss* Hope quería referirse era la del 12 de enero del año anterior al que corría. Esa mañana la señora Darwin había salido de viaje para visitar a sus hijos y nietos en Londres, donde vivían. La cocinera le había informado que el señor estaba, como el día anterior, como antier, como ya casi siempre, en el dormitorio.

Con la espalda contra los cojines, Darwin miraba la ventana, que enmarcaba el bosque de Downe y una franja azul de cielo por la que cruzaba una lejana parvada de golondrinas negras.

Miss Hope lo saludó en el quicio y él sin volverse dijo, a modo de saludo:

—Emigran al cálido sur.

Y luego, palmeando la Biblia que descansaba en la colcha, sobre sus piernas, anunció con voz sosegada:

—He estado leyendo Hebreos esta mañana.

La reina Victoria se detuvo en la vereda de arena.

—¿Darwin estaba leyendo la Biblia?

Miss Hope le dijo que sí.

—Hacía unas semanas me había pedido que le llevara una Biblia. No quería leer la de su esposa, la señora Emma.

—¿Por qué? —quiso saber la Reina.

—Cuando se lo pregunté me contestó que se armaría una discusión, y quería evitarla. Él y Emma habían discutido demasiado a lo largo de su matrimonio sobre la Biblia. La Biblia había sido para ellos una fuente de amargura.

—Había estado leyendo Hebreos... —dijo la Reina y retomó el paso, el secretario tras ellas.

—Me preguntó si yo sabía que él había considerado de joven ser sacerdote.

Miss Hope le respondió que había leído su autobiografía, que él mismo le había pedido que transcribiera en limpio, y que ahí se había enterado de que en su juventud su padre le había exigido que se hiciera cura porque no era bueno para nada.

Darwin lanzó una carcajada.

Sí, eso le había dicho su padre, que no tenía las capacidades intelectuales ni la disciplina para ser un gran científico, pero que siendo cura podría dedicarse de lunes a sábado a buscar bichos en los jardines, y sólo los domingos tendría que ocuparse de los feligreses.

—Pero mi padre era un cínico —le dijo Darwin a *miss* Hope—. Y yo no lo soy, ni nunca lo fui.

Si elegía la ciencia entregaría sus días enteros a la investigación de la Naturaleza. Si elegía el sacerdocio no le escatimaría al trabajo de Dios entre los mortales ni un instante. El azar le había permitido posponer la decisión. Había aceptado la invitación a embarcarse en una expedición que circunnavegaría las costas de tres continentes durante 5 años.

—Entonces —murmuró Darwin—, ocurrió Galápagos.

Levantó del buró, con una mano incierta, un vaso y bebió un sorbo de agua.

—Ocurrió el archipiélago de Galápagos —repitió—, en el sur de América, ante Ecuador, y en particular ocurrió la isla de James.

Otra vez se quedó mirando las golondrinas que en el cielo aleteaban en formaciones en V hacia el sur.

—Yo nací dos veces —siguió diciendo Darwin—. De mi primer nacimiento no guardo memoria. Del segundo no hay día en que no me acuerde. Volví a nacer en la cima de un promontorio de piedras en la isla de James. Ahí, bajo el sol ardiente, se resolvió mi dilema. No tenía que optar por ser sacerdote o científico. Haría de la ciencia mi sacerdocio. Le prometí a Dios que dedicaría mi vida a investigar la perfección de su Creación. Y lo cumplí —añadió en un suspiro—. Dediqué el resto de mi vida a investigar las leyes de su Creación.

Y acá Darwin empezó a sollozar.

Miss Hope se preocupó. Se ofreció para llenar de agua el vaso que tenía en su buró. O para ir a la cocina por una bebida caliente. Pero Darwin continuó sollozando.

Las lágrimas le inundaban los ojos y entrelazó las manos sobre la Biblia.

—Lo que no podía imaginar —dijo— era qué tortuosa resultaría esa investigación de la obra de Dios. Qué llena de tormentos, de pruebas y errores, y de intrincadas confusiones.

Darwin se serenó y siguió contando:

¿Sabe usted, *miss* Hope? Siendo un joven de ideas todavía no bien formadas publiqué un libro en el que aventuré algunas intuiciones sobre la transmutación de las especies.

La Reina volvió a detenerse.

—¿Cómo un joven? —preguntó—. Tenía 51 años cuando publicó *El origen de las especies*.

—Tal vez a los 73 años eso le pareció joven —dijo *miss* Hope.

La Reina volvió a caminar con *miss* Hope a su vera.

—Para mi asombro, mi libro de intuiciones adquirió una inmensa popularidad y consecuencia —siguió Charles Darwin—. Es un libro que se ha traducido a todos los idiomas del planeta que poseen alfabeto escrito, según me aseguran mis editores. Un libro al que muchos le han conferido una autoridad definitiva. En especial a sus refutaciones de la intervención de Dios en la evolución de la Naturaleza, donde han adivinado mi negación absoluta de un ente superior, cosa falsa.

A Darwin el llanto le bañaba libremente el rostro en ese momento.

—No —dijo Darwin—. Yo negué que Dios lo hubiera hecho todo en la Naturaleza, cada flor, cada animal, cada estrella, como un relojero meticuloso. Escribí en cambio que la Naturaleza misma había ido evolucionando a partir de sí misma, pero no negué a Dios, una inteligencia suprema vigilante del proceso.

—Debí haberlo aclarado —se lamentó Darwin—. Debí haberlo publicado. Debí haber salido de mi estudio para ponerlo en palabras desde el estrado de una universidad. Pero guardé silencio. Y cuando los entusiastas de mi libro empezaron a proponer que *El origen* debía estudiarse en las aulas de las escuelas secundarias y la Biblia debía quemarse en sus patios —Darwin se mordió el labio inferior un momento—, debí decir llanamente la verdad. Ése es un sinsentido. *El origen* debe estudiarse, sí, en las clases de Biología, y la Biblia debe seguirse estudiando en clases de Religión. Pero de nuevo guardé silencio.

—La voz de Darwin se volvió grave—. Y permití que Thomas Huxley, con su excesivo entusiasmo y su hiperbólica elocuencia, proclamara desde los púlpitos de las universidades que mi libro era la nueva Biblia de una nueva religión materialista, y yo, su nuevo profeta.

—Así es —murmuró la Reina, y por tercera ocasión se detuvo.

—Estoy arrepentido —dijo Darwin.

Bajó la cabeza para verse las manos entrelazadas fuertemente sobre la Biblia.

—Permití que miles de personas perdieran la fe y abjuraran del cristianismo. Desgajé la Ciencia de la Religión —sollozó— y permití que se las enfrentara como enemigas, condenando a la especie a quedar en una confusión sobre cómo vivir y cómo morir. Me temo —murmuró— que a mi muerte, cuando sea el momento de juzgarme, Dios no tendrá piedad conmigo.

—Quisiera —dijo después en un hilo de voz—, quisiera regresar a Dios. Desde hace tiempo lo deseo. Por eso le pedí al párroco de Downe que contratara para mi servicio a alguien como usted, una creyente.

—¿Ha hablado con su esposa de esto? —preguntó entonces *miss* Hope.

—No. No. No —protestó Darwin—. Me es más fácil confesarme con una desconocida. Perdón que la llame así. Pero en contraste con mi esposa, es usted casi una desconocida.

—Emigran al sur —dijo otra vez, mirando la parvada en formación en V que avanzaba al fondo del marco de la ventana.

—Nunca es tarde para regresar a Dios —le contestó entonces *miss* Hope—. Dios está en todas partes y a todas horas, para encontrarlo basta buscar la intimidad con Él. Se lo dice la hija de un predicador.

—No es así —dijo Darwin—. Arrepentirme en bloque de nada serviría. Lo he intentado. Me he hincado y he pedido perdón y esperado el milagro. Y no llegó. Lo que debo hacer —continuó— es desandar mi camino.

—Desandarlo, ¿cómo? —preguntó *miss* Hope.

—Volver con la memoria atrás e ir evocándolo paso por paso hasta el día de hoy, para ir corrigiendo los errores que me apartaron de mi Creador.

—Hágalo —le respondió *miss* Hope.

—Mañana empezaré. Se lo iré dictando —dijo, sorprendiéndola—. Iré caminando en mi memoria desde mis 25 años hasta el día de hoy. Desde ese promontorio en la isla de James hasta llegar al presente. Es un relato, Elizabeth, que debemos mantener en secreto.

Usó el nombre de pila de *miss* Hope.

—Nadie sino usted y yo lo conoceremos. Usted sabe por qué el secreto es imprescindible.

—¿Por qué? —preguntó la Reina caminando en el jardín del palacio.

Miss Hope respondió:

—Por lo que había ocurrido con la autobiografía anecdótica de Darwin.

Darwin la había escrito de propia mano en tiempos de mejor salud, con un ánimo despreocupado y la intención de publicarla. Pero cuando su esposa Emma y sus dos hijos mayores leyeron esas cien hojas, se desató una guerra civil en la familia Darwin.

El hijo mayor quería tachar varios párrafos por que ofendían a personas de influencia. Emma por su parte pretendía eliminar todo aquello relativo a la Religión, que encontraba blasfemo. En tanto el otro hijo insistía en publicarlo todo, sin correcciones, en honor a la Verdad, con V mayúscula.

En consecuencia, la autobiografía no se había publicado hasta ese día.

Si eso había ocurrido con una autobiografía formada de anécdotas, qué no pasaría con una autobiografía teológica.

—¿Autobiografía teológica? —repitió la Reina, y caminó en silencio—. ¿La nombró él así?

—Autobiografía teológica —asintió *miss* Hope.

—Así que a mi muerte —terminó de decirle

Darwin a *miss* Hope—, y sin que mi familia lo sepa, deberá usted entregarla a Su Majestad para que ella, y sólo ella, como soberana del Imperio y como cabeza de la Iglesia anglicana, decida qué uso darle.

Luego Darwin le pidió a *miss* Hope que contratara al coro de niños de la parroquia de Downe para que cantasen en su jardín el domingo *La Resurrección de Jesucristo* de Bach.

—¿Eso es exacto? —preguntó la Reina—. ¿Pidió que cantaran, de forma específica, *La Resurrección de Jesucristo* de Bach?

Habían llegado a un redondel de arena amarilla con una fuente en el centro. La Reina volvió el cuerpo para ver los ojos de la mujer. En la sombra, bajo la cofia, brillaban.

—*La Resurrección de Jesucristo* —le confirmó *miss* Hope—. Quería iniciar el recorrido de su arrepentimiento oyendo *La Resurrección*. Pero fue penoso cuando el domingo los niños cantaron en el jardín.

La Reina esperó a que se explicara.

El Gran Hombre le tomó la mano a Emma, estaban sentados en unos sillones de paja, y escuchó el concierto con la cabeza abatida y la vista clavada en el polvo, como un hombre derrotado por la muerte.

Darwin habría de confiarle luego a *miss* Hope que durante el concierto no había hecho más que observar unas lombrices ahí abajo en el pasto.

—Las lombrices de las que seré alimento.

Miss Hope llevaba al hombro una alforja de cuero negro. Le abrió la hebilla. Extrajo un sobre con un sello de cera rojo.

—Éste es el único manuscrito —dijo al entregárselo a la Reina—. La historia de la relación entre Darwin y Dios. Su autobiografía teológica.

La Reina despegó el sello y extrajo un ciento de hojas manuscritas.

—¿Entonces somos tres quienes sabemos de ella? —dijo la Reina.

—Él. Yo. Ahora Su Majestad.

Miss Hope entonces apresuró sus palabras. Dijo que la urgencia por entregarle el relato derivaba del momento: Darwin había muerto la noche anterior, en su cama, de un ataque de angina de pecho. En ese instante, su cuerpo estaba tendido sobre la larga mesa de madera de su estudio, vestido en un traje negro, con su sombrero negro de alas anchas sobre los muslos. Su esposa Emma vacilaba entre enterrarlo en el jardín de la parroquia de Downe, a un lado de la tumba del hermano de ella, o cremarlo y esparcir sus cenizas por el bosque.

Alguna vez el Gran Hombre había dicho que eso le complacería. Que sus cenizas se hicieran humus en el piso del bosque. Pero al oír aquello Emma había llorado y le había advertido que así aseguraba que no se reencontrarían después de la muerte, en el Cielo, y él había replicado algo vago, algo en el tenor de:

—Entonces entiérrame donde tú quieras, por fin serás mi dueña cuando yo sea un fiambre.

—¿Un fiambre? —se inquietó la Reina.

—O algo en ese feo tenor —le respondió *miss* Hope.

Miss Hope temía que Emma terminara por ceder

a su remordimiento y decidiese complacer aquellas lejanas palabras de su marido y lo cremara, desconociendo que Darwin se había convertido a Dios.

Pero además de asegurarle un entierro cristiano, *miss* Hope tenía otra petición para la Reina.

—La abadía de Westminster.

Fue la Reina la que lo pronunció.

El cementerio donde descansan los cuerpos de los hombres y las mujeres más célebres del Imperio británico. 17 reyes y reinas, incluidos Carlos II, Enrique V, Enrique VII, Isabel I. Y figuras cimeras del intelecto: Chaucer, Ben Jonson, Charles Dickens, Alexander Pope, Isaac Newton. Para empezar a nombrarlos.

La Reina fue a sentarse en una banca del redondel y empezó a leer el manuscrito.

Iría por la décima hoja cuando se acordó de *miss* Hope y el secretario. Con un ademán indicó que tomaran asiento en la banca que se hallaba al otro lado de la fuente.

A eso de la página 30 un perico verde entró caminando en el redondel, saltó al borde de la pila de piedra, se mojó el pico en el agua, bajó al polvo y se fue despacio.

Luego un pavo real rodeó el redondel barriendo con la cola las hojas secas.

La Reina bajó el manuscrito a su falda y meneó la cabeza lentamente.

—Irse tan lejos de Dios —dijo—, para regresar tan cerca. Hay un espacio en la abadía de Westminster cerca de Isaac Newton —dijo luego a su secretario, que se puso en pie.

—Alabado sea el Señor. —*Miss* Hope juntó las manos.

—Avise a la viuda —siguió la Reina instruyendo al secretario—, y si ella está conforme, comunique nuestra decisión al Parlamento y reúna en el palacio al arzobispo de Westminster y a Thomas Huxley. ¿Por qué está usted todavía acá?

El secretario echó a andar aprisa.

34

A continuación había otra hoja donde aparecía de nuevo el sello:

Y una advertencia.

La Autobiografía Teológica que seguidamente se transcribe es de Charles Darwin y consta de 19.971 palabras.

Se ha respetado su contenido, excepto en algunos detalles triviales.

Se han mutado los entrecomillados que flanqueaban las alocuciones de personas por el uso de guiones y se ha cortado el texto en capítulos breves, que se han numerado; todo ello con el fin de suavizar y hacer más placentera la lectura.

35

Y luego lo que había era una hoja en blanco.

Y otra hoja en blanco.

Y otra hoja en blanco.

Hojas de papel cebolla, rugoso, como aquellas que las antecedían, pero en blanco y no marchitas. Eran hojas nuevas, a diferencia de las mecanografiadas.

El relato repleto de letras negras había dado paso al irritante blanco de las hojas vacías y nuevas.

Alguien había sustituido la autobiografía de Darwin y Dios por estos folios nuevos y vacíos, pensé.

¿Cuándo? ¿Para qué?

Me sentí mareada, tensa, mientras seguía volviendo las hojas en blanco que me iban irritando más y más.

Me enojaban tanto como el relato que recién había leído y contradecía todo lo que sabía de Darwin.

¿Darwin había renegado de su *Origen* antes de morir y había pedido perdón a Dios?

¿Llorando? ¿Suplicando?

¿Llorando había pedido perdón a la nada, a Dios: a nadie?

¿Había llamado al coro de niños cantores para que cantaran qué? ¿*La Resurrección de Jesucristo*?

«He condenado a la especie a la confusión.» ¿Eso había podido decir Darwin?

Era la 3.ª vez en 3 días que escuchaba que alguien aseguraba que una confusión torturaba a los primates erectos. La 1.ª vez un ranchero millonario de Kansas en guerra contra una puta faldita escocesa. La 2.ª el profesor Márquez en guerra contra el ranchero religioso.

Y las malditas páginas en blanco seguían sin nada.

Ni una letra.

Alcé los ojos y me topé con los lentes negros de aviador del tipo sentado al otro lado de la mesa. Parecía no tener nada que hacer más que observarme.

Me levanté de golpe de la silla y mi muñequera de plástico se abrió y cayó al piso.

La recogí y a trancos crucé la sala de lectura, en el vestíbulo llegué hasta el mostrador del vestidor, pasé al lado de la encargada para descolgar sin su mediación mi saco marinero, tomé de un casillero mi portafolios, y mientras la mujer me reclamaba quién sabía qué me saqué los guantes de algodón blanco, se los tiré al rostro y a zancadas llegué hasta las puertas metálicas de un elevador y pulsé el botón.

Al entrar y volverme para recargar la espalda en la pared vi los lentes negros que se introducían en el elevador.

Con ambas manos contra el pecho del tipo lo empujé fuera.

—¡Blablablá! —se escandalizó él.

Y retrocedí a tiempo de que las puertas se cerraran conmigo adentro y por fortuna perfectamente sola.

36

Era falso.

Una mentira.

Una fantasía.

El relato de la vuelta de Darwin a Dios.

Lo decidí al salir al jardín de la abadía.

Falso como los ángeles, fantástico como el Relato de la Religión.

Arriba, las nubes grises chocaron y se marcó entre los grises un relámpago, y Yo eché a andar para alcanzar el Támesis.

No dejaría entrar en mi ordenado Relato darwinista la duda. La confusión.

La guerra entre los 2 relatos de la Realidad, el de la Ciencia y el de la Religión.

Por suerte Yo no tenía que elegir entre los 2 relatos de la Realidad, el de la Religión y el de la Ciencia, porque tenía una 3.ª opción.

La Realidad misma, ese lugar interminable.

Sólido.

Aceleré el paso por la acera del margen del río. Las gotas de lluvia en el rostro fueron sacándome de la burbuja del lenguaje, y otro relámpago y otro trueno destaparon mis ojos y mis oídos.

En el Támesis, la gente tapaba los barcos con lonas negras.

Y la lluvia arreció.

La bendita lluvia que fue espantando a los primates de la acera paralela al río. Corrían a guarecerse bajo toldos y cenefas, y Yo tenía el paso libre.

Subí la capucha del saco marinero para cubrirme la cabeza.

Ding.

Una campanita sonó en mi bolsillo: en mi teléfono celular había entrado un mensaje.

Lo veré en 3 meses, me dije.

Pensé en mis atunes submarinos.

En la temporada de desove que se avecinaba. Tendría que estar en el barco a tiempo para administrarles testosterona a los atunes machos para que la fertilización procediera.

La fertilización no suele suceder en altamar, sino en las bahías, pero la testosterona arreglaría eso en mi reserva para atunes.

Ding.

Otro mensaje en la bolsa de mi saco marinero.

En 3 meses, pensé.

A través de la tupida lluvia logré distinguir delante y a mi derecha un bar, y al desviarme hacia ahí sentí que alguien detrás de mí también cambiaba su camino.

Me volví.

Un tipo, bajo un paraguas blanco, seguido de

otros 2 tipos, con paraguas negros, se detuvo a 10 pasos de distancia. Pude alcanzar a ver entre la lluvia al 1.º, el tipo de los lentes de aviador.

Entré al bar.

Atestado de parlantes.

Blablablá   blablablá   blablablá   blablablá   blablablá   blablablá

Blablablá   blablablá   blablablá blablablá   blablablá   blablablá   blablablá

Blabla   blablablá   blablablá   blablablá   blablablá   blablablá   blablablá

Blablablá blablablá blablablá   blablablá blablablá   blablablá   blablablá   blablablá

Blablablá   blablablá blablablá blablablá   blablablá   blablablá blablablá   blablablá

Blablablá   blablablá   blablablá   blablablá   blablablá   blablablá blablablá

Blablablá blablablá blablablá   blablablá blablablá   blablablá   blablablá blablablá

Una cincuentena de monos habladores hablando sus relatos personales alrededor de mesas altas, con vasos de alcohol en la mano. Una convención de parlanchines. Un ruidazal de palabras. Todos levantando la voz para ser escuchados. Desgastándose en el esfuerzo de relatar su relato. ¿Les paga alguien por tanto esfuerzo?, me pregunté. Acodados en las mesas. Tomando alcohol para abrirse las laringes y seguir blablableando.

Nadie les paga, pensé: les mueve los labios la necesidad de inventarse un relato no confuso, no desordenado, de sí mismos y la Realidad, y comprobar en los ojos ajenos que no es un disparate, que no es una ridiculez, que su relato tiene sentido.

Como si no bastara con el estruendo de los blablablás, en una esquina, en un televisor, otros parlantes también hablablablan.

La pantalla estaba dividida en 2 y me pareció reconocer uno de los 2 rostros habladores, el rostro mofletudo, con un mechón de cabello caoba cruzado sobre los ojos. Un tal Ford, recordé. Y sí, bajo su cara habladora aparecía el cintillo:

JOHN FORD
Escritor y polemista

El otro rostro hablador era delgado, llevaba lentes cuadrados y el cintillo bajo él decía:

RONALD EMHERSON
Director del Instituto Discovery

Deslicé el oído dentro de la burbuja del lenguaje.

37

Discutían sobre los libros de texto de las clases de Biología en la ciudad de Ohio, Estados Unidos.

—La Biblia no tiene por qué estudiarse en la clase de Biología —dijo el regordete Ford.

—No se trata de la Biblia, sino de la Teoría del Diseño Inteligente —replicó el flaco.

—Miente usted —arremetió Ford—. Su llamada Teoría del Diseño Inteligente es el Génesis de la Biblia traducido a un lenguaje seudocientífico. Es la vieja afirmación de que una Inteligencia Superior creó de manera sucesiva las principales formas de la vida.

—Sólo queremos que se le dedique el mismo tiempo a nuestra teoría que a la Teoría de la Evolución —replicó el otro.

—No en una clase de Ciencia. —El regordete infló los cachetes como un sapo—. Enséñenla en sus templos. Los científicos no nos paramos en los podios de sus templos a enseñar, no se paren ustedes en las aulas. Respetemos la esquizofrenia de la cultura occidental. Ciencia todos los días excepto los domingos.

¿Era una ironía lo que decía el señor Ford? En todo caso el de los lentes cuadrados respondió:

—Esto es la democracia, tiempo igual para cada teoría en el salón de clases. Y le tengo una mala noticia, señor Ford. La inclusión de una Inteligencia Superior, un Creador, un Dios, en clases de Ciencia ha vuelto a nuestros tiempos para quedarse.

La discusión se cortó y la pantalla se llenó de rojos y naranjas: un incendio en un bosque de Ottawa.

Luego aparecía más fuego: un incendio en la provincia española de Murcia.

Una voz anunciaba que se estaba investigando si la proliferación reciente de incendios en América y en Europa era una coincidencia o tenía una causa común, y acaso humana.

Ding, sonó en mi bolsa un nuevo mensaje.

Me metí entre el insoportable blablablá del bar empujando los cuerpos a mi paso hasta alcanzar el único espacio libre, una escalera que subía.

38

Tronaba la tormenta contra el techo de acrílico. Estaba en una caja de acrílico con mesas y sillas vacías.

Recliné la espalda en una esquina, dejando que los tambores de la lluvia vaciaran mi mente del blablablá, y apoyé el rostro contra el frío acrílico para terminar de asentarme en la Realidad.

Pero existir fuera del lenguaje en una ciudad es imposible. O casi. En las ciudades se concentran demasiados monos habladores y demasiados aparatos de comunicación.

Ding, sonó por enésima vez mi bolsa del saco marinero.

Saqué el celular con resentimiento.

En el correo se sucedían los mensajes. 5 mensajes enviados por A. Márquez.

A. Márquez: un profesor secuestrado en el Medio Oriente.

Su asunto: Darwin, isla de James.

Otra vez el corazón me latió aprisa y otra vez la curiosidad me succionó dentro de la esfera de las palabras.

Abrí el mensaje. Contenía una palabra nada más y un cuadrángulo vacío.

Clave:

Observé cómo el espacio para la clave se llenaba letra por letra hasta completar:

Clave: Concha reina

Un texto se desplegó en un instante hasta llenar la pantalla. Busqué con la mirada a mi derredor. Sillas y mesas vacías.

Busqué en la calle 2 pisos abajo.

Borroso tras la lluvia, el tipo del abrigo negro bajo un paraguas blanco y con lentes negros de aviador guardó algo en la bolsa del abrigo. Detrás de él los otros 2 tipos, bajo los 2 paraguas negros, se mantenían quietos.

Entonces el del paraguas blanco levantó su mano libre, enguantada de blanco: me saludaba.

Y Yo bajé la mirada hacia la pantalla repleta de palabras.

Era la biografía teológica que Darwin, presumiblemente, había enviado a la reina Victoria, y que la había decidido a darle un entierro en un templo de Dios.

III
La misión

39

Un hombre parado en un balcón de la montaña de roca: parecía de 5 centímetros desde el pedregal desde donde lo miró Franco, 50 metros abajo.

Le inquietó su sotana negra, católica, pero volvió a su trabajo entre la cuadrilla de hermanos de la fe.

Reventar rocas contra rocas.

Levantó con ambas manos una pesada piedra y la estrelló contra el filo de otra roca, cerrando los ojos para que las astillas no los hirieran. La alzó ya disminuida y la golpeó otra vez.

El golpeteo de la cuadrilla de hermanos estrellando rocas contra rocas lo reconcentró en su trabajo.

Levantó la piedra ya lo suficientemente reducida como para caber en su diestra y la estrelló.

Pulverizar rocas, ése era el trabajo visto desde afuera. Desde adentro consistía en sostener el vigor físico y hacerlo cruzar cada día otro umbral de dolor y cansancio.

Pero durante los ejercicios de la tarde volvió a notar al cura al fondo del arenal de obstáculos y volvió a inquietarse. Como si el cura fuera una memoria de su mundo pasado, el de la Andalucía católica de su madre, o un negro augurio a punto de expresarse.

Hizo su rutina con ese malestar a la espalda. Saltar obstáculos en la arena, bajo el sol ardiente, colgarse de una liana para cruzar un hoyo en el suelo, trepar por una pila de sacos de arena, desenvainar el cuchillo y de un solo movimiento lanzarlo al frente para cortar un tronco de bambú en 2, CRAS, otro tronco de bambú, CRAS, otro, CRAS.

Luego de las postraciones de la tarde, en el comedor excavado en la roca de la montaña, entre los 400 hermanos sentados sobre tapetes coloridos, Franco comía escuchando la lectura que desde un estrado el Recitador hacía del Libro Sagrado, cuando el cura lo sacó de su tranquilidad otra vez.

En su sotana negra, enteramente calvo, la cara sonrosada y tan bajo de estatura como un duende, fue a sentarse con discreción en otra silla de espaldar alto, junto al Recitador.

Entonces sucedió algo que por poco le hace a Franco alzarse y reclamar que se expulsase al cura.

El Recitador le entregó el Libro Sagrado al cura católico, el padre besó sus páginas y empezó a leerlo en un árabe torpe pero entendible.

Franco buscó la mirada de otros hermanos. Algunos le devolvieron la mirada de alarma. Los más no.

40

Esa noche, luego de las postraciones finales del día, uno de los hermanos mayores se le acercó y con una cortesía inusual lo invitó a salir al aire libre.

Caminaron por la arena, él y el hermano mayor, un hombre con turbante y barba blanca, y en un redondel de rocas iluminadas por la luna tomaron asiento en 2 piedras contiguas. Sin que Franco se lo pidiera, el hermano le explicó entonces la presencia del padre católico.

No era el 1.er sacerdote católico que los visitaba y no sería el último. No había de qué admirarse. El 1.° los había visitado hacía ya 3 décadas, y se llamaba Juan Pablo.

El papa Juan Pablo II, cabeza de la Iglesia Católica Romana y Apostólica.

Franco ladeó la cabeza esperando escuchar más.

En verdad, el papa Juan Pablo II había estado en la Montaña unos 30 años atrás y había besado las tapas del Libro Sagrado.

—Tampoco eso es un secreto. La fotografía se publicó en todos los periódicos del mundo.

Franco recordó entonces, vagamente, el suceso, tal como se vivió en casa de sus padres, una católica distraída y un musulmán que jamás asistía a los rezos. La fotografía de periódico en la que Juan Pablo II besaba el Libro Sagrado islámico apareció un día pegada en la puerta del refrigerador de la cocina, y ahí estuvo, tal vez meses, tal vez años, irradiando un mensaje de conciliación, hasta que un día, ya no estuvo.

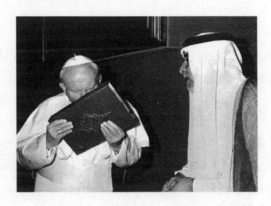

El Papa Viajero, recordó Franco que llamaban a Juan Pablo II, porque había viajado por el mundo como ningún otro papa antes o después de él. El Papa Amigo lo llamaban también, porque había amistado a la Iglesia católica con las otras religiones del mundo.

—O el Papa Ecuménico —dijo el hermano mayor.

—Pensé que los cristianos eran nuestros enemigos —protestó Franco.

—¿Has oído hablar contra los cristianos en este monasterio?

Franco negó con la cabeza.

—¿Has oído que ataquemos a alguna Iglesia cristiana, en Occidente o en Oriente?

Franco negó otra vez con la cabeza.

—En cambio el papa Juan Pablo reprendió a las fuerzas militares de Occidente cuando invadieron Iraq y la destruyeron. La Iglesia católica, había declarado el papa Juan Pablo II, no considera justa una guerra contra el islam. Y cuando una década más tarde las fuerzas de Occidente entraron otra vez a Iraq y luego a Afganistán y no dejaron piedra sobre piedra de las mezquitas, el sucesor del Papa Amigo, Benedicto XVI, repudió igual el ataque de los occidentales y en la basílica de San Pedro rezó por los musulmanes.

El hermano mayor explicó:

—No. Nuestros enemigos comunes, de cristianos y musulmanes, son los ateos. El cáncer de la humanidad es el materialismo ateo.

Y agregó:

— Los musulmanes somos los hermanos fuertes de la alianza ecuménica con los cristianos. Somos los hermanos de la Espada. Los hermanos bendecidos con el petróleo anidado bajo las arenas.

—Pero Cristo afirma ser el único Dios —se resistió Franco—. Y Alá afirma ser el único Dios.

El hermano mayor asintió:

—Tal vez es cierto y existe un único Dios, al que se llega por más de un camino. Tal vez Dios es un diamante de 10 facetas.

2 días después, un *jeep* llevaba a Franco por el desierto a la casa del Juez.

41

Lo alto de una montaña ocre se volvía una geometría de cubos amontonados con pequeñas ventanas cuadradas. Ahí habitaba el Juez con sus 4 esposas.

Un día, hacía semanas, luego de que la puerta de metal amarillo de la fortaleza se hubiera partido en 2 para dejar pasar al *jeep*, y mientras aparcaban el vehículo en un patio al aire libre, Franco las había visto a lo lejos.

4 vestidos azul celeste las cubrían de pies a cabeza: rodeadas de una docena de niños y niñas, las sombras azules se movieron entre los cubos superiores para desaparecer en un diminuto cuadrángulo lleno de sombra negra.

Y luego, desde la escalera por la que subía, Franco volvió a verlas a través de una ventana cuadrada. Formaban un redondel con sus niñas y niños en torno al Juez, sentado en su túnica blanca.

Le impresionó la gracia de las manos del Juez, ascendían y descendían en un baile de ademanes misteriosos, y sintió en el corazón la contracción de la envidia.

Envidia de ser el Juez, o alguno de sus hijos, o una de sus mujeres, envidia por ser alguien en esa familia unida por un relato que el Juez narraba y Franco espiaba desde una distancia infranqueable.

Para estar en presencia del Juez precedía un ritual de limpieza.

Un baño de agua helada bajo una regadera de presión. Luego, rasurarse ante un espejo para redefinir la barba negra al ras de la quijada y borrar el bigote. Por fin vestirse una túnica perfectamente blanca, ajustarse con un cordón de seda negra un nuevo pañuelo blanco en la cabeza, calzarse nuevas sandalias.

Entró al recinto del Juez.

Un espacio de paredes de adobe amarillo y piso de cemento pulido blanco, con mobiliario contemporáneo.

2 sofás blancos enfrentados. Un escritorio de cristal con una computadora.

Franco tomó asiento. Como en otras ocasiones, a la vera del sofá, en una mesita redonda, aguardaba una jarra de cristal llena de agua y con el objeto más lujoso posible en el desierto.

Cubos de hielo.

Se sirvió agua con hielo en un vaso. En lugar de contrariarlo, agradecía la espera. Cerró los ojos para sentir mejor la quemadura del hielo en los labios.

42

El Juez tomó asiento a unos metros de Franco, tras el escritorio de cristal. El duende católico fue a sentarse en el otro sofá blanco, ante él.

—He venido por ti —le dijo, y le sonrió—. Mi nombre es Sibelius.

Franco no respondió.

—He venido a que me hables de la autobiografía teológica del Gran Hombre.

Un informante de la prefectura de la Doctrina le había avisado de su descubrimiento.

—¿Quién? —se alteró Franco.

El curador del museo de la Palabra Escrita de Roma, a quien el doctor Márquez le había llevado la autobiografía para que autentificara la tinta y el papel del documento. Sibelius le había pedido al curador que lo comunicara con el doctor Márquez, para pedirle que le dejara echar un vistazo al precioso tesoro, y fue entonces que Sibelius se enteró del lamentable accidente ocurrido en el Medio Oriente.

—Dile cómo encontrar ese precioso tesoro —ordenó en voz baja el Juez.

Franco sacudió la cabeza.

—No hay forma de leer la autobiografía —dijo. Ignoraba el paradero del texto mecanografiado original. La copia digitalizada había sido encriptada por el doctor Márquez en 4 partes separadas y él no conocía las claves para desencriptarlas. Únicamente Tonio, que las había asignado, las conocía, y Tonio estaba muerto.

Sólo mencionar a Tonio, se le quebró la voz.

—Seguro que un experto puede romper los candados —murmuró Franco.

—Lo intentamos ya —dijo sonriéndole el duende—, y no es posible. Pero yo creo que tú sí puedes encontrar esas 4 claves.

Franco endureció la expresión y no respondió.

—Debes volver a Occidente y completar la obra de tu amigo —le dijo entonces Sibelius—. La Congregación para la Doctrina de la Fe sólo desea asomarse a esas letras.

—¿Para qué? —lo retó Franco.

—Permíteme contarte de la Congregación —respondió Sibelius.

Los teólogos de la Congregación eran lectores sutiles. Se especializaban en detectar al Diablo en los textos. Durante generaciones, por sus 23 pares de ojos, ojos de cardenales, obispos y arzobispos, se habían deslizado los textos más caprichosos y disímbolos.

Instructivos de magia negra. Llamados a la rebelión contra el Papa. Novelas de ficción heréticas. Evangelios apócrifos. Biblias alteradas con imprecaciones maléficas en código. Manuales de sexo no autorizado por la Iglesia. Llamados al aborto o al suicidio o a la homosexualidad o al divorcio o al adulterio o a las 11 mil desviaciones posibles de la doctrina.

—El Diablo usa 11 mil máscaras para ensuciar la obra de Dios —dijo Sibelius.

Los lectores de la Congregación limpiaban del lenguaje la ponzoña del Diablo y la arrumbaban donde no dañara.

En el Índice de Textos Prohibidos. El *Index*.

Un índice de libros donde los millones de creyentes diseminados por el planeta podían conocer qué obras era preferible que no leyeran. Libros sellados con la advertencia I. P. S. T. L. I. P.

In periculo spem tuam liber iste pone. Este libro pondrá en peligro tu Fe.

O la más vigorosa advertencia: L. I. S. T. P. F.

Liber iste spem te perdere facet. Este libro te hará perder la Fe.

Pero igual los teólogos de la Congregación eran capaces de detectar los milagros.

—¿Crees tú en los milagros? —El duende pareció divertirse al preguntárselo a Franco.

Los milagros: los sucesos por los cuales Dios interviene en lo Real.

—¿Tú crees en los milagros? —volvió a preguntar Sibelius.

Por ejemplo, el Verbo de Dios expresándose a través de una boca insospechada. Una campesina ucraniana, analfabeta y desdentada, que de súbito indica en arameo culto en qué loma debe instalarse un santuario para la virgen.

Sibelius se rio, feliz.

O la manifestación del Espíritu Santo en un evento en apariencia simple pero en verdad más extraordinario.

—El Espíritu Santo traduciéndose al mundo de la Ciencia a través de las letras de un supuesto enemigo de Dios.

Sibelius le pidió con un ademán a Franco que se acercara hacia él.

¿Qué sucedería si un Darwin anciano, piadoso de la humanidad, hubiese sido el apalabrador del Espíritu Santo?

Franco parpadeó y Sibelius asintió lentamente:

—No es imposible, y eso creo yo.

Franco quiso saber si entendía al monje:

—Usted cree que la biografía teológica de Darwin cuenta su regreso a la Religión.

—No exactamente. Escúchame con más cuidado. Creo que cuenta cómo Darwin reencontró a Dios, no en la Religión, sino en la Naturaleza, y lo tradujo al idioma de la Ciencia, de la Biología. ¿Te imaginas el efecto de un escrito así?

—No —dijo Franco.

—Serían las nuevas nupcias de la Religión y la Ciencia —dijo Sibelius—. O por lo menos el inicio de un camino de reconciliación hacia esas nupcias.

Luego preguntó:

—¿Curaría eso la intranquilidad de la especie humana?

—Usted es el clérigo —murmuró Franco.

—A mí me parece que mucho, porque lo que tenemos ahora es una conciencia humana dividida. Una mitad cree en la Religión, otra por el contrario descree de Dios y proclama las razones de la Ciencia. Imagínate si todos tuviéramos una única forma de ver la Realidad.

—De nuevo —añadió Sibelius—: en esa autobiografía teológica puede estar el nacimiento de una Religión científica, de una Ciencia religiosa.

Y a continuación se lo dijo a Franco más cerca del oído:

—No hay coincidencias. Dios obra por caminos misteriosos que no alcanzamos a comprender, pero que nos llevan al sitio y a la hora precisos para realizar su voluntad. Mira si no se parece mucho a un milagro la misión que yo te anuncio: yendo a trabajar por el Señor completarás la obra de tu amante.

—No voy a volver a Occidente —respondió Franco separándose del cura.

De inmediato la mirada del Juez atrapó la suya. Y Franco se golpeó con 2 dedos el cuello antes de repetirlo con mayor convicción:

—No voy a volver. Si vuelvo de donde me fui y pretendo ser el que ya no soy, podría quedarme sin nadie, ni con el que fui ni con el que soy.

Franco se escuchó decirlo como si escuchara a un loco y lo dijo en voz alta:

—Me volveré loco si vuelvo a Occidente.

43

Desnudo ante el espejo de cuerpo entero del baño, Franco hizo sonar la tijera de acero en el aire. Luego empezó a recortar su barba. No en su perímetro, sino a ras de piel. Después se enjabonó el rostro. Y con una navaja fue eliminando la espuma y con ella los restos del vello duro y negro.

Regresaba a Occidente y no convenía anunciar con su barba que era un musulmán ortodoxo.

Se equivocó: él ya no era la misma conciencia que había sido en Occidente, pero tampoco su cuerpo era el cuerpo del que había sido. La ropa occidental que ordenó no le entró por los muslos y los brazos. Debieron traerle ropa 2 tallas mayores.

Se vistió la camisa de seda blanca. Se puso el traje italiano de lino gris.

En Londres se encontraría con Sibelius, que cuidaría de que no enloqueciera.

Salió al patio inundado de la luz blanca del mediodía.

El Juez le palmeó los 2 antebrazos fornidos bajo el lino del traje gris.

—Te harán la vida difícil en Occidente —le advirtió—. Te interrogarán en la aduana como a un criminal. Te encerrarán en un cuarto con espejos. Te vigilarán como a un animal peligroso.

Franco no respondió.

—Recuerda —le dijo el Juez—: contarás tu historia, una y otra vez, y siempre será la misma historia.

—¿Y cuál es mi historia? —preguntó Franco.

El Juez le enlistó los capítulos de la historia que contaría. El secuestro. El juicio. Su ruego a gritos de ser reeducado como un buen creyente. La bondad con que los hermanos de la fe le habían dado asilo en el monasterio para enderezar su vida.

—Hasta ahí —dijo el Juez—. Ni una palabra de la vida dentro de la Montaña.

La Montaña no era una hembra con las piernas abiertas para que cualquier infiel entrase en su vientre.

La luz era tan blanca que el Juez parecía hecho de luz, igual que el patio que vibraba tras él, blanco.

—Esto te será útil —le dijo el Juez.

Le entregó una tarjeta de crédito.

—Compra ropa fina —le dijo—, no te vistas como un mendigo.

Aunque usara un pantalón vaquero, debería ser caro, aunque usara botas, deberían ser nuevas. Lo que en un hombre blanco se ve casual y relajado, en un hombre moreno los europeos lo leen como miseria.

Luego le entregó unos lentes de aviador, de cristales azules y arillos dorados. Franco los guardó en la bolsa del pecho del saco gris.

—Toma también esto —dijo el Juez.

Y le entregó un celular negro con teclas plateadas.

El celular de Tonio.

—Enciéndelo hasta llegar a Europa. Puede serte de utilidad enviar mensajes.

En un instante la sangre se le agolpó a Franco en la cabeza.

Recordó la tijera de chef colocada sobre los testículos y aprisionando entre sus hojas de acero el pene, y la hermosa cara abierta de Tonio en un alarido.

Se golpeó con 2 dedos el cuello para regresar al presente.

El asesino de su amante le tomó el cuello con la diestra y lo atrajo hacia sí. Sus frentes se reunieron.

—Eres demasiado sensitivo para ser un líder —le sopló en el rostro el Juez, y Franco tragó con dificultad la humillación de esas palabras—. Pero eres inteligente, eres mestizo, conoces las dos culturas del mundo, la pagana y la sacra, sabes obedecer y estás tocado por el destino. Intenta ser fuerte.

Lo repitió:

—Fuerte. Impenetrable. Como una roca.

Dijo después:

—Sobre el texto que vas a encontrar en Londres, escucha esto: si resulta sagrado será una bendición, pero si es un texto ateo que insulta a Dios, tú sabes qué ordena el Libro Sagrado.

—Destruirlo —murmuró Franco.

Un lejano susurro hizo alzar la vista a los 2 hombres, uno con traje occidental y el otro vestido con una túnica blanca.

Arriba, contra el cielo luminoso, vibraba el brillo de unas aspas minúsculas. Franco se caló los lentes oscuros de aviador y distinguió el helicóptero que llegaba por él, diminuto como una libélula.

44

La tormenta tronaba contra el techo translúcido y
Yo observaba la pantalla de mi celular, repleta de
pequeñas letras, indecisa. Moví con el índice el texto
en la pantalla para apreciar cuán largo era.
Estaba dividido en capítulos cortos y numerados,
como se prevenía en el documento que había leído
en la abadía. Tenía algunos números milimétricos al
final de ciertas oraciones, lo que indicaba que habría
una sección de notas al final del texto. Incluía algu-
nos dibujos de animales, lo que me atrajo.
Me reí.
Sol.
Leer de pronto la palabra «sol» bajo la lluvia me
dio risa.
Me reí igual con las siguientes palabras:
Pingüino.
Concha *Strombus gigas*.
Esporas.
Mundo en flujo.
Pero me quedé perpleja con la última palabra:
Dios.

En ese vistazo sólo saltó a mi mirada esa palabra peligrosa.

Dios.

Y ahí, 2 pisos abajo, borrosos en la lluvia, seguían los 3 tipos con sus 3 paraguas como 3 hongos bajo la lluvia. El del abrigo negro y lentes negros de aviador bajo el paraguas blanco. Más distantes, los 2 tipos vestidos de negro bajo 2 paraguas negros.

Carajo, pensé. De nuevo hundirse en la burbuja del lenguaje.

Me asomaría al texto, 1 capítulo o 2, pensé.

Y así, con los ojos en la pantalla del celular fui deslizándome palabra por palabra fuera de Londres y de mi siglo para entrar en el relato de un mar soleado.

45

—La isla de James. —En la proa del velero el marinero señaló con el dedo índice al horizonte.

Cierto, ahí asomaba, como una mancha de tinta negra, la isla de James. Éramos tres marineros y el que esto escribe. Nos movíamos hacia la isla sin necesidad de remar, con el puro impulso de un viento amable y sostenido.

Hoy, 50 años después, cuando dicto esto, no siento duda al afirmar que en esa isla, en el hemisferio sur de América, ante Ecuador, sucedería lo que habría de determinar el resto de mi vida.

Era el 15 de septiembre de 1835. En su ruta de circunnavegación por los continentes del globo, el buque *Beagle*, de la marina real británica, se había detenido por unos días en altamar y nosotros habíamos bajado al velero durante la madrugada. Tenía yo 26 años y el título oficial de naturalista de la expedición, carecía de nociones firmes en biología, aunque creía entonces que contaba con ellas, y me movían una energía y una curiosidad sin límites.

La isla de James no suele aparecer en los mapas

con su nombre por una razón. En un mapamundi un punto de tinta ya sería demasiado grande para representarla, e incluso en los mapas sólo de Ecuador su nombre escrito resultaría mayor que la isla misma. Pero además de ser muy pequeña, la isla no interesaba a los cartógrafos por otro motivo. Según nos habían prevenido, estaba deshabitada. Empujados por una suave brisa, al acercarnos comprendimos el porqué.

Carecía de vegetación. No alcanzaba a verse nada verde, ni siquiera una palmera como las que pululan en otras islas del trópico. Era una isla negra, calva, formada por la lava de un volcán que había hecho erupción hacía siglos.

Amarramos el velero a una roca de la bahía, arriamos su vela y saltamos al agua, que nos llegó hasta las rodillas.

Un agua helada y tan limpia que podíamos ver nuestras botas mientras caminábamos por el lecho de piedra volcánica.

46

Que la isla estaba deshabitada era por supuesto inexacto. No había humanos pero la cantidad de especies que la poblaban era abrumadora. Cangrejos rojos se movían en la arena húmeda de la playa con sus ritmos característicos de segundero de reloj. Más allá, la playa estaba ocupada a todo lo largo por dos centenares de leones marinos tumbados; cuando una mansa ola se explayaba hasta alcanzar a mojarlos, algunos de ellos se revolvían sobre las panzas, como de puro placer, y bufaban.

Pasamos entre ellos sin despertar su inquietud y llegamos a un terraplén de rocas, por las que trepamos para seguir adentrándonos en la isla volcánica. Tan calientes estaban las piedras que nos quemaban las plantas de los pies, a pesar de las gruesas suelas que nos protegían, y una peste semejante al sulfuro fue envenenando el aire a medida que iban apareciendo, quietas en las rocas, las primeras iguanas, negras y de ojitos rojos, como dragones en miniatura del inicio de las eras.

—Esto es el infierno —resumió el marinero al

que a partir de ahora llamaré el Dibujante porque su misión era ésa, dibujar aquello que yo le señalara.

—El infierno luego de haber sido calcinado por un incendio —añadió el Niño, mi ayudante personal.

—Recemos —pidió el Cargador, cuyo trabajo era empujar el baúl de cuatro ruedas donde guardaríamos los especímenes que yo indicara.

Nos tapamos la nariz y la boca con pañuelos amarrados en la nuca para soportar el tufo de las iguanas, nos aseguramos en la cabeza los sombreros de palma para protegernos del sol que ardía en el cielo, y de pie, para no arrodillarnos en la piedra áspera y que hervía, rezamos un padre nuestro.

Si fuera éste un relato científico no mencionaría nuestros rezos. Serían irrelevantes. Si fuera éste un relato de aventuras de viaje, mencionarlos restaría valentía a los protagonistas. Pero en un relato que tratará de mi relación con la Naturaleza y con Dios, lo cuento para mostrar hasta qué grado la creencia en una divinidad omnipotente y protectora estaba instalada en la mente de cualquier europeo del siglo 19, ya fuera un marinero de pocos estudios, como mis acompañantes, o un graduado de Cambridge, como era yo.

47

Rezamos pues un padre nuestro, y después procedimos a lo que yo llamaba «el trabajo científico», con la confiada presunción de ser el menos ignorante de nuestro grupo. Un trabajo que hoy en cambio calificaría de una carnicería.

Atrapamos una iguana. Éste es el dibujo que de ella trazó el Dibujante:

Capturamos otra iguana y con un bisturí le abrí la panza para descubrir en su estómago algas marinas, lo que indicaba que para alimentarse iba al mar.

Atrapamos otra iguana más y agarrada por la cola la hice girar sobre mi cabeza y la lancé al mar. La vimos regresar a la playa un momento después, de lo que deduje que las iguanas de James odiaban el mar, a pesar de que de él se alimentaban, igual que algunos marineros también aborrecen el mar, del que viven.

A otra iguana la retuve por la cola mientras el Cargador alzaba una roca sobre ella y de un golpe le quebraba el cráneo. Su cerebro, ahogado en un aceite rojo, era también rojo. Cosa que apunté también diligentemente en mi libreta, por más que ninguna deducción se me ocurrió al respecto. Y por fin a otra iguana la guardamos en un saco, cerrado para aislar su peste, que después metimos en el baúl para que yo la disecara en el buque.

De los pingüinos diré poco, prefiero incluir acá el dibujo que de ellos hizo el Dibujante.

Parados sobre una especie de balcones de roca parecían no tener más ocupación que vigilar el horizonte del mar. Nos llegaban al muslo y al detenernos entre ellos apenas nos miraron, para volver enseguida a su quieta actividad de vigías. Sólo a un pingüino juvenil le parecimos dignos de curiosidad y caminó, bamboleándose, para olisquear mi pantalón, y cuando le pasé la mano por la cabecita negra no se inmutó.

De tal manera en la isla se respiraba un aire de confianza entre las especies.

Alcé al pingüino curioso por debajo de las aletas y lo metí en nuestro baúl rodante, y en todo el trámite el pingüino tampoco protestó.

48

Caminando hacia el centro de la isla descubrimos entre unos cactus diez tortugas gigantes, sordas, puesto que nos movimos entre ellas sin que lo notaran y siguieron avanzando a su paso milimétrico.

Los nativos del archipiélago las llaman galápagos, igual que llaman a las sillas de montar a caballo, porque sus formas se asemejan. Un dato que se volvería crucial para mí años más tarde: en cada isla habita un tipo de galápago distinto y ninguno habita en otra isla, de tal manera que los lugareños, con sólo ver el caparazón de una tortuga, pueden adivinar su isla de origen.

Pasos más adelante cruzamos una barrera de matas amarillentas y nos asombramos al ver dos hileras de galápagos que avanzaban por una vereda empinada. Una hilera ascendía mientras la otra descendía en un orden que parecía pactado milenios atrás.

Hicimos honor al nombre de los reptiles y nos montamos en ellas como en gigantes sillas de montar sin que nuestro peso impidiera el parsimonioso avance de sus gruesas patas de elefante. Calculé que caminaban 60 yardas cada 10 minutos y lo apunté en mi libreta. Y así llegamos a una planicie que hizo exclamar al Dibujante:

—¡Marte!

Era un paisaje que de verdad no parecía terráqueo. Una meseta invadida por vapor blanco donde crecían arbustos bajos y sin hojas, pero sí con flores moradas. En el centro de la meseta un lago se hallaba rodeado de tortugas gigantes que bebían agua. Una línea de tortugas se iba tranquilamente del lago mientras nuestra línea de tortugas llegaba para ocupar sus sitios. Las tortugas hundían la cabeza en el agua hasta la altura de sus ojos. Con avidez tragaban el agua, un promedio de 10 tragos largos por minuto, según lo apunté en mi libreta, como si no bebieran por un día sino para soportar un mes sin beber, lo que supuse que era el caso.

Ordené al Cargador que metiera en nuestro baúl dos galápagos, hembra y macho, para llevarlas vivas al buque, y me interné entre los arbustos envueltos en vapor, para observar los pájaros grises que se movían en las ramas pelonas o se detenían sobre las flores moradas batiendo las alas. Apunté en mi libreta: chupamirtos grises.

Una equivocación que tendría graves consecuencias para mí, como se verá en esta historia.

Introduje mi mano en un arbusto para atrapar un pájaro. Era tal la armonía entre las especies de la isla, tal la ausencia de miedo entre los animales que la habitaban, que bajo la sombra de mi mano el pájaro nada más movió la cabeza para observar las líneas de mi palma.

—Perdón porque te saco de tu mundo —repetí la fórmula que había aprendido de los indios de Sudamérica.

Cerré la mano con el pájaro dentro, lo guardé, aún vivo, en mi morral de cuero, pensando que ya lo disecaría en el buque, y cuando alcé la vista del morral fue cuando vi aquel brillo.

En lo alto de una columna de roca de lava negra, un destello blanco.

Tomé mis binoculares y en el resplandor distinguí una forma circular. Aposté a que era una concha marina incrustada en la lava a unos 200 metros del mar.

El corazón me latió fuerte. De ser en efecto una concha marina, constituiría el hallazgo más valioso de nuestras semanas en las Galápagos. No podía adivinarlo, pero al cabo del tiempo significaría mucho más.

Pedí a los marineros que me ayudaran a llegar hasta la chispa, pero se negaron. Según ellos era demasiado peligroso, la columna tenía salientes filosos, y en todo caso la recompensa sería demasiado pobre. De la concha yo sólo encontraría el pedazo visible, el resto estaría pulverizado, si no fundido con la piedra.

Insistí arguyendo que al fin mi alma era inmortal y que mi Padre en el Cielo decidiría si mi destino era morir en pos de un trozo brillante de concha.

El Cargador lanzó un gancho que se clavó en la cima de la columna. Desde el gancho pendía una cuerda y de ella a su vez una polea. Me coloqué el arnés de escalador en las piernas, el Dibujante, el Cargador y el Niño tiraron de la cuerda y fui ascendiendo paralelo a la columna de lava mientras me encomendaba a Dios Padre.

Era, sí, de nácar.

Suspendido a 100 metros de la meseta, que estaba a mi diestra, y a 200 metros del mar, que estaba a mi izquierda, con mi pequeño martillo de geólogo fui liberando de la piedra la concha, una *Strombus gigas*, que se encontraba, sí, completa, sin grieta alguna, y que habría de ser la primera rajadura entre mi fe y el Dios bíblico.

49

La Biblia narra que Dios creó el mundo en seis días. En el séptimo día Dios descansó.

Mi nieto menor me ha preguntado cómo había podido pensar alguna vez que era posible crear los mares y las cordilleras, los patos y los tigres, las águilas y la luna y el sol en sólo seis días. Lo monté en mi rodilla y le confié que su abuelo había sido muy bobo de joven, pero nunca tan bobo.

Hasta el siglo 15 los humanos sólo conocieron los animales y los paisajes de su región. Podían creer que un ser extraordinariamente poderoso había hecho ese mundo en seis días. Pero en el siglo 16 se hicieron posibles los viajes entre continentes, los catálogos de flora y fauna se convirtieron en álbumes gruesos, el mundo se volvió vasto y variado en maravillas, y hasta las monjas más ortodoxas dudaron de que a Dios le hubiera bastado con seis días para crear esa exuberancia.

Entonces los teólogos explicaron que se trataba de una metáfora. En cada uno de esos seis días cabían entre 800 y 1.000 años. Dios había creado el mundo en un lapso de entre 4 mil y 6 mil años y había descansado otros 800 o 1.000 años.

Explicación que a mi nieto de 8 años le pareció suficiente. Saltó de mi rodilla y corrió al jardín.

Sin embargo a los geólogos del siglo 18 nuevamente dejaron de cuadrarles las cuentas. 6 mil años parecían insuficientes para haber creado las sucesivas capas geológicas terráqueas que se habían descubierto en ese siglo. Jean-Baptiste Lamarck formuló entonces una teoría que concilió las observaciones geológicas y los 6 mil años de los exégetas del Génesis. Una teoría que yo habría de estudiar en la Universidad de Cambridge, tanto en los cursos de Divinidad como en los de Geología, como un hecho comprobado y al que nadie le encontraba defecto.

El planeta se había ido constituyendo hasta adquirir la forma con que lo conocemos a través de súbitas y espaciadas catástrofes —diluvios, terremotos, desgajamientos de continentes— ocurridas a lo largo de 6 mil años.

Entre los libros que al partir de Londres subí a mi camarote del *Beagle*, se encontraba el primer volumen de *Principios de geología*, de Charles Lyell. Un volumen recién publicado que ya causaba violentas polémicas en las sociedades científicas, y no en vano. Lyell contradecía a Lamarck y a los exégetas de la Biblia.

Según Lyell, las montañas y los lagos, los ríos y los valles, los continentes, las islas y los océanos no se habían creado debido a tremendas catástrofes. Se habían formado de una manera continua y gradual por medio de fenómenos aún hoy activos —la erosión y la sedimentación, sobre todo—, mientras que los fenómenos más bruscos —erupciones de volcanes y sismos— habían sido esporádicos. El planeta, afirmaba Lyell, se había ido formando así a través de miles de millones de años —una expansión de tiempo incomparable a la discreta cantidad de 6 mil años.

Ahí estaba yo, colgado paralelo a una columna de lava en las Galápagos, con una prueba en la mano de que Lyell acertaba.

Una concha marina.

¿De qué manera esa concha, que alguna vez había estado en la arena del fondo del mar, había podido escalar una altura de 200 metros del mar? Un cataclismo la habría aplastado. Debía de haber ascendido de forma muy gradual y tranquila, milímetro a milímetro en un lapso, sí, de cientos de miles de millones de años.

Emocionado, sostuve la concha de nácar un buen tiempo en la mano. La guardé en mi morral y con un ademán pedí a los marineros que me izaran todavía más alto.

Agarrándome de dos rocas, me impulsé hacia delante para caer de pecho en el óvalo de piedra de la cima. Me alcé, y muy gradualmente, fui girando sobre mi eje para observar los 360 grados del paisaje.

Fue como si a un ciego le hubieran dado ojos nuevos.

50

Una nube de esporas descendía poco a poco sobre la isla de James: bajaban por la neblina de la meseta donde crecían arbustos y maleza y donde obviamente se volverían vegetación; bajaban también sobre el pedregal hirviente de las laderas de la isla, donde no tendrían oportunidad de prosperar; y bajaban a la playa de arena gris donde las gaviotas las iban cogiendo con los picos, antes de alzar el vuelo hacia la isla vecina dibujada en el horizonte.

Hasta ese momento, yo había contemplado el mundo como un sinfín de cosas, cada una fascinante en sí misma, y había leído en la *Geología* de Lyell algunas palabras como «continuo» o «gradual», así como la cifra gigantesca de cientos de millones de años en que el geólogo calculaba la edad del planeta, pero no fue hasta entonces que esas palabras y ese número se cruzaron en mi mente con la naturaleza que me rodeaba y pude «ver», no pensar sino «ver», con asombro lo que Lyell afirmaba:

El mundo está en flujo.[1] Las formas vivas y las

formas inertes de continuo y de forma gradual se modifican entre sí.[IV]

Vi más.

En la bahía unos puntos rojos emergían del agua y avanzaban por la arena gris. Podría haber creído que eran peces que con súbitas patas salían al aire libre si no hubiera sabido que se trataba de anfibios crustáceos, los cangrejos. Vi cómo los cangrejos a su vez avanzaban por la arena y alcanzaban la orilla del terraplén, que no podían escalar con sus brevísimas extremidades, pero donde las iguanas, impulsándose con sus cuatro extremidades grandes y rápidas, sí reptaban hasta los altos balcones de piedra en los que los pingüinos permanecían erectos, o bien se movían bamboleándose, y agitaban las aletas como si fueran alas inservibles, o pronósticos de alas, como las alas de una bandada de gaviotas que en ese momento cruzó rumbo a la isla vecina.

Lo pensé en ese instante. No sólo las montañas pueden convertirse en mesetas y las mesetas en declives y los declives en lagos y los lagos en desiertos. En el gigantesco lapso de cientos de millones de años no era imposible que una especie se hubiese transformado en otra especie y ésta en otra más.

Las formas vivas también están en flujo, pensé.

Lo había escrito Lyell y yo lo vi con mis ojos nuevos:

El cambio es el estado natural del mundo y nunca concluirá.[II]

Y también otra frase de Lyell me fue evidente:

El cambio no salta etapas, sino que avanza en cortísimos y lentos pasos.[III]

Un zumbido me hizo alzar los ojos. Era un águila detenida en el viento. Conmovido, y también mareado, me arrodillé en el óvalo de la cima y formulé una promesa.

Dedicar mi vida al descubrimiento de las leyes de Dios que gobiernan su perfecta Creación. Ahora, 50 años más tarde, cuando dicto esto, puedo afirmar que a esa promesa dediqué mi vida. Aun si la honestidad me obliga a confesar esto otro: fue mi promesa la que no sobrevivió a mis descubrimientos.

Lo que en la Naturaleza descubrí fue convirtiendo mi promesa en una serie de preguntas. ¿Puede algo ser perfecto? ¿Ha sido algo en la Naturaleza creado desde fuera de la Naturaleza, es decir: por algo sobrenatural? ¿Existe (y esta última pregunta la viví con un temor muy parecido a la desesperación) un Creador?

51

—Soy el secretario del doctor Antonio Márquez —dijo en español el tipo, y con una mano se quitó los lentes oscuros de aviador mientras me tendía la otra mano—. Estoy acá para contestarle todas sus preguntas.

Sus ojos eran de un azul inusual.

Yo que no suelo mirar a nadie a los ojos me quedé absorta en ellos.

De un azul pelágico que me recordó el hábitat de mis atunes.

Desvié la mirada a los colgadores redondos de la tienda de ropa.

Considero las tiendas Gap mi clóset personal, dispuesto para mi uso en cualquier ciudad del planeta. En cualquier ciudad puedo entrar en un Gap y en el vestidor intercambiar mi ropa mojada o manchada por otra ropa idéntica, pero impecablemente nueva.

Vaqueros blancos, camiseta blanca de mangas largas, botas de trabajo color miel.

Tal había hecho esa tarde y estaba poniéndome

el saco marinero mientras iba a la caja de pago cuando el tipo del abrigo negro y las gafas negras se me apersonó enfrente, se quitó las gafas negras y me tendió la mano.

Digo que desvié la vista de sus ojos pelágicos a los colgadores redondos de ropa.

—No doy manos —le informé.

Puse las etiquetas de la ropa que llevaba puesta en el mostrador de la caja y pagaba con mi tarjeta cuando él dijo a mis espaldas:

—Nos conocimos en el archivo de la abadía.

El seseo en la 2.ª c de la palabra «conocimos» delataba el origen europeo de su español.

Era por supuesto una exageración, en la abadía nos habíamos visto y luego Yo lo había empujado fuera de un elevador, difícilmente podía llamarse a eso conocerse.

—Esperé 38 días a que llegaras —siguió diciendo—. En cuanto alguien pidió el folio de *miss* Hope salí para ponerme a tu disposición.

Me marché a la tarde de cielo encapotado. La eterna tarde de otoño de Londres, que va de la mañana a la noche sin un mediodía.

Me moví al puente de acero que cruzaba el Támesis.

Tras mis pasos sonaban sus pasos en el acero del puente.

Me volví y alcé una mano para marcarle un alto:

—No me sigas y no te acerques. Me niego a conversar sobre un asunto indefinido.

—¿Indefinido?... —murmuró a 5 pasos de distancia, se había puesto otra vez los lentes, absurdos en un día nublado.

—Dios es un asunto indefinido —le informé—. Busqué su definición en internet. ¿Sabes cuántas entradas tiene Dios en internet?

—¿Cuántas?

—310 millones, nada más en español. 1 billón 800 mil, nada más en inglés. Empecé a leerlas y no son idénticas entre sí, algunas son incluso excluyentes.

Recité algunas definiciones de Dios.

Dios es la calma suprema.

Dios es el que envía los terremotos, los ciclones y los tornados.

Dios es el amor que siente Johnny Depp cuando se toca el pecho.

Dios es el Yo divinizado.

Dios es el enemigo del Yo individual.

Dios come ofrendas de maíz y mezcal en el sudeste de México o vive de éter fuera del mundo, en un 7.º cielo.

—Una palabra que puede ser 1 billón de cosas no significa nada —dije.

—Te defino a Dios según lo usa Darwin en la autobiografía —dijo el tipo. Había algo desesperado en su voz—. Que es por cierto como lo definen las 3 religiones monoteístas. La judía, la mahometana, la cristiana. Te lo defino sobre un pie si lo prefieres.

El tipo levantó un pie y lo cruzó sobre su rodilla formando con sus piernas un 4: ahí estaba, un 4 entre los barandales del puente, recitando:

—Dios es un ser sobrenatural de poder ilimitado que ha creado el Universo y lo ordena con las leyes que de Él emanan.

—Peor —dije—. Esa definición es la más increíble. Un controlador del Universo. Un controlador además sobrenatural. Es decir, que está fuera de la Naturaleza. ¿Qué hay fuera de la Naturaleza? Te digo qué. Nada.

—Estoy acá para algo más simple —escuché tensarse al asistente del doctor Márquez.

Lo vi de reojo acercarse hasta estar a 2 pasos. Los agujeros nasales se le habían expandido, señal de preparación para el combate en los mamíferos.

—Si Dios existe o no, es algo que te contestará en la autobiografía Darwin, supongo.

—¿Supones o sabes? —pregunté Yo.

—Así la resumía el doctor Márquez —contestó—: es la historia de quien desmontó en el pensamiento de la especie la idea de Dios y descubrió luego en su vejez a Dios en la Naturaleza.

—No un Dios sobrenatural —traduje Yo—, sino en la Naturaleza.

El tipo dijo:

—No me preguntes a mí. Yo soy un idiota, pero por mí escucharás a un hombre sabio asesinado en el Medio Oriente.

Asesinado: fue en ese momento cuando supe que Tonio no había desaparecido, estaba muerto.

—Escucha —repitió con urgencia su asistente, como si hubiera sentido que Yo estaba a punto de irme—. Somos compañeros incómodos. Yo creo en

Dios y los ángeles y el Profeta y el Paraíso, y tú crees en nada.

—Falso otra vez —lo interrumpí—. Yo creo en mucho. Creo en la Realidad, donde caben cosas más asombrosas que en tu Religión.

—De acuerdo —dijo el tipo—. Te concedo eso y más, porque Tonio, 1 minuto antes de morir, te escribió un mensaje y yo estoy acá para ayudarte a cumplir su última voluntad.

—¿Cuál es su última voluntad? —pregunté.

—Te propongo esto —dijo él, y se acercó otro paso.

Pude sentir el calor de su voz en mi cara cuando dijo muy quedo:

—Hablemos en un lugar cerrado, donde nadie nos espíe.

Sobre su hombro distinguí en un extremo del puente a 2 hombres, que no se movían. Recordé que los había visto en la sala de lectura de la abadía, ociosos, igual que ahora.

—Agentes del departamento de migración —dijo el tipo de los lentes oscuros.

—Leí en los periódicos sobre la desaparición de Tonio —le informé—. Leí dónde su secretario pasó los meses que siguieron al secuestro. En un campo de entrenamiento de guerrilleros. No me parece una buena idea ir a un lugar cerrado con un guerrillero.

El tipo sacudió la cabeza:

—Por favor —dijo—. Era un monasterio. Un lugar de estudio y rezo. Si no crees lo escrito en los Libros Sagrados, tampoco creas en los periódicos.

Escucha. —El secretario de Tonio bajó todavía más
la voz—. La lápida es la traición.

—¿Qué quiere decir eso? —me exasperé.

—La lápida de mármol blanco que cubre el cuerpo de Darwin en la iglesia es la traición.

—Hablas en sánscrito —dije—. Explícate.

Pero el tipo del abrigo negro pasó a mi lado y se
fue alejando por el puente de acero.

52

Thomas Huxley, en sus escritos biográficos, apuntó que su maestro Charles Darwin le había confiado, pidiéndole una discreción absoluta, que se sentía intranquilo por el triunfo de su Nuevo Relato de la vida sobre el Viejo Relato de la Religión.

Nos habíamos sentado en un apartado del 2.º piso de un restaurante con un ventanal que daba al Támesis. No eran horas usuales para comer y no se oía ni un ruido.

No recordaba esa cita de Huxley, pero concedí que existiera.

—Darwin celebraba por supuesto que se hubiese encumbrado su Teoría de la Evolución —dijo el secretario—, pero entendió el peligro que eso traía.

—¿Qué peligro? —pregunté.

—Lo que ahora sucede. La confusión moral en la especie.

Era la 4.ª vez en una semana que escuchaba la expresión: la confusión moral de la especie, y esta vez no la dejé pasar.

—Explica el término «confusión moral».

—Escucha —asintió el tipo, y se tomó un momento antes de responder.

Darwin se había graduado en Divinidad en la Universidad de Cambridge y sabía que la cultura occidental había supuesto durante siglos que el mundo es una pirámide. Una estructura piramidal, con Dios en el vértice superior y el hombre debajo de Él, hecho a su imagen y semejanza, y el resto de los seres vivos e inertes en la parte inferior. Con la inspiración de ese Dios y ese humano divino, se habían creado grandes civilizaciones y sus obras de arte y conocimiento. Y Darwin tuvo miedo de lo que pasaría si su Nuevo Relato de la vida destruía ese modelo.

De cierto, había visto los indicios de lo que sucedía si se dejaba de creer en Dios y el hombre perdía su excepcionalidad y se pensaba a sí mismo como otro animal más.

—Todo se volvía permitido —dijo el tipo.

Es decir, el Bien y el Mal pasaban a considerarse un invento del intelecto humano. Y si eran un invento, los humanos podían modificarlos.

—Darwin no vio hasta qué grado su inquietud se volvería real en el siglo 20.

El siglo 20 fue el siglo de las ideologías. Cada ideología inventó su moral orientada a construir un paraíso particular.

El marxismo inventó el paraíso de la igualdad económica y en su nombre asesinó a millones de personas. El nazismo inventó el paraíso de la hegemonía de la raza aria, el Tercer Reich, y en su nombre asesinó a otras cuantas decenas de millones de personas, devastó Europa y desfondó los límites conocidos de la crueldad.

—Pol Pot en Camboya no sé qué diablos inventó como paraíso en los años 70 del siglo pasado —dijo el tipo—, pero para alcanzarlo mató a la cuarta parte de sus súbditos. En el siglo 21 —siguió—, entre las ideologías, una triunfó.

El capitalismo materialista. La ideología del dinero. Una de las doctrinas más pobres que hayan regido ningún grupo humano.

Según ella, la meta de la vida consiste en hacer cosas para venderlas por dinero y el dinero sirve para comprar cosas, y el paraíso es terrenal e individual: una vida donde cada deseo es satisfecho sin demora con alguna cosa.

—En cuanto a las normas morales, se deciden mediante votaciones en los parlamentos.

Un mesero de filipina blanca se apersonó en la puerta del privado.

—¿Puedo tomar su orden? —preguntó, y se inclinó servicialmente.

Con un ademán le indiqué que se fuera.

—Lo Bueno y lo Malo —dijo el tipo de ojos azules mientras Yo volvía la vista al Támesis, 2 pisos abajo—: vivimos en nuestro tiempo la controversia democrática de lo que es Bueno y lo que es Malo.

¿Conviene a la especie permitir o no la diversidad sexual, o la diversidad sexual representa su decadencia?

¿Conviene o no permitir el matrimonio entre homosexuales?

¿Conviene o no permitir el aborto?

¿Conviene o no permitir las operaciones de cambio de sexo?

¿Es un derecho la eutanasia?

¿Conviene jugar con el material genético?

¿Son aceptables los coitos entre humanos y cuadrúpedos no humanos y en qué condiciones? En cada parlamento de cada país de las democracias capitalistas se reproduce la controversia. Y en cada cabeza de cada ciudadano también.

—Recomienzo —dijo de pronto el secretario del doctor Márquez.

Y recomenzó:

—Darwin, pasados los 60 años, creyó que podría abreviarle a la especie algunos cientos de años de polémica si él, que de joven se había graduado en Divinidad en la Universidad de Cambridge, si él, que en su madurez había escrito el Nuevo Relato de la vida, *El origen de las especies*, que había desbancado a Dios y al humano divino, si él...

El tipo se quedó sin palabras.

—Si él se convertía otra vez a Dios —terminé Yo—. Como lo narra *miss* Hope.

Me reí y los agujeros nasales del tipo se abrieron y resopló furioso.

—No —dijo—. Si él encontraba una Moral, un Bien y un Mal, donde había encontrado el Nuevo Relato de la vida.

—En la Realidad —completé Yo.

—Una Moral más vieja que la Religión cristiana. O que cualquier religión. Más antigua incluso que el ser humano. Una Moral inscrita en la vida misma. Darwin centró entonces su atención en las especies que viven en grupos. Pidió a sus informantes, dispersos en los 4 rumbos del planeta, que le reportaran conductas grupales.

Por su cuenta empezó a tomar notas de los insectos sociales que vivían en su jardín. Hormigas. Abejas. Termitas. También realizó experimentos en su invernadero e ideó novedosos hábitats minúsculos.

De esos hábitats en maqueta, armados y vigilados por Darwin, Yo recordaba algunos dibujos hechos con su línea incierta y quebradiza.

Mariposarios encerrados en tela de alambre, colgados en la espesura del bosque de Downe. Parcelas de hierba, limitadas con varas e hilo, en su jardín, donde observaba lombrices de tierra y tréboles.

—Pasados algunos años —siguió el tipo— Darwin publicó *La ascendencia del hombre*, pero al entregarle a Huxley el delgado librito también le dijo una frase: «Todavía no».

Ése todavía no era el libro esperado.

En el librito relataba escenas de animales gregarios y lanzaba algunas ideas, pero sin un hilo conductor. Sería con su siguiente obra con la que Darwin lograría una teoría en forma de la Moral Natural. Un siguiente libro que tendría que ser voluminoso y abundante en evidencias.

—Un libro abrumador.

Años más tarde, a la muerte de Darwin, Huxley

buscó entre los papeles de su estudio algún inédito. Pero no lo encontró.

Pensó que alguien de la familia de Darwin, una familia dividida entre ateos y creyentes, lo había robado, tal vez para publicarlo en un momento oportuno, más adelante, o para quemarlo.

También le pareció posible algo peor. Podía ser que Darwin realmente nunca hubiera puesto por escrito la Moral Natural.

—La verdad es distinta —dijo el tipo.

Al cruzar la raya de los 70 años, Darwin calculó que no le daría tiempo de completar sus investigaciones y luego redactarlas en un libro abrumador. Su corazón, ya débil, resistiría 1 o 2 años, no más.

—Entonces Darwin decidió escribir lo que había entendido hasta ese momento en una forma más, ¿cómo decirlo?, informal.

—Una autobiografía —dije.

El tipo asintió:

—Eso pensaba Tonio. Una autobiografía que narraba su viaje personal de la Religión a la Moral Natural.

Y Huxley no encontró la autobiografía porque Darwin, cuando estaba a punto de morir, la había enviado a otra persona, a alguien que podría aplicar sus enseñanzas sobre la Moral Natural en la vida social.

—La reina Victoria —dije Yo.

—La monarca del Imperio británico y cabeza de la Iglesia anglicana. Pero la Reina, al leer la autobiografía teológica, al parecer se horrorizó.

—¿De qué?

—De lo que afirmaba Darwin sobre la Moral Natural, supongo. En todo caso sabemos el tamaño de su horror por lo que la Reina hizo después de leerla.

Escondió la autobiografía en su archivo, cerrado durante 150 años al escrutinio, como si fuera un secreto de Estado. Además, la ocultó bajo un relato de conversión que *miss* Hope inventó para el propósito.

Llamó a su presencia a Thomas Huxley, al arzobispo de Westminster y a la viuda del Gran Hombre y les pidió que escucharan de labios de *miss* Hope la conversión del Mayor Ateo del reino británico.

—Los engañó —resumí Yo.

—A todos.

Al arzobispo tanto como al mayor difusor de la Teoría de la Evolución.

Magnánima, consintió que Huxley diera la eulogía en el funeral de Darwin, bajo el acuerdo de que no versaría ni de Ciencia ni de Religión.

Y entonces, para sellar la traición, la Reina se apresuró a enterrar al Gran Hombre bajo una lápida en una iglesia.

—Y así fue cómo las palabras de Darwin, que acaso podrían habernos ahorrado un siglo y medio de confusión moral, no lo hicieron. Uso las palabras del doctor Márquez.

La voz se le quebró al tipo al mencionar al doctor Márquez.

—Me llamo Franco —susurró luego.

Y Yo dije:

—Te digo qué. Puede ser falsa.

—¿Falsa? —se exaltó Franco.

—La autobiografía no está escrita con la letra de Darwin —respondí—. Tampoco tenemos una prueba de que de verdad la dictara él. Tenemos lo dicho por *miss* Hope en un relato que suponemos falso. Si la conversión es una mentira, la autobiografía teológica puede ser otra mentira.

Lo escuché respirar por la boca abierta, como un lobo a punto de atacar.

—Estoy alegre —le informé—. Puedo regresar con mis atunes.

—Tengo hambre y frío —me informó él a su vez.

Salió del apartado dejando la puerta abierta.

A los pocos minutos entraron al apartado los meseros y lo llenaron de movimiento.

Uno traía un platón de quesos, otro un platón de fiambres, otro una botella de vino y una botella de agua y 4 copas: todo lo fueron depositando en la mesa mientras el 1.er mesero colocaba un calentador eléctrico en una esquina del apartado y lo encendía, y el aire se entibiaba.

Cuando volvió Franco, llevaba en la mano una libreta de tapas duras de color naranja.

Me sonreí. También él había adquirido la costumbre darwinista de las libretas de tapas duras.

Sirvió el vino rojo en 1 copa próxima a mí y el agua en 2 copas.

—No bebo vino —dije.

—Tampoco nosotros los musulmanes —me informó él—. Bebamos agua. Estoy listo para hablar de la veracidad de la autobiografía.

53

Tonio dedicaba algunas tardes a la semana a explorar su nueva ciudad de residencia. Así fue a dar a la abadía de Westminster y tras su altar principal a la tumba de Charles Darwin.

¿Cuántos turistas antes que él habían sentido la incongruencia de la tumba del Gran Ateo en una iglesia? Tal vez miles, se dijo Tonio, pero él hizo algo que ningún otro había hecho. En lugar de apartarse de la incongruencia, Tonio se adentró en ella.

Preguntó a un sacerdote y el sacerdote le respondió con una respuesta hecha. Ahí estaba el Gran Ateo porque la iglesia de Westminster es el cementerio de los ingleses notables. Ser enterrado ahí es un honor que se confiere a los personajes que lo merecen, y basta.

Tonio recordó un dato de la biografía de Darwin. Llegado cierto momento, después de la muerte de una de sus hijas pequeñas, Darwin se negó a pisar otra vez el interior de un templo.

Cuando su mentor Charles Lyell murió y se le señaló para ser uno de los cargadores de su féretro, precisamente en su funeral en la iglesia de Westminster, Darwin declinó el honor, para no entrar a la iglesia.

Así que a Tonio le resultó increíble que a la muerte del propio Darwin su familia hubiese consentido con ligereza que se le enterrara en Westminster. Su tumba ahí debía esconder algo más complicado.

Tonio buscó entonces en el archivo de la abadía los datos del funeral de Darwin, y ahí encontró otra incongruencia, al parecer mínima. Al mes de las exequias, la secretaria de Darwin, una tal *miss* Hope, había sido elevada por la reina Victoria a la condición de *lady* por méritos extraordinarios.

Se preguntó: ¿qué hazañas podría haber realizado una escribana? ¿Y por qué, recién nombrada *lady*, había emigrado a la lejana Australia para jamás volver a Inglaterra?

Tonio dio así con los 2 folios con información sobre la mujer. El rotulado con el título de *miss* Hope y el rotulado con el de *lady* Hope. En sucesivas visitas al archivo consultó los papeles de los folios. Y al 3.ᵉʳ día encontró la autobiografía teológica y la leyó.

—¿Íntegra? —pregunté.

—Así estaba en el folio, íntegra.

Tonio no durmió en los 3 días siguientes, pasmado por el hallazgo, y fue formándose una idea de lo que podría haber sucedido hacía más de siglo y medio.

En todo caso, dejó lo que consideró el falso relato de la conversión de Darwin en el folio y metió entre la cintura de su pantalón y su abdomen la autobiografía.

—La robó —resumí.

—La salvó de seguir acumulando polvo —reformuló Franco—. Y sustituyó sus hojas con otras nuevas.

Franco dio la vuelta a la página de la libreta y tardó 1 minuto en hablar mientras observaba los apuntes.

Le costó narrar lo que sigue.

Entonces Tonio llevó a autentificar el documento al curador del museo de la Palabra Escrita, en Roma, que le confirmó que el papel y la tinta podrían tener siglo y medio de antigüedad.

Y de ahí Tonio llevó la autobiografía a un lingüista de Cambridge, para que la comparara con la autobiografía anecdótica que Darwin había escrito en 1876 y que se había publicado después de su muerte.

Considerando los cambios de los que se advierte en la portada de la relación teológica (el recorte en capítulos y la inserción de guiones), el lingüista también llegó a un dictamen positivo. Al parecer era posible que ambas biografías fueran del mismo autor.

—Al parecer era posible —entresaqué las palabras—. Es decir, estrictamente todo es dudoso.

Franco me ignoró, dio la vuelta a la hoja en su libreta, y siguió.

Un detalle sí era decisivo. La frecuencia de una palabra clave.

Dios.

En la autobiografía anecdótica aparece la palabra «Dios» en 1 sola ocasión. En el párrafo en el que

Darwin ejemplifica cómo su oído era tan malo como el de un artillero: afirma que si la tonada de *Dios salve al Rey* se tocaba lentamente la desconocía y se le volvía un enigma. En cambio, en la autobiografía teológica, la palabra «Dios» o su sinónimo, «Creador», aparecen 63 veces.

—Es falsa entonces —me alegré otra vez—. Vuelvo a mis atunes —volví a decidir.

Franco resopló dando la vuelta a la hoja de la libreta.

—El lingüista guardaba otra sorpresa para Tonio —susurró.

En 1995, la bisnieta de Darwin, Emma Nora Barlow, darwinista ella misma en el campo de la genética, decidió divulgar un secreto de familia. La autobiografía que se había publicado un siglo y medio antes había sido censurada por los hijos del Gran Hombre. Y la bisnieta publicó los 21 trozos omitidos en un cuadernito.

—Todos y cada uno de los trozos censurados tratan de Dios —dijo Franco.

Es decir, no sólo mencionan a Dios, sino que su tema es Dios.

Lo que probaba 2 cosas.

Que era falso que Darwin no se preocupara por Dios, como les había parecido a sus contemporáneos, a juzgar por su ausencia en los debates que en su tiempo había cedido a Thomas Huxley, o a juzgar por sus comentarios ambiguos sobre Dios.

(«Dios y la Ciencia no tienen nada que ver entre sí.» «La fe se desprendió de mí tan naturalmente como una hoja se desprende de un árbol.» «Hoy amanecí budista.» Y demás frases con que minimizaba el asunto.)

No: bajo el disfraz del desinterés, para Darwin Dios había sido una preocupación central. Una obsesión. Una tortura tan larga como su vida, que lo enfermó del cuerpo y le robó años de vitalidad.

Y los trozos probaron algo más.

Que las conclusiones a las que Darwin llegó sobre Dios alarmaron por igual a sus hijos teístas que a sus hijos ateos. Al parecer, con igual horror que la reina Victoria, los hijos resolvieron desaparecer las palabras de su padre sobre Dios.

—Veracidad comprobada —dijo Franco.

Y con un cuchillito y una satisfacción triunfal cortó una rebanada de queso brie y la montó en una rebanada de pan.

Bueno no, pensé, veracidad comprobada no, pero sí más probable.

—Dámela —le dije Yo—. Dame la autobiografía.

Franco me dio en cambio el pan con queso:

—No puedo dártela —dijo—. Pero voy a decirte cómo encontrarla. Para eso estoy contigo. Escucha 2 minutos más.

54

Tonio y Franco se recostaron en el sofá blanco de la sala de la casa que compartían en Londres. Tonio descorchó el champaña y sirvió 2 copas aflautadas.

—Después de todo, mi querido, sí seré famoso —se regocijó—. Mi nombre aparecerá en la portada de un libro abajo del de Charles Darwin. Pero antes, pongámonos serios —le pidió a su amante y secretario—. ¿Quién soy yo? Un maricón cuya única celebridad reside en haber sido largado de la Universidad de Berkeley por usar faldas escocesas.

Si publicaba la relación teológica como su hallazgo, causaría tal vez escándalo y tal vez controversia. Y Tonio quería lo opuesto. Que el texto mereciera respeto y suspendiera la Controversia Moral de nuestros días.

—O al menos indicara el camino hacia fuera de la Controversia.

Así que esa noche reclinado en el sofá con Franco ideó un plan.

Dividiría el texto en 4 partes. Encriptaría cada parte. Y cada parte podría ser desencriptada por un científico irreprochable, que luego de leerla acaso confirmara su autenticidad.

El 1.er lector era Tonio, que deseaba incluirse en un grupo así de distinguido. El 2.° era Yo, Karen Nieto, experta en atunes y otras especies marinas pelágicas. El 3.°, el connotado polemista y articulista John Ford, llamado el Guerrero de la Ley del más Fuerte o el Gran Blasfemo, a quien Yo había visto en el televisor ese mismo día y al que según Franco visitaríamos en el centro de Londres al día siguiente. El 4.°, la doctora Edna R. Garden, directora de la reserva de multiplicación ecológica en Veta La Palma, en España.

—¿Para qué encriptar cada parte? —pregunté.

—Desconfianza.

—¿Es decir?

—Tonio temía que alguno de vosotros, los eminentes e intachables científicos, se la robara. No sería la 1.ª vez que un puto científico egocéntrico se apropia del descubrimiento de otro científico de menor fama. ¿O no es así? —me retó Franco.

Lo pensé 30 segundos.

—Así es —dije.

—Ahora —dijo Franco—, para desencriptar su parte, cada lector debe introducir una clave.

Clave = palabra llave, traduje.

En la 1.ª parte, que Tonio se concedió a sí mismo para autentificar, la clave había sido: concha reina. Yo era la 2.ª lectora que Tonio había elegido y debía adivinar la clave que me había asignado.

—Odio los acertijos —dije.

—No es un acertijo para complicarte la vida. Es algo simple. La idea es encontrar una palabra que se ajuste por igual al lector asignado, a Tonio y a Darwin. Algo que te será evidente a ti, pero a nadie más.

Tonio estaba en ello, en transferir a forma digital el texto y encriptarlo bajo contraseñas, cuando se cruzó en su vida una mujer adúltera.

—Una pobre mujer de ojos negros y largas cejas.

—Franco empezó a jadear y los ojos azules se le nublaron.

Una desdichada y hermosa mamífera en edad sexual que hizo lo que tantas hembras solteras de tantas especies en edad sexual. Como las aves del paraíso se posan en una rama y eligen al macho del penacho más guapo de las ramas de la arboleda, la joven viuda, recluida en la casa de su suegra, escogió al macho mejor equipado de su hábitat, su joven cuñado, y estaban en el alegre proceso de montarse uno al otro cuando se abrió la puerta y la policía civil la apresó, a ella.

Franco tragó aire con dificultad. El llanto le corría por las mejillas. Hizo luego algo extraño: se golpeó con 2 dedos el cuello, y eso lo sacó del nudo de la emoción y siguió narrando.

Tonio se enfureció. Aceptó con pasión el encargo de la ONU. Debía convencer al emir de la ciudad de que la horca era un castigo excesivo para la adúltera.

Y lo convenció. El joven emir redujo el castigo a 101 latigazos en un estadio de futbol, donde la fustigación sería la atracción central de un concierto de música popular.

Pero la furia de Tonio no se disipó.

197

El día antes de partir de la ciudad, un sábado, Tonio habló de hacerse con una metralleta y ascender al piso 165 de La Torre, el edificio más alto del planeta, para encontrar ahí al joven y sensual emir y ametrallarlo.

Era pura bravuconería. Tonio no sabía siquiera cómo disparar una metralleta.

En cambio tenía una minifalda de mezclilla marca Prada. Una preciosa prenda con 2 bolsitas en las nalgas, cada una con una estrellita de plata. Castigaría con su desprecio a esos salvajes ignorantes sin que siquiera lo notaran, paseándose por su puta ciudad con una divina falda Prada.

Franco tomó una de las copas de vino tinto que no habíamos tocado ni él ni Yo. De un sorbo bebió hasta el fondo.

Llorando, me contó del secuestro.

Del juicio en un piso 57.

De la castración en una cocina industrial.

Me describió luego el baño, blanco como una sala quirúrgica, donde el doctor Márquez se desangró parado en una esquina hasta cubrir el mosaico del piso con una pátina de 3 centímetros de sangre.

—Y desde donde, hecho un ovillo en su propia sangre, te escribió un mensaje.

Franco se sirvió otra copa de vino y la bebió de otro largo sorbo.

—Ése era el valor que el doctor Márquez le daba a la autobiografía —dijo luego—. Le parecía tan valiosa, que al saberse con un último minuto de vida, te escribió para que la rescataras.

Sus ojos inundados se toparon con los míos, y esta vez no los desvié.

El tipo tocó con una mano la botella de vino. Pero no la tomó.

—No te preocupes —dije Yo—. No hay un Dios vigilando si bebes. Sírvete otra copa.

No hablamos en el taxi. Las ventanillas cerradas nos aislaban del ruido del tráfico, y lo más sonoro era la respiración densa y profunda del tipo a mi lado. Viajaba con sus absurdos lentes negros puestos, absurdos en esa tarde nublada.

Por la ventanilla del taxi pasó el Ojo de Londres. Una rueda de la fortuna con huevecillos de vidrio donde personas milimétricas viajaban de pie. Me prometí subirme a una de las cabinas del maravilloso juguete antes de irme de tierra firme y regresar al mar.

Empezó a lloviznar otra vez y los limpiadores comenzaron a moverse en el parabrisas.

Un automóvil azul se nos emparejó. En él iban los vigilantes de Franco, que durante varias horas pensamos que se habían perdido.

—Mierda —dijo Franco—. No puede uno ser un musulmán en Europa sin ser humillado a cada momento.

—Sobre todo si uno viene de un campo de adiestramiento para matar ateos —dije Yo.

Era lo poco que había entendido que ocupaba a los hermanos de la fe en el desierto, entrenarse para asesinar ateos.

Franco dijo:

—No entendiste nada. ¿Por qué te molesta que los árabes tengamos en Europa mejores perspectivas que seguir siendo meseros y pinches de cocina?

No tenía idea de qué hablaba.

—Por suerte —dijo él—, por ley pueden vigilarme sólo 40 días. Hoy es la tarde del día 38 de mi llegada a Londres y además en cuanto el texto esté completamente desplegado regreso al desierto.

Descendimos por una avenida, tras la lluvia se adivinaban casas de colores.

—Es extraño este clima —informó de pronto Franco al aire—. Otros años, en esta fecha, nevaba, pero ahora llueve. Es como si entre el invierno y la primavera se hubiera abierto otra estación.

—¿Y qué hay de los incendios? —pregunté Yo.

—¿Incendios?

—Un incendio en un bosque de olivos en Haifa hace 2 días. Otro incendio en un pinar en Murcia hoy. No tiene sentido, las cortezas de los árboles están húmedas en esta época. Tienen que ser incendios provocados por humanos.

El tipo apretó los labios y ambos volvimos a un tiempo las miradas al parabrisas: fin del *small talk*: la lluvia se estrellaba en el cristal y los limpiadores la borraban. Me subí la capucha del saco marinero, para calentarme la cabeza de pelo al rape, y metí las manos en sus bolsas.

Al bajar del taxi a la acera me reí.

Tras la lluvia, pintado en tonos pastel en un muro, había un mar azul celeste con una pequeña isla y en ella una palmera, y en el mar nadaban unos peces rosas.

Franco sacó un llavero y dijo:

—Sí, en medio de la lluvia un mar tropical. Lo pintó Tonio, para consolarse del clima de Londres.

—Son salmones —pensé en voz alta.

—Los peces favoritos de Tonio —dijo él, y metió una llave en el ojo de un salmón, es decir, en la cerradura que se encontraba en el ojo de un salmón—. Los investigó en California.

—Cierto —me acordé.

El artículo que resultó de esa investigación lo leí en la revista *Nature*, durante el vuelo de California a Inglaterra.

—Extrañaba a sus salmones —dijo Franco y abrió una puerta en el mural.

Una escalera estrecha subía hacia los ladridos de 2 perros, 2 salchichas que ladraban en un quicio sacudiendo las colas, y en cuanto entré se enamoraron de mis botas de color miel y las siguieron, lamiéndolas.

Era una sala con las paredes cubiertas de libros y un espléndido sofá en el centro tapizado en gris, en el que me acomodé, y estiré las piernas. Quería relajarme para que mi cuerpo, que piensa más que mi cabeza, porque es más largo, pensara en la contraseña para abrir la 2.ª parte de la autobiografía.

Los perros salchicha vinieron a sentarse sobre de mí. 1 en mis muslos, otro en mi cintura.

—Al piso. *Sit*.

Lo ordené y bajaron al piso y se sentaron ahí, observándome con sus ojos negros.

Los salmones son transexuales, pensé, con extrañeza.

Equivocado, negué con la cabeza: debía pensar en una palabra donde cupiéramos Darwin, Tonio y Yo.

Lo salmones macho, volvió a pensar mi cuerpo, suelen nadar en la parte alta del cardumen y las hembras en las partes bajas, con las crías. Por ello cuando el cardumen es atacado por un depredador o un barco salmonero, son típicamente los machos, por su posición más vulnerable, los que se extraen del cardumen.

Entonces las hembras suplen su ausencia. A una parte de los salmones hembra les crecen penes y asumen las funciones de los machos, desde la defensa del grupo hasta la inseminación de los huevos de las hembras.

Pero si los salmones y Tonio eran transexuales, no lo éramos ni Yo ni Darwin, hasta donde Yo sabía.

Franco volvió a la sala con una charola y la depositó en un taburete a mi lado y se hincó para servir de una tetera 2 tazas de té.

Geisha, pensé, este hombresote de ojos terriblemente azules se mueve con la gracia de una *geisha*.

—¿Azúcar? —susurró.

—No —dije.

Minoría: eso sí éramos Tonio (el transexual) y Yo (la autista altamente funcional). En contraste a la mayoría de los otros primates parlantes, estábamos fuera de la norma.

Franco apretó un botón y en la chimenea se encendieron las llamas de un fuego falso, hecho de luz y calefacción eléctrica.

—Voy al 3.er piso a enviarte la siguiente parte —susurró, y se deslizó fuera de la sala.

Perfección, pensó mi cuerpo, Darwin escribe que dejó de creer que algo pudiera ser perfecto. Es decir, advirtió las frecuentes anormalidades en las formas de la Naturaleza. Es decir, se volvió un experto en anormalidades.

Me reí: de cierto, vista a detalle, la Naturaleza es una exuberancia de piezas imperfectas, anormales. Es una exuberancia de piezas únicas. Vistos así, todos somos unos anormales redomados. Cada salmón, cada lapa, cada atún, cada humano.

Ding. Sonó mi tableta.

La saqué del portafolios y abrí el correo recién llegado de A. Márquez titulado: Darwin 2. Contenía una sola palabra.

Clave:

Tecleé a continuación:
Clave: anormal
Nada ocurrió.
Me enrabié. Los salchichas huyeron de mis gruñidos ladrando. Sabía que ésa era la puta palabra que nos reunía a Tonio, Darwin y a mí, excepto si...
Lo repensé.
Excepto si Tonio había tenido la exquisita cortesía de utilizar la forma más culta y elegante de la palabra anormal, que era (me reía al recordarlo) la que también usó Darwin en *El origen*.
Tecleé:
Clave: anomalía
En la pantalla de la tableta se desplegó un largo texto y desde el 3.ᵉʳ piso llegó la voz de Franco:
—Bravo.
En su pantalla también se había desplegado el texto.
Con el dedo índice lo moví para capturar al azar algunas palabras.
Lyell
transmutación
lucha
anomalía
Satán
De nuevo sólo 1 palabra me inquietó.
Satán.
Que vagamente asociaba con la Religión, un sinónimo, creía Yo, del Mal.
Elegí una silla con brazos, aprisioné el brazo de la silla y mi muñeca con la muñequera.

Deslicé el texto hasta el inicio.

La 2.ª parte de la autobiografía se iniciaba en una casa de una calle de la misma ciudad de Londres donde Yo la leía. Me separaban de Darwin únicamente 177 años.

IV
Anomalías

57

Volví a Londres decidido a buscar los caminos para cumplir mi promesa. Dedicar mi vida a indagar las leyes del Creador que gobiernan su perfecta Creación. Bien pronto mi padre me obligaría a buscar esos caminos con urgencia.

Mi padre era el hombre más grande que jamás conocí. No me refiero a sus virtudes sino a su tamaño físico. Se alzaba seis pies y dos pulgadas, y tenía un armazón óseo ancho y repleto de carnes, de forma que debía cruzar los quicios de las puertas de perfil y las sillas se hacían pequeñas de miedo cuando lo veían aproximarse. Al sentarse había roto muchísimas.

Tan pronto entré en su consultorio de médico, me agarró la cabeza entre las manos y me dijo que yo era otro distinto del que se había ido hacía 5 años.

—Te creció el cráneo —se rio—. En especial la frente.

Me separó la cabeza de la suya y diagnosticó:

—Tienes ahora la cabeza de un obispo.

Lo que le llevó a recordar los planes que juntos habíamos armado antes de mi partida con el *Beagle*. Me haría sacerdote.

—Cambié de parecer —respondí.

Prendió una pipa, se sentó en una silla, que bajo su peso gimió dolorosamente, y echando humo al hablar me explicó por enésima ocasión la bondad de ser un clérigo.

—Juntas bichos toda la semana en los jardines y el domingo das misa en tu parroquia.

Le expliqué que ya no juntaba únicamente insectos y reptiles, como cuando niño, durante el viaje había recolectado especímenes muy diversos en tres continentes, y mi plan era distribuirlos ahora; los disecados los donaría a las asociaciones científicas y los vivos, al zoológico de Londres. Sentía una especial esperanza por la reacción que John Gould, el director del Museo Real de Zoología, pudiera tener ante mis aves disecadas. Acaso me invitaría a colaborar a su lado. Y también traía para Charles Lyell, el padre de la nueva Geología, una valiosa concha marina.

—En Cambridge lo único en que sobresaliste fue en los estudios de Divinidad —me recordó mi padre—. Te doy unos meses para que encuentres una ocupación y te vayas de casa, porque no seré yo el mecenas de un inútil.

Mi abuelo fue un hombre que acumuló una fortuna considerable y mi padre había añadido a esa herencia más riqueza, pero precisamente por ello consideraba la indolencia como el mayor pecado.

—Cásate con tu prima Emma —se le ocurrió a

continuación—. Está a punto de volverse una solterona: sería la esposa perfecta de un párroco.

Por lo pronto, empecé a redactar mis memorias del viaje en el *Beagle*. Un trabajo sencillo y gozoso, puesto que podía consultar las cartas que había enviado a casa y las libretas que había llenado durante la travesía.

58

Mi prima Emma tenía los ojos verdes, el pelo del color del tabaco seco, rojizo, y usualmente arreglado en un chongo, con rizos que caían a uno y otro lado de su rostro claro. La veía los domingos durante el servicio religioso en la iglesia, y al salir al patio con césped me acercaba a ella para conversar.

Prometo no contar de mi vida personal nada que no sea imprescindible para mi tema. Mi dificultad con el lenguaje me ha enseñado a ceñirme al asunto de un relato como un náufrago a una tabla, puesto que ningún relato captura más que un tramo del océano de lo real, y la ambición de abarcar más puede llevar al narrador a perder su tabla, es decir su asunto, y ahogarse en el fondo del océano del lenguaje, donde por ejemplo me estoy hundiendo en este mismo párrafo, que por lo tanto termino de inmediato.

Pero decía que de Emma debo contar algunos datos, porque entre Dios, la Naturaleza y yo, Emma intervino en los momentos cruciales.

Me acercaba a ella en el jardín de la iglesia con el inmodesto afán de deslumbrarla con mi único tesoro, a decir, mis descripciones de animales de otras latitudes. Así, le hablé de rinocerontes sumergidos en el lodo. De las avestruces nalgonas de la pampa de Argentina, que los gauchos ponían a competir en carreras, no tanto para apostar cuál llegaba primero a la meta sino cuántas tropezaban con sus propias piernas, demasiado largas y flacas. O de las iguanas que olían a infierno y copulaban en el centro de un redondel de iguanas testigo.

Emma me pedía precisiones, se interesaba en detalles, y yo pensé que aunque le había dicho que no a seis pretendientes, igual le diría que sí a un naturalista. Un domingo caminando al borde de un lago, le anuncié que le contaría el ritual de apareamiento de los boobies.

Emma se sonrojó y cruzó los brazos sobre los senos y yo me reí, sonrojándome a mi vez, incluso más que ella, y le juré que no hablaba de boobies humanas, es decir de los senos de las hembras humanas, que con ese eufemismo se solían nombrar, sino de unas aves grises de las Galápagos, de pico chato, amarillo, y aletas azul cobalto.

Bueno pues, los boobies se paraban uno frente a la otra, se meneaban entre una aleta y otra aleta, de pronto el macho abría las alas y silbaba tan fuerte como el silbato de un tren, y la hembra abría las alas y silbaba a su vez como el silbato de un tren. El cortejo de conocimiento mutuo podía durar el día entero, hasta que macho y hembra habían sincronizado sus pasos y sus silbidos, y entonces el macho la montaba por atrás.

La boca de Emma dibujó una O de admiración, y a continuación, y como si nada, me contó que un muchacho la había pedido en matrimonio y ella le había dado el sí.

59

Al director del Museo Real de Zoología, John Gould, lo apodaban, a sus espaldas, la Lechuza, y de cierto entre su pequeña cabeza y su cuerpo breve no había un cuello, y tras sus lentes redondos, calados sobre la nariz puntiaguda, sus ojitos negros parecían tan grandes como los de una lechuza.

—De sus especímenes... —dijo John Gould sentado tras su escritorio, e hizo un ademán desdeñoso con su manita, como si retirara con el dorso una suciedad—, lo lamento, pero nada sirve. Todas son especies de las que contamos con ejemplares en el museo, y mejor diseccionadas. ¿Dónde aprendió usted taxidermia?

La noticia de que de mis 70 cajas de aves ni una le servía me impidió replicar.

—Eso le sucede por vagabundear por el planeta sin haber localizado su presa —dijo Gould.

—¿Mi presa? —murmuré.

—Eso le pasa por ser un... —Movió su manita para apartar otro desperdicio invisible y pronunció, con repugnancia—. Por ser un turista.

—¿Qué presa? —insistí.

—Le explico —dijo la Lechuza, y se reacomodó en su asiento de espaldar alto—. Hace un lustro, se dio una interesante disputa científica en Londres. ¿Debe la investigación científica realizarse sin un prejuicio? Algunos pensaron que lo ideal era eso, recolectar especímenes y no teorizar. Ir a un pedregal y recoger una piedra de cada color y ya está. O bien, circunnavegar el mundo y coleccionar cuanta cosa encuentre uno. Bueno, ya ve usted qué resulta de eso. Muchas cajas de piedras de colores. O 70 cajas repletas de cadáveres que tiraremos a un basurero.

—Debió saber qué buscaba y para qué —siguió su regaño—. Uno va a la innumerable Naturaleza para probar una hipótesis o para rechazarla.

Yo estaba mudo por la vergüenza.

—Sin embargo —la Lechuza volvió a mover sus grandes ojos—, esto se salva.

Adelantó por el escritorio con su manita una caja de madera, una caja de puros a la que se había despojado de las etiquetas. La destapó. Contenía un montón de pájaros feos. Grises. Cada uno distinto y con una etiqueta atada con hilo a una pata seca.

—¿Los reconoce, señor Darwin? Dígame qué son, por favor.

—Una variedad de pájaros que atrapé en las islas Galápagos, frente a Ecuador.

—Cierto, eso dicen las etiquetas. Pero ¿qué especies son?

—Son pinzones, mirlos, pico-gordos, chupamirtos, y éste debe de ser una especie de pájaro carpintero, aunque no estoy seguro.

—No, no, no y de nuevo no —dijo Gould—. Las trece aves son pinzones. Son trece especies distintas de pinzones.

Me saltó el corazón.

—¿Trece especies y todos pinzones?

Las observé. Cada pájaro era de un tamaño y forma. Uno con el pico largo y estrecho, otro con el pico corto y chato, aquél con el pico agudo y corto. Uno con el cuerpo en forma de gota, otro esférico, otro cónico. Oí la voz de Gould:

—Y cada uno es de una especie de pinzón desconocida para la ciencia. Lo felicito.

Supongo que sonreí ampliamente.

Entonces la rigurosa Lechuza preguntó:

—Ahora bien, ¿de qué isla es cada pinzón?

Me mordí el labio inferior. La Lechuza siguió:

—Sus etiquetas dicen «Galápagos», y nada más. De seguro usted llevó un registro y puede ahora apuntar en cada etiqueta la isla de origen.

—No —suspiré—. No llevé un registro así de cuidadoso.

—Entonces ha descubierto trece especies pero no sabe dónde las descubrió.

Supongo que me sentí muy torpe e infeliz.

La Lechuza hizo de nuevo el miserable ademán con su pequeña mano al tiempo que decía:

—Qué lástima, joven Darwin. Salúdeme a su señor padre.

60

El domingo, mientras caminábamos a orillas del río Támesis, le hablé a Emma de cómo con la desidia de anotar completas trece etiquetas se había escapado mi porvenir de científico.

Emma dijo:

—Pues completa las etiquetas.

No entendí las palabras. Ella me habló como a un bobo:

—Encuentra las procedencias de los pinzones y completa las etiquetas.

Las encontré así:

Visité al Dibujante, al Cargador, al Niño, al capitán del *Beagle* y luego a los otros marineros que permanecían en Londres. Cada cual se había hecho con una humilde colección de especímenes, que habían disecado personalmente, de mejor o peor manera, y algunas colecciones contaban, en efecto, con algún pinzón de los Galápagos, cuya procedencia exacta su dueño había tenido el cuidado de anotar.

Así una tarde tuve sobre mi mesa de trabajo trece grupos de pinzones, cada grupo de una sola especie y cada pinzón con su etiqueta de procedencia completa. Entonces tracé en un pliego grande de papel un mapa del archipiélago de las Galápagos.

Y fui colocando cada pinzón sobre su isla de origen. Resultó una enorme sorpresa. A cada isla le correspondía una sola especie de pinzón. Una sola.

Me acordé de las tortugas de las Galápagos y de lo que los nativos afirmaban. Que cada especie corresponde a una sola isla, de manera que con sólo ver un caparazón ellos pueden saber su isla de origen.

Así que con los pinzones ocurría lo mismo.

Otra tarde, al observar el mapa, se me ocurrió trazar unas líneas con lápiz entre las islas.

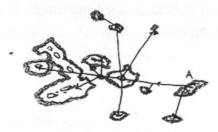

Pensé: ésa podría haber sido la ruta de migración de los pinzones. De una primera isla A, tal vez habían volado a otras islas y de esas islas a otras más distantes, y en cada isla, viviendo entre árboles distintos, entre animales distintos, teniendo acceso a frutas distintas, tal vez su forma hubiera ido cambiando.

Emma se dejó caer en el sillón de terciopelo azul de mi dormitorio. Esta vez sí la había deslumbrado hasta casi desmayarla.

—Habrían cambiado su forma —suspiró—. ¿Los animales cambian de forma?

—Imagínate que ha sido un cambio ocurrido de forma gradual, acumulando cambios minúsculos, a través de cientos de miles de millones de años —dije.

Tracé en uno de mis cuadernos de tapas negras otro dibujo. Un dibujo totalmente hipotético del primer árbol de la vida. Y se lo mostré.

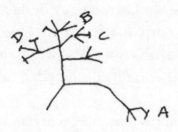

De la especie A derivan las especies B, C y D.

No era imposible. ¿O era imposible?

Ese trazo habría de ser la primera versión de *El origen de las especies*. Contiene todas sus ideas centrales. Con el tiempo lo llamaría el Origen 1, o más breve, el O1.

61

—Me sirven las etiquetas completadas de los pinzones.

Lo dijo la Lechuza tras el escritorio y atrajo hacia sí la caja de puros llena de pinzones.

—En cambio, para su árbol de la vida, tengo un consejo. No darwinice, por piedad, es despreciable.

—¿Darwinice? —pregunté.

La Lechuza mordió las palabras para decir:

—Debe de ser genético.

—¿Qué cosa?

—Esa cruza de ambición y ligereza suya para dar hipótesis como una maceta da flores. Se llama transmutación.

—Disculpe —dije—, no entiendo.

—Su hipótesis se conoce con el nombre de transmutación. Es una hipótesis que asomó la cabeza hace varias décadas, a través de un autor u otro, Jean-Baptiste Lamarck y Étienne Geoffroy los más conspicuos, sin ofrecer ninguna evidencia, de manera que se la considera falsa, y hoy sólo la sostienen lunáticos, poetas y místicos heréticos.

Irritado, la Lechuza siguió:

—Las especies, joven Darwin, tienen existencia real y fija. Sus formas perfectas fueron creadas por el Creador, y la transición de una especie a otra es imposible. Antes de aventurarse a formular una hipótesis genial, aprenda bien su taxidermia, aprenda embriología, aprenda sobre cruza de animales. ¡Deje de ser un turista, por el amor de Dios!

Su manita atroz señaló la puerta.

—Buenas tardes —dijo.

62

Charles Lyell, el innovador de la Geología, el rebelde que se había levantado contra la teoría de Lamarck, el hombre a quien ya algunos se atrevían a llamar el padre de la Geología moderna, era sin embargo un hombre discreto y amable. Delgado y de patillas largas, su frente le llegaba ya a medio cráneo, y el único rasgo poco social que le noté fue el asomo periódico de la impaciencia por deshacerse de mí, ese joven que le había pedido una cita privada y a quien había recibido en su biblioteca. De pronto sacaba, como en un sobresalto, su reloj del chaleco, y al guardarlo suspiraba hondo.

Cuando le hablé de la publicación de mi libro, *El viaje del Beagle*, enarcó las cejas, y fingió estar admirado.

—Ah, sí, sí, sí. Mi esposa y mi hija lo han leído —me halagó.

Y percibiendo mi decepción porque él no lo hubiera leído también, añadió:

—Me cuentan que la reina Victoria lo guarda en el buró de la cabecera de su cama. Un formidable éxito de librería, ¿no es cierto?

—Así es —le confirmé.

Él sacó su reloj del chaleco y lo consultó.

—Ah, sí, sí, sí —repitió, como un eco de sí mismo.

Pero cuando le hablé de Gould, descruzó las piernas, y enderezó su torso en la silla.

—Puedo mostrarle los dibujos —le dije.

Abrí mi cuaderno de tapas duras y se lo adelanté abierto en la hoja donde había copiado el mapa con flechas entre las islas Galápagos. Él mismo dio vuelta a la página para ver el árbol de la vida, el O1.

Lyell hizo entonces la cosa más extraña. Fue a pararse junto a un librero, dobló hacia el lado el cuello y colocó su cabeza sobre un anaquel.

—Estoy pensando —explicó.

Y al cabo de un rato dijo, la cabeza todavía en el anaquel:

—«Darwinizar» es un verbo que acuñó el poeta Coleridge, para referirse al abuelo de usted, Erasmus Darwin.

Mi abuelo había sido médico y autor de varios libros. Lyell siguió:

—Darwinizar refiere a la capacidad de su abuelo de teorizar sin sustento pero con gran entusiasmo. Una capacidad lindante con la poesía. De hecho sus poemas eróticos sobre las plantas a mí me siguen gustando, aunque Coleridge los declaró un pecado estético digno de un erotomaniaco incurable. En cuanto a la maceta, la maceta que John Gould le pidió que no fuera usted, una maceta que da alegremente hipótesis como si fueran flores, hablemos de ella.

El rostro me ardía de vergüenza, pero Lyell continuó:

—La maceta es una referencia a Goethe. Goethe habló de ideas que se siembran en ciertas mentes demasiado pequeñas para ellas, ideas que al germinar en esos cráneos pequeños los revientan. Por eso Coleridge decía del abuelo de usted, Erasmus, que caminaba con un cráneo reventado, por cuyas grietas asomaban grandes girasoles, que se mecían con cada paso de él. Magnífica imagen, ¿no le parece?

Odié la imagen pero guardé silencio, y la cabeza elocuente de Lyell siguió pensando en voz alta desde el anaquel del librero:

—En cuanto al panteísmo de Erasmus, el abuelo de usted, hay algo que añadir. Él sostenía la teoría de la transmutación de las especies, y a eso se refiere la mención de lo genético. Supongo que habrá leído usted la *Zoonomía* que escribió su abuelo, ahí es donde anota su teoría.

Tenía la boca seca y no respondí. Tal vez la había leído de niño, era probable porque mi abuelo había sido mi ídolo, y mi deseo de ser científico derivaba de mi admiración por él.

Lyell levantó la cabeza del librero y vino a sentarse otra vez frente a mí, para decir:

—Abandone su hipótesis. También yo se lo aconsejo.

—Usted también desdice a la Biblia en sus *Principios de geología* —reviré.

—Usted tiene una intuición, eso es todo. Una idea poética. Eso es todo.

Me aconsejó, como Gould, que estudiara taxidermia, embriología, cruza de animales, geología y geografía. Luego de ello, tal vez, mi hipótesis se habría redondeado, o esfumado.

Consultó su reloj del chaleco y concluyó:

—Éste es mi consejo. No darwinice y tampoco entre en polémicas. Las polémicas son un desperdicio de tiempo.

Sabía que deseaba que me fuera, pero en cambio yo le conté que había asistido a la Sociedad Real de Geología y había sido testigo de cómo él debatió con un lamarckiano.

—¿Qué pensó? —preguntó Lyell, irguiendo el torso en el asiento.

—Lo hicieron trizas —le dije la verdad.

—Verbalmente, no en lo conceptual.

—Eso no lo notó nadie. Usted se retiró demasiado pronto de la discusión y pareció declararse vencido.

—Gracias por la sinceridad.

—Pienso que los científicos debían ser forzados a jubilarse al cumplir los 60 años, porque luego de eso sólo estorban a las doctrinas nuevas.

Lyell había cruzado apenas la cuarentena y el lamarckiano que lo redujo públicamente era mayor de 70 años.

—Sería espléndido —convino Lyell.

—Le traje un regalo de la isla James de las Galápagos —le dije entonces.

Saqué de mi portafolio la concha de nácar que había extraído a golpes de martillo de una columna de lava. Le conté lo que me parecía confirmar —su teoría de la transmutación de la costra terráquea a través de cientos de millones de años— y le narré también qué nueva visión se había materializado ante mis ojos, gracias a su hallazgo: un mundo en continuo cambio, y me refería no sólo al paisaje, sino también a las formas vivas.

Lyell no volvió a consultar su reloj durante mi relato, lo escuchó con seriedad y concentración. Le alargué la concha reina y la tomó. Creo que nuestra amistad se selló en ese momento.

Colocó con cuidado la concha en un estante de su librero y dijo:

—La pregunta, joven Darwin, es cómo. ¿Cómo las formas vivas trasmutaron y aún hoy transmutan?

—¿Cuál es el mecanismo mediante el que ocurre?

—Sin ese mecanismo, su teoría valdrá lo que un girasol marchito.

63

En cuanto a Gould, volvería a insultarme, ahora en público. Asistí a la Sociedad Real, para escucharlo presentar el hallazgo de las trece especies de pinzones ante una asamblea de zoólogos, y al cabo de los aplausos que cerraron su presentación, me introdujo a mí, el joven naturista a quien se debía el descubrimiento.

Me puse en pie para darme a conocer a los científicos, y entonces Gould, en el estrado, colocó sobre la mesa el esqueleto de un pequeño pajarito de piernas y pico largos. El esqueleto de un avestruz chaparra.

—Ante ustedes —dijo—, otra especie nueva, traída de Patagonia por el mismo joven Darwin.

Algunos zoólogos a mi alrededor aplaudieron de nuevo.

—Explique ahora, joven Darwin —dijo Gould— por qué contamos únicamente con el esqueleto de este espécimen valiosísimo, y no con su cuerpo entero.

Las miradas se reunieron en mí. Dije la verdad:

—Porque unos gauchos y yo nos cenamos asado al pájaro en la cena de Navidad. Pero —agregué— al final de la cena reuní los huesos y los entregué al Museo Real de Zoología.

Un rumor de risas recorrió el auditorio. Gould dijo desde el podio:

—En honor del valiente que se cenó al pajarito, he nombrado a esta rara ave, proveniente de Tierra del Fuego, en el extremo sur del continente americano, el *Darwinii*.

Otro rumor de risas.

—Explique ahora la circunstancia en que atrapó al *Darwinii*, joven Darwin.

Lo había atrapado la mañana del 24 de diciembre de 1832, sin dificultad, y eso debido a que su absurda forma —patas largas, cuerpo gordo, cuello largo y alas demasiado cortas para alzar el vuelo— le había impedido escapar.

Al salir por la noche algunos zoólogos me felicitaron y yo me tragué la rabia. A una especie absurda, estúpida e indefensa, John Gould la había designado con mi nombre.

Darwinii.

Como si quisiera sellar mi destino de científico ridículo. Se equivocaba. Sin saberlo, Gould me había regalado el foco de mis investigaciones futuras. Durante los meses que siguieron me dediqué a recolectar, en secreto, especies evidentemente absurdas, indefensas y estúpidas. Imperfectas. Anomalías. Extravagancias de la Naturaleza. O bien, como todavía las llamaba yo en esa época, pecados de Dios.

64

Aves ciegas: murciélagos. Escarabajos con alas inservibles bajo un caparazón sellado. Ratas sin ojos: topos de los túneles de África. Pájaros nalgones con patas y cuellos estirados y alas demasiado cortas para poder volar y escapar de los depredadores: avestruces correlones de las pampas de Argentina. Patos demasiado gordos para usar sus alas: boobies de las Galápagos.

O los inadecuados pingüinos, mártires de su propia naturaleza. Con aletas que casi son alas pero no lo son; picos demasiado cortos para servir de defensa contra nada; y un pesado cuerpo, un bloque de carne, que deben desplazar sobre patitas de gallina, bamboleándose.

¿Dónde estaba la perfección de la Creación de Dios? Me lo preguntaba ante cada anomalía.

Era yo como un espía que llevaba una doble vida. Tímido en los rincones de los auditorios de las sociedades científicas, saludando amable con un asentimiento a los grandes hombres de ciencia y aplaudiendo a tiempo sus discursos; febril en mi cuarto de trabajo reuniendo evidencias contra ellos y su pueril naturalismo teológico.

No. La perfección de las creaturas de Dios era una idealización. Una mentira que nos contábamos los humanos. Un velo que habíamos colocado sobre nuestros ojos y que colocábamos a cada generación de niños cuando aún no podían protestar.

«El velo ha caído», escribí en mi cuaderno de Transmutación.

Por esos días empezó mi enfermedad. La enfermedad que me aquejaría desde entonces hasta hoy. Dolores de cabeza. Náuseas súbitas. Taquicardia. El mareo, semejante al que me sobrevino en la cima de la columna de lava en la isla de James. Repentinos pánicos sin aparente razón, pánicos por nada.

Un síndrome, una estampida de dolores y terror, que me asaltaba agregando sus síntomas en desorden, y me hacía moverme de mi escritorio palpando las paredes para no caer de rodillas, o me asaltaba mientras caminaba entre los árboles del parque y me hacía buscar, tambaleándome de un tronco a otro, la banca más cercana para no derrumbarme como un pordiosero en el pasto.

Emma opinó que yo era un hipocondriaco. Luego me concedió que tal vez un insecto me había mordido durante mi viaje en el *Beagle*, tal vez en tierras tropicales, y me había infectado la sangre de una enfermedad latente, que apenas ahora afloraba.

Luego de auscultarme en su consultorio, el médico me diagnosticó como neurasténico. Una forma elegante de decir: No sé qué demonios aqueja al paciente. Y me recetó compresas frías en la frente y baños con hielo en el agua y otra serie de placebos que usé, sin efecto.

Emma sugirió entonces que fuéramos a un clérigo exorcista, para que me sacara a Satanás del cuerpo. Preferí ser neurasténico.

E imperfecto como era, continué la colección de imperfecciones, las anomalías, los errores de Dios. Entonces empecé a notar la imperfección también en los organismos aparentemente perfectos. En cada organismo descubría alguna estructura anómala. Alguna estructura demasiado corta o primitiva para ser útil, como si sobrase de otro tiempo en que resultó útil en una actividad que había sido olvidada o estuviera apenas en vías de formarse y convertirse en otra estructura. O bien descubría alguna estructura absolutamente estorbosa y sin otro porvenir imaginable que ser eternamente un estorbo.

Las ballenas tienen pelvis pero no extremidades inferiores. Para qué sirven los dos ojos que poseen los peces lenguados en uno de sus costados, si del otro costado no tienen ningún ojo. La larga cola del pavo real macho es un lastre que le impide volar o siquiera escapar corriendo de un depredador. Los leones marinos son bultos que deben reptar con indecible trabajo sobre pequeñas aletas.

Ahí estaba de nuevo materializada la visión del mundo en flujo. Cada forma viva guarda, físicamente, evidencias de haber sido otra y augurios de otra que podría ser en el futuro.[V] Pero si en la isla de James la visión de un mundo en flujo me produjo una pura sensación sublime, en Londres, me produjo una sensación de pesadez. De envenenamiento. El mundo me pareció un almacén de cuerpos torcidos y vapores insufribles.

65

Un marinero me trajo la caja de madera con agujeros practicados en los costados. Extraje el topo africano, un animal ciego, de pelambre oscuro y garras
como cuchillas, lo dormí con formol.

Con un bisturí corté la piel de la frente y descubrí lo
que me había vaticinado mi proveedor. Bajo la piel
había una estructura esférica, gelatinosa, con un iris.
Un ojo.

Un ojo que jamás había estado fuera de esa piel y a la luz. Un ojo absurdo, un ojo oculto en un topo ciego. Con una pinza lo alcé hasta mis ojos y las palpitaciones de un miedo tremendo ante la fealdad de la obra imperfecta de Dios me asaltaron.

¿De Dios?

Reclinándome sobre las paredes bajé las escaleras hasta la calle, como si pudiera huir de lo que ya ocurría. El ácido de mi indagación se deslizaba hasta Dios mismo y la palabra «Dios» efervecía en contradicciones.

¿Por qué, me pregunté caminando a un lado del Támesis, por qué un Dios, si es que existiese, crearía algo tan estúpido como alas que no vuelan, aves que vuelan pero no tienen ojos para ver hacia dónde, o un ojo bajo la piel de un topo ciego?

¿Por qué un Dios, si es que existiese, crearía monstruosidades?

Me senté en una banca a dejar que el sudor me empapara la camisa bajo el saco de fieltro.

66

¿Y por qué un Dios pondría un pesado cráneo arriba de una delgada columna de vértebras? ¿Para fatigar al *Homo erectus*, para hacerle casi imposible el equilibrio? Me lo pregunté desnudo ante un espejo largo. El ruido de la ciudad se colaba en mi estudio por la ventana abierta.

¿Por qué le colocaría entre los dos intestinos un apéndice, que únicamente se hace notar cuando se inflama y debe extirparse? ¿Para enriquecer a los cirujanos? ¿O para qué pondría ojos frontales en el mayor depredador del planeta, y no laterales, con una visión periférica?

Ahí estaba yo, un compendio de diseño errado. Otra prueba de la inexistencia de Dios. Como cada forma viva, apenas suficientemente mal construido como para poder sobrevivir.

Y los genitales, los tiernos cojones y el pene, tan sensitivos, que apenas tocados por el frío se retraen y se encogen aterrados, ¿para qué habría Dios de colocárselos a Adán expuestos al frente, si lo diseñó para caminar por su Creación orgullosamente erecto?

«De seguro, el hombre no es una creación de un Dios —escribí en mi cuaderno de Teología—. La así llamada gloria del Creador es un mamífero cuadrúpedo erecto de escaso pelambre.»

Me vestí en un traje de tres piezas. Recogí del escritorio el paraguas y me calé el sombrero de alas anchas. Me puse los guantes de seda blancos y salí a caminar por el parque ese domingo mientras Emma visitaba a su padre con nuestros hijos.

Es un simio, ¡el hombre es un simio!, pensé balanceando mi paraguas a cada paso en la vereda del parque, y los labios se me descorrieron para destapar mis dientes, y me reí como un simio sintiéndome desnudo bajo la complicada ropa.

Un simio con la singularidad de saber juntar palabras para formar un relato de la vida, una singularidad que es su ventaja sobre todas las otras formas vivas, y al mismo tiempo su obsesión y su tormento.

Otra vez destapé mis dientes y me reí mirando el lento desfile de simios con que me cruzaba en la vereda del parque, simios erectos cubiertos como yo de ropas impecables, sacos negros y pantalones grises, vestidos grises y chales de colores, sombreros de copa y de alas anchas y sombreritos con flores falsas y velos exquisitos, y guantes blancos por doquiera: tanto artificio para ocultar de nosotros mismos nuestro orangután secreto.

67

—¿Cuál es el mecanismo mediante el que sucede la transmutación de las especies?

Inicié mi exposición ante Lyell y el joven Huxley, articulista de temas científicos para la prensa, citando la pregunta que Lyell había llamado crucial en otra ocasión.

—Dado que las formas vivas se reproducen en cantidades muy superiores al aumento de los alimentos, se establece una feroz lucha por los alimentos y el territorio.[VI]

—La demografía de Malthus aplicada a los animales y las plantas —acotó Lyell.

—Una herramienta conceptual útil —asentí.

Tomábamos té en su biblioteca y el joven Huxley no hablaba, la cara enfurruñada, y apenas de vez en cuando gruñía, como si le disgustáramos profundamente nosotros y nuestro tema.

—Por tanto —seguí—, las formas que han acumulado variaciones que les dan una ventaja sobre sus competidores sobreviven, mientras las otras perecen.[VII]

Podría llamarse selección natural a esa competencia implacable.

—Esta selección natural ocurre a través de múltiples generaciones de numerosas maneras, usualmente maneras crueles, salvajes.

—Ejemplos —dijo Lyell.

—Los pinzones de las islas Galápagos. Supongamos que un grupo de pinzones acumula cambios en el pico, que se va volviendo a través de generaciones más duro y ancho. Llegada una estación en la que escaseen los frutos de los que se alimenta, matarán a picotazos a los otros pinzones en la competencia por los frutos de la isla.

—O bien —reformulé—, sucederá sin violencia directa. Los de picos duros y anchos podrán quebrar la costra de los frutos de costra dura, supongamos que los únicos que perviven en la isla, mientras los pinzones de picos pequeños morirán de hambre.

Huxley gruñó y Lyell se levantó cuan largo era y fue a pararse a un lado de uno de los libreros. Depositó su mejilla en un anaquel y susurró:

—Denos otro ejemplo.

Narré una selección que yo mismo había presenciado en las pampas argentinas. Los colonizadores españoles cazaban a balazos a los indios para apropiarse de sus tierras.

—Un espanto —comentó Lyell.

Y yo me moví de esas imágenes espeluznantes a las domésticas.

—Los criadores de perros, palomas y caballos

llevan siglos realizando una selección semejante. Escogen los mejores ejemplares para cruzarlos entre sí y matan a los inferiores.

—Ahora, tu definición de selección natural más corta —pidió la cabeza del estante.

—En la lucha por la existencia, el más apto sobrevive.

Lyell escuchaba como otros catan vino —ellos sintiendo las sucesivas capas de sabores, el sabor de la uva, el sabor de la madera del barril, los sabores de los añadidos—, él sintiendo la precisión de las palabras y sus resonancias culturales.

—Usa la palabra «evolución» en lugar de «transmutación» —dijo—. Es una palabra menos ensuciada por polémicas anteriores.

Huxley gruñó otra vez y yo me serví más té de la tetera.

—Y no uses al ser humano en tus ejemplos. No quieres desgastarte en debates con teólogos. Ahora, sobre Dios...

Me sobresalté y dije:

—No hay ningún control externo en la selección natural.

—Da igual. Dedícale al Señor un párrafo. Escribe por ahí creaturas o Creación o Creador o inteligencia inefable, lo que sea: una alusión a Dios, si prefieres leve como un suspiro.

Me admiraba Lyell. A pesar de haber sido quien desprestigiara para siempre la cronología de la Creación de la Biblia, se consideraba un cristiano y comulgaba con regularidad. O bien conocía un secreto que yo no, pensé, o su tolerancia para las contradicciones era verdaderamente enfermiza.

Cenamos en el estudio y el tema derivó a mi cambio de domicilio. Precisamente para continuar acopiando evidencias para mi teoría estaba por mudarme al poblado de Downe, a 16 millas de Londres. Una casa de dos pisos, con tres jardines.

Lyell lo celebró:

—¡Tres jardines!

Un primer jardín, tal y como habíamos decidido, no demasiado arreglado, sino con humildes y graciosos setos con flores, en cuyo fondo una puerta se abría a un campo de hierba silvestre y alta, con una casa de pichones en el centro, donde yo trabajaría en la cruza de aves, y un invernadero, donde realizaría experimentos con plantas, y en cuyo fondo otra puerta se abría a una zona boscosa, donde planeaba formar un sendero con piedrecitas blancas en forma de óvalo, para caminarlo tres veces cada día.

Huxley chasqueó los labios, como si le hartara mi felicidad.

68

—Su teoría es un deicidio —dijo el Bulldog—. ¿Lo sabe?

Caminábamos esa noche por la calle, suavemente iluminada por las farolas.

—No, no lo sé, y no me, no me —tartamudeé—, no me interesa la teología.

—No importa si no le interesa. Su teoría es un sangriento y maldito deicidio. Nunca escuché algo que refutara más absolutamente el concepto de un Diseñador del Universo. Ni siquiera la teoría de Copérnico iguala su herejía.

Un carruaje se adelantó por la calle, las herraduras de los caballos sonaron sobre la piedra.

—¿Tiene usted amigos?—preguntó este joven brusco—. Un amigo más valiente que Lyell, de eso hablo. Usted necesita alguien audaz que lo empuje cuando su amigo Lyell lo invite a la prudencia, y que sea, además, menos tartamudo y más elocuente que usted. Y mire qué fortuna la suya, hoy me ha conocido a mí.

—Ponga atención —siguió el Bulldog, apodo

que en algún momento de esa plática pensé que le convenía—. Yo seré su Arón, su vocero, y usted mi Moisés, mi maestro. Nos saldrán garras y el pico se nos afilará para destruir el mentiroso y viejo Relato Religioso, de una vez y para siempre.

Unas campanadas me sobresaltaron.

—Piense en Copérnico y en Priestley —fue lo último que el malvado Bulldog me dijo esa noche antes de alzarse el sombrero de copa y doblar solo una esquina.

En la oscuridad de la cocina de mi departamento, cuidando de no despertar con el ruido a Emma o a los niños, coloqué mi saco en el espaldar de una silla, me serví un vaso grande de brandy y me senté a practicar mi deporte favorito de esos años, empapar con sudor mi camisa del puro pánico, ésta vez pensando en Priestley.

Joseph Priestley, químico descubridor del oxígeno, al estudiar los vapores invisibles, llegó a la conclusión de que Dios era una hipótesis que durante siglos había dado respuesta a muchas inquietudes humanas, pero que ahora la Ciencia respondía mejor. Una noche como ésta, en que yo lo recordaba en una cocina, Priestley se encontraba en su estudio, rodeado de sus libros y sus aparatos de investigación, cuando la chusma armada de antorchas rodeó su casa y le prendió fuego, mientras gritaba entusiasmada:

—¡Arde Satán, arde Satán! ¡Arde enemigo de Dios!

ت د م ر 8:39

او ال احل ام

ال ان ج از

م ع ه ت ر ح ي ل ه

ه او ي ة ال ى

ال ت ص د ي ق .

Las letras árabes aparecieron llenando la pantalla.

Luego las letras árabes se borraron y la pantalla de la tableta quedó vacía y luminosa. El texto de la autobiografía se había borrado.

—¿Te molesto?

Me asustó ver al tipo de los lentes negros en el quicio de la puerta de la sala.

—¿Qué dicen esas letras árabes? —le reclamé—. Se pasó el dorso de la mano por la boca.

—¿Qué dicen? —insistí.

—Es una falla técnica —dijo él, respiraba entrecortadamente—. Una falla técnica menor. —Cambió su peso de una bota a otra—. Voy a salir y a... —Tragó saliva—. A arreglar la falla.

Pero siguió en su sitio columpiando su peso entre las botas y los 2 perros le ladraron.

Más señales de angustia: su camisa estaba desfajada y en el cuello tenía una línea de sangre. Me zafé de la muñequera y me acerqué a él.

—Estás sangrando del cuello —le informé.

—Ah sí. Me... Me corté —tartamudeó otra

vez—. Iba a rasurarme y me corté, así que... Ahora vuelvo.

—Eres demasiado honesto para que la mentira no te tuerza la cara —le dije—. Dime la verdad.

Pasó a mi lado y echó a andar por la sala. En 3 pasos consumió la distancia hasta una pared, dio la vuelta y regresó sobre sus pasos hablando:

—Soy demasiado sensible para ser un líder, pero carne apta para ser un mártir.

Yo no tenía idea de lo que hablaba.

No dejó de andar, 3 pasos hacia un lado, 3 hacia otro:

—El texto tiene integrada una función que lo autodestruye. Tecleas 10 dígitos y se destruye. Se destruye en todas las tabletas. Yo agregué esa función. Pero no lo borré yo. Aparte de nosotros, hay otros lectores del texto, que pueden borrarlo.

»No sé por qué te lo confieso —se arrepintió—. Soy un camaleón, cambio de color como un camaleón. ¿Te acuerdas de la canción? La cantábamos Tonio y yo. La bailábamos también. Como adolescentes. Daría la vida por volver a bailarla con Tonio.

—¿Quiénes son los otros lectores? —lo devolví al presente.

Resopló sin detener el paso:

—El padre Sibelius.

Ah, el señor de los 100 botoncitos de la abadía de Westminster.

—Y su maestro.

Franco no sabía el nombre del maestro de Sibelius. Sólo que se trataba de un teólogo del Vaticano.

—Y el Juez —agregó—. El Juez, supongo, lo borró, porque el texto insulta a Dios.

—¿A quién? —Franco preguntó. Se respondió—: Al Creador que no existe.

Estaba blablableando incoherencias. Y siguió:

—Duermo en el piso, junto a la cama matrimonial, no soporto dormir junto a Tonio. Es decir, dormir junto a donde dormía Tonio. Quiero volver al desierto. O bien no sé si quiero volver.

—Siéntate en el sofá —alcé la voz—. Al sofá —alcé otra vez la voz—. *Sit*.

Franco me observó perplejo. Pero me obedeció. Se quitó los lentes y tomó asiento en el sofá. Me senté a su lado.

—Dame las 2 manos.

Me dio sus grandes manos y las apreté con las mías.

—Respira despacio. Sal del lenguaje.

Ahondó la respiración.

—Tengo 2 pensamientos para cada cosa —dijo—. Haz esto, pienso, y me respondo: haz lo contrario.

Tiene 2 Relatos de la vida dentro, traduje para mí, despedazados, y con sus pedazos combinados trata de hacer un relato coherente.

—Es la locura, supongo —dijo Franco.

Es exacto, pensé: ésa es la locura.

Pero en cambio dije:

—No hables. Voy a sacarte del lenguaje. Pon tus ojos en los míos.

Los puso, sus ojos pelágicos.

He dicho que me es difícil sostener la mirada de alguien. Desvié mis ojos a una pared.

—Mejor veme el pelo —ordené.

Mi pelo que para entonces tenía ya otra vez 1 centímetro de altura.

Franco ya respiraba pausadamente, ya estaba saliendo del lenguaje y de la confusión, y entrando a la Realidad.

—Ahora —le ordené—, ve a la cocina y toma 1 vaso de agua completo. Debes ir sacando del lenguaje cada sentido y conectándolo a la Realidad.

Se alzó tan grande como era, salió de la estancia, y entonces no fue a la cocina: lo escuché bajar aprisa las escaleras.

La puerta de la calle tronó cuando la cerró tras de sí.

Así habría de contármelo tiempo después Franco.

Abordó el taxi y le dijo al chofer:

—Al centro de la ciudad.

Y le pagó de antemano con un billete.

El automóvil azul de los guardias de migración se apartó de la acera para seguir el taxi.

—No es necesario. —El chofer le regresó el billete.

—Créame que sí —dijo Franco.

En la casa de Tonio yo subí al 3.er piso y entré en el dormitorio. Un espacio de paredes blancas, con 1 cama blanca y tapete blanco.

Me senté en la cama y revisé los libros que ocupaban la mesa contigua. 3 libros, todos firmados por John Ford.

Dios no existe.

El islam o la Epilepsia de un Profeta.

Judas tenía razón.

La razón por la que Franco había pagado de antemano el taxi era ésta: en el 1.er semáforo y sin aviso previo, saltó fuera del vehículo y se adentró en la multitud que entraba en una estación de metro. Solo 1 de los guardias de migración, el que no estaba al volante, pudo bajar del automóvil para seguirlo, abriéndose paso entre la gente.

Franco bajó aprisa por las escaleras esquivando gente y cruzó un puente para salir a un andén donde un tren aparcaba chirriando los frenos.

Entró en un vagón y el guardia entró por otra puerta en el mismo vagón.

Pero cuando las puertas se corrieron y el tren arrancó, el guardia pudo ver a Franco meterse caminando tranquilamente en el túnel que llevaba a otro andén.

El Libro Sagrado del islam, escribía Ford en su libro sobre el islam, está dividido en versos. Los versos pueden agruparse por temas. Por ejemplo:

Los Ganados.

El Arrepentimiento.

Jonás.

Los Creyentes.

La Guerra contra los Infieles.

Más adelante Ford escribía:

Bienvenidos los musulmanes que desconozcan, ya sea por ignorancia o por haberla rechazado, la violencia que ordena el Libro Sagrado del islam, porque con ellos podemos construir la paz.

Pero que no mientan diciendo que su Libro no ordena la violencia y no celebra el derramamiento de sangre, porque el Libro ordena, sin lugar a interpretaciones contrarias, la guerra contra los infieles, es decir: contra los que no creen ciegamente en las órdenes del Libro.

Qué adorable forma de blindarse a sí mismo: si no crees en lo que digo, dice el Libro Sagrado, eres mi enemigo y mereces que te corte la lengua y te extraiga los ojos.

Puntualmente, el Libro condena la tolerancia del infiel como un pecado capital. De mayor peligro, promete el Paraíso para el que con violencia asesine al infiel.

Ahora Franco estaba solo, caminando por una colonia de casitas de cemento, una igual a la siguiente, teñidas del rojo del atardecer.

Se detuvo para tocar el timbre de una de las casas. Como no le respondieron, giró en redondo para confirmar que la calle estaba desierta y nadie lo vería colarse en la casa.

No había nadie en la calle, así que sacó una navaja suiza y eligió un palillo de acero e introduciéndolo en la cerradura empezó a trabajarla.

La giró, abrió la puerta.

En la pared del pasillo, de un color crema sucio, se sucedían 2 mapas enmarcados. Los conocía: mostraban la expansión del Imperio musulmán, el 1.º a la muerte del profeta Mahoma, el 2.º a mediados del siglo 7.

 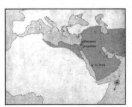

Y en la sala, encima de un sofá de un color indefinido, tal vez verde, tal vez café, un mapa grande mostraba la dimensión máxima del Imperio musulmán, en el año 750, en el que abarcó la mitad de la Tierra.

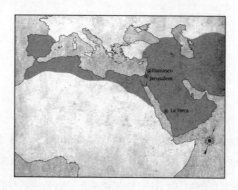

Caminó otro pasillo y se detuvo ante 1 puerta de madera. Entornó su perilla.

Pero no pudo abrir la puerta. Notó un pasador en su parte alta.

Lo corrió.

—Hola —dijo una vocecita a su espalda, en árabe.

Una niña cubierta por un burka negro parada en una escalera.

—Hola —le respondió Franco.

—Salieron —dijo ella.

—¿Tu papá y los hombres? —dijo él—. ¿Me reconoces?

—No, ¿quién eres?

Franco suspiró aliviado, no lo reconocía, se puso los lentes negros de aviador para que no pudiera recordar lo más inconfundible de él, sus ojos azules, pero entonces ella dijo en un golpe de alegría:

—Ah sí, eres el francés. El moticiclista. ¿Gabriel?

—Sí, Gabriel —mintió Franco.

Dijo luego:

—Voy a entrar al cuarto de máquinas. Tengo que enviar un mensaje.

—Díselo a las mamás —dijo ella, y señaló una ventana al fondo del pasillo.

Por la ventana se veía un jardín descuidado, de pasto reseco, con un árbol negro, calcinado, más lejos un *bungalow,* y por su ventana unas figuritas en burkas negras, sentadas, moviendo los brazos.

Las esposas del dueño de la casa.

—Toman el té de las 5 en punto —canturreó la niña en inglés británico, sus ojos negros lo único vivo visible—. ¿Les digo que estás acá?

—No, no —dijo Franco—. Las saludo después. Ahora voy a entrar y hacer lo que debo. ¿Me prometes algo?

—¿Qué?

—No me acuses con las mamás de que estoy acá.

Abrió la puerta. Lo repensó.

—Mejor ven conmigo —le pidió a la niña—. Tú eres la guía, yo tu alumno.

—No, mejor tú eres mi novio —propuso ella.

—Está bien, soy tu novio —aceptó él—. Pero tú enséñame el camino.

La niña y Franco bajaron por la empinada escalera.

Desembocaba en un cuarto oscuro. Franco palpó la pared hasta dar con el interruptor, que encendió los tubos de neón del techo e iluminó un cuarto atiborrado de computadoras.

Franco se dirigió a la computadora de pantalla grande, una Apple.

—Siéntate junto a mí —dijo, y le ofreció a la niña una silla giratoria.

—Mejor ven tú —le dijo ella y le tomó la mano—. Mira.

Le indicó la cerradura en otra puerta. Franco se inclinó para asomarse por el ojo.

El cuarto contiguo estaba repleto de cilindros rojos. Tanques de gas butano. En una pared colgaban de ganchos mangueras rojas con mecheros en la punta y en otra pared, guantes grandes y viseras de soldador.

—¿Qué pasa con eso? —le preguntó Franco a la niña, que estaba al nivel de sus ojos.

—¿Qué son? —preguntó ella—. ¿Tú sabes?

—No sé —le dijo él.

Llevando al pequeño fantasma negro de la mano volvió a la computadora, ella subió a la silla, las piernas extendidas, mientras él acercó otra silla a la máquina de pantalla grande.

Tecleó la dirección que esa semana debía usar para comunicarse con el Juez.

De esa dirección el mensaje rebotaría a otras 4 direcciones hasta llegar a la tableta de un hombre que viajaría en *jeep* un tramo de desierto para entregarle al Juez el mensaje.

Pero a punto de escribir en el espacio vacío se detuvo.

—¿No sabes qué escribirle a tu novia? —preguntó la niña.

—Exacto —le sonrió él—. No sé qué escribirle a mi novia.

¿Qué le escribiría a ese hombre obsesionado por el demonio y los anos ajenos, a ese policía de la moral que asesinaba infieles para ganarse el Paraíso?

«Estimado Juez:

»Sólo pido que una palabra —Satán— no clausure una obra provechosa, etc., etc., etc...

»Y pido permiso para proseguir la...»

—Éste es mi novio —interrumpió su pensamiento la niña.

Sacó de una bolsa de su túnica una fotografía de un hombre flaco con barba rasurada al ras de la quijada, lentes translúcidos y redondos y dientes de conejo. Tendría la edad de Franco. 40 años.

—Qué guapo —dijo Franco.

—No —dijo la niña—. Está chueco. Tú eres el hombre más guapo del mundo.

—¿Verdad que sí? —dijo Franco.

—Si tuvieras un propósito fijo —alguna vez le dijo Tonio—, si tu energía no se bifurcara siempre y tu tiempo se derramara. ¿Te das cuenta de que tu intención siempre se parte en 2, como si tuvieras pánico de saber qué putas haces con tu vida?

A la mierda, pensó Franco, no pediría ningún permiso al Juez, cumpliría la encomienda de Tonio, y luego escaparía de Londres y de los hermanos de la fe.

El corazón se le apresuró mientras tecleaba el código que le abriría las configuraciones de la autobiografía teológica. Borró la carpeta nombrada «RESTRICCIONES» apretando una sola tecla.

—¿Ya acabaste? —preguntó la niña.

—Un momento — le dijo—. Debo hacer algo más.

Tachó al Juez de la lista de receptores de la autobiografía, así no se enteraría de que restauraba el texto a las otras pantallas. Pero reinstaló una breve restricción: sólo el dueño de la clave de cada segmento podía dar la vuelta a las hojas del texto.

Tonio lo imaginó así. Cada parte de la autobiografía pertenecía a un experto y sólo ese experto podía dar vuelta a las páginas, para marcar el ritmo de lectura de los otros lectores.

Asunto concluido, pensó Franco.

En 2 días las siguientes partes serían desplegadas por John Ford y Edna R. Garden, el Juez no lo sabría, y él decidiría si se quedaba en Londres o viajaba a casa de su madre en Galicia o regresaba a la Montaña en el desierto o.

O.

—O —dijo.

—O —repitió.

—El planeta es una O.

La niña se contagió de su repentina alegría.

—O —le hizo eco a Franco.

—Sh —le pidió él silencio, colocando un dedo sobre su burka, en el lugar aproximado de los labios.

—Sh —dijo ella bajo la tela.

Por lo pronto Franco volvió su atención a la pantalla y volvió a enviar el documento que se había cortado, Darwin 2.

Ding. Ding. Ding. Ding.

Así sonó el documento al llegar a 4 tabletas, cada

tableta en otro lugar del planeta: la de Sibelius, la del maestro de Sibelius, la de Franco, que había dejado en el despacho del 3.er piso de la casa de Tonio, la tableta de la doctora Nieto, que puso aparte el libro de John Ford, para tomarla entre las manos.

Alguien sensato se hubiera ido en ese momento del cuarto de máquinas del hermano mayor de Londres, donde Franco se había introducido sin permiso, nada menos que con su hija, pero lo que hizo fue tentar a Dios, si es que existía.

Cliqueó el ratón de la máquina y abrió ahí la autobiografía, para leerla, como si no se estuviese arriesgando a que lo encontraran violando el espacio del hermano mayor.

Reencontró en el texto la línea:

—¡Arde Satán, arde Satán! ¡Arde enemigo de Dios!

Y esperó que del otro lado de la ciudad la doctora Nieto pasara a la hoja siguiente.

72

En 1842 completé la redacción de un bosquejo de 35 hojas de *El origen de las especies*. El O2, según la abreviación que usaba en mis libretas para referirme a él. Dos años después, completé por fin su versión elongada. El O3.

Tenía yo 35 años.

En mi estudio, ante las 230 hojas, tomé un lápiz, lo afilé con una navaja, busqué la página donde quería insertar un último párrafo, una precisión que me parecía necesaria, y anoté en el manuscrito:

«Ésta es una explicación de la diversidad de las formas de vida que no sólo vuelve superflua la hipótesis de Dios, sino que la refuta».

Retiré el lápiz del papel. Ahí estaba, la estocada final al viejo Dios.

Reflexionemos, me pedí sin embargo. ¿Quién era yo para matar a Dios?

Un mono parlanchín, de seguro ni siquiera un dios menor. Mi evidencia no era exhaustiva. No podía serlo, nunca lo sería. La taquicardia me atrapó el corazón.

Más preciso era decir que por lo pronto, sólo por lo pronto, mi evidencia era insuficiente, y siendo así, insuficiente, no sólo no mataría a Dios, sino que además provocaría una polémica en la que la rabia de los biólogos teológicos me mataría a mí y dejaría inmune al Creador. Pude imaginarlo. Me llamarían idiota, descartarían mi libro por insolente, jamás volvería a publicar en una revista científica de prestigio, y el viejo Dios, inmune, seguiría su existencia de fantasma omnipresente.

La cabeza me palpitaba, una gota de sudor cayó de mi barbilla y mojó la hoja. Tomé una goma y borré la frase. Sobre la frase borrada escribí un párrafo que iniciaba así:

«Desde luego lo expresado en este ensayo no hace sino celebrar la audacia y la belleza de la creación de Dios...».

Era una breve concesión a mis contemporáneos, pero no respiré mejor, ahora mi cobardía me indignaba, así que en otra hoja redacté mi testamento, dándole a Emma instrucciones de cómo publicar *El origen*. Guardé el documento en un sobre que rotulé:

«En caso de mi súbita muerte».

Guardé el sobre en un cajón del escritorio, me fui a caminar aprisa, furioso y trémulo. Crucé el jardín de pasto y salí por la puerta al campo de hierbas altas. Con ese mar verde hasta las rodillas decidí no publicar el maldito *Origen*. El engorroso *Origen*. El peligroso *Origen*.

Podía vivir sin publicarlo. Publicando observaciones sobre formaciones de corales, sobre lapas o sohre la intrincada y diminuta vida de mis jardines. Sobre mariposas, lombrices de tierra, moscas de la fruta, abejas, termitas. Observé en la distancia el sauce llorón. Su tronco cubierto de enredaderas.

Podía, me entusiasmé, estudiar las lentísimas serpientes vegetales que son las enredaderas.

Eso haría, trabajos discretos que me aseguraran el respeto de mis prójimos. Me bastaba ser eso, un científico discreto y respetable, un buen padre y un esposo amoroso. No un Copérnico. No un Hércules del relato humano. Recargué la espalda en el tronco joven de un abeto.

Falso, falso, falso, me dije, no podía vivir sin publicar lo que me había costado tantos años de vida averiguar y apalabrar. Completaría la evidencia contra Dios. Me tomaría mi tiempo, la seguiría reuniendo de los cuatro rumbos del globo, sin dejar de trabajar en ello cada día. Escondería la formación de mi gran libro, mi libro trascendente, mi libro abrumador, detrás de otras publicaciones humildes, por ejemplo sobre las diminutas lapas o las lentas enredaderas.

Y aunque fuese en cinco años, o en diez, mataría la mentira de Dios. El engaño de Dios. Esa idealización que nos deforma la percepción de la Naturaleza.

73

Por esos tiempos viajé a un balneario, para recibir una cura de aguas, y llevé conmigo a dos de mis hijas menores, Annie y Etty, y al aya y a la institutriz, para que las niñas disfrutaran las aguas termales y me alegraran a mí. Caminábamos largos paseos y Annie solía adelantarse para de pronto volverse y hacer piruetas y recibir mis aplausos con una reverencia de bailarina. Por las noches ella acudía a mi dormitorio y mientras yo en la cama cerraba los ojos ella me leía a mí un cuento.

Bueno, seré breve. Annie contrajo una misteriosa enfermedad en el balneario para enfermos. Se debilitó, enflaqueció, vomitaba, padeció fiebres altas, en tanto los médicos le aplicaban remedios al azar. Murió. Tenía diez años.

Emma creyó que Dios, con este castigo fulminante, por fin contestaba a mis escritos ateos, y que yo debía pedir perdón y arrancar de mi corazón la herejía. Yo en cambio sabía qué había matado a Annie y por ello me negué a asistir a su entierro, donde un cura infectaría el aire hablando de un

Dios piadoso con un plan sabio para cada uno de sus hijos.

Lo que mató a Annie fue Algo que flotaba en el aire del balneario para enfermos, Algo que entró en su cuerpo, Algo para lo cual la Ciencia aún no tiene un nombre, como no lo tiene para la mayor parte de organismos naturales. Pero no porque los primates parlantes no los conozcamos ni los nombremos esos millones de organismos ignotos dejan de existir, y no porque ese Algo no tenía nombre dejó de ser mortal y matar a Annie.

Le respondí a Emma: Otros muchos lo hacen, pero yo no creeré que nuestra ignorancia es Dios. Ni seré tan necio para sentir y decir: *Credo, quia incredibile*. Creo porque es increíble.

74

En la puerta de la calle se acuclilló para recordarle a la niña su nombre.

—Gabriel. Acuérdate. Repítelo.

—Gabriel —repitió ella.

De pronto la pequeña fantasma le abrazó la cabeza y a través de la tela negra lo besó en los labios con pasión.

Él la separó de sí.

Se golpeó el cuello con 2 dedos.

75

En el dormitorio me había tendido en la cama, la espalda contra los cojines, y leía a John Ford, las hojas iluminadas por la luz amarilla de una lámpara de buró, cuando entró Franco.

—Estás en el lugar de Tonio —dijo.

—No, estoy en una cama —dije.

Al quitarse el abrigote negro su torso ancho y musculoso apareció, dibujado en la camiseta gris de mangas largas. Se sentó en un taburete para zafarse las botas y las colocó junto a la pared, donde Yo había colocado mis botas.

Dijo:

—Olvidé decirte que Ford quiere verte a solas mañana en la mañana. Después nos verá a los 2 en la tarde.

No pregunté por qué. El tipo, sentado en el taburete, dándome la espalda, una espalda con omoplatos anchos, me quitaba el habla.

Se sacó por encima de la cabeza la camiseta y tomé un respiro largo como su espalda desnuda, morena y lisa, de la que partían sus brazos musculosos, de bíceps que no cabrían encerrados en mi puño.

Se tendió a mi lado, tan grande como era, la nuca contra los cojines, el rostro con un principio de vello negro y duro.

Un macho de la especie que en 3 movimientos podría con ambas manos en mi cuello quebrarme la laringe como si quebrara una rama.

Me aterraba, y aprisa calculé que Yo podía hacer 3 cosas.

1. Escapar. Bajar de la cama e irme a prisa y sin explicaciones.

2. Atacarlo. De sorpresa golpearle con el codo la nariz, antes de correr el riesgo de que él me atacase, e irme de prisa y sin explicaciones.

3. O acercarme más a él. Eliminar la distancia del peligro. Hacerme su amiga.

Levanté del colchón el codo calculando si en con 1 movimiento rápido podría romperle la nariz. Pero lo que hice fue alcanzarle la mano con la mano.

Él entrelazó nuestros dedos. El contacto volvió a quitarme el aire.

Regresé a respirar, forzándome a hacerlo profundo y pausado.

Crucé mi pierna, en el vaquero blanco, sobre su pierna, en el vaquero negro.

El miedo es otra palabra para la emoción de la proximidad: con taquicardia acerqué mi cabeza a la suya y le olí la oreja.

Olía a cera dulce.

Y así, con pausas de 5 minutos, para absorber los impactos eléctricos de los contactos, fuimos enredándonos.

A los 25 minutos, sin ropa, cara a cara, nos besamos en los labios e intercambiamos esa sustancia íntima, casi tan íntima como la sangre, la saliva.

A los 30 minutos, cuerpo contra cuerpo, mis piernas rodearon su cintura.

V
Bienvenidos al ruido
de la Controversia

76

—Buenos días.

El Club 52 se encontraba en el piso 52 de una torre de cristal en el centro de la ciudad. Una señorita de pelo quebrado y rubio, en un vestido negro, me miraba con grandes ojos verdes, ojos como de conejo lampareado. Una reacción que a menudo provoco en la gente baja de estatura, por mi metro 85 y mi cabeza de pelo al rape. Se deslizó desde atrás del mostrador, diciendo algo que era evidentemente una mentira:

—Bienvenida.

Y me condujo a la sala reservada para la junta. Una sala con ventanales desde donde de nuevo se veía el Ojo de Londres.

De uno de sus sillones de cuero café se alzó un hombre pasado de peso, con un mechón color caoba cubriéndole un ojo, en un traje beige infinitamente arrugado y 1 puro entre 2 dedos.

John Ford. El polemista.

A decir de la contraportada del libro de su autoría que había hojeado la tarde anterior, conocido como el Gran Blasfemo. O el Huxley Contemporáneo o el Bulldog de Darwin. También, el Guerrero de la Ley del Más Apto.

A quien Franco llamaba «mi Tío John», porque los había introducido a él y a Tonio a la inteligencia de la ciudad.

Yo miré el Ojo de Londres y él me tomó por sorpresa una mano, y la besó.

—La Flautista de los Atunes —me saludó, y mientras Yo retrocedí angustiada un paso—: A sus pies doctora.

Odiaba ese apelativo, como he contado antes, pero no quise corregirlo.

—¿Y cómo están los muchachos pelágicos? —preguntó—. Listos para desovar en unas semanas, ¿no es cierto?

Parecía que él también había leído algún artículo mío.

—En unas semanas —confirmé.

—Cuando la primavera invada con su calor los mares. Le confieso algo, doctora. —La voz de Ford se volvió íntima—. Adoro su pelo.

Me pasé la mano por el centímetro de pelo que cubre mi cráneo y supe que no sería fácil la comunicación con un hombre así de metafórico.

77

—Quiero de inmediato establecer frente a usted mi postura sobre la autenticidad de la autobiografía teológica.

Así empezó Ford, y de inmediato estableció su postura frente a mí: extendió la mano con el puro sobre el espaldar del sillón y cruzó una pierna sobre otra.

—Me importa una jodida su autenticidad, disculpe mi francés.

—¿Su francés?

—Una manera de hablar —dijo él.

Y siguió:

Ni siquiera le importaba si en efecto el Darwin anciano regresó al cristianismo o se volvió budista o se ayuntó con una yegua. Más raras cosas han hecho grandes hombres al llegar a la 2.ª infancia, la senilidad.

—El pavor a la Nada causa locuras, doctora.

Lo que le importaba a Ford era que la autobiografía no contradijera la teoría darwinista: de contradecirla, declararía que era una fabricación y la desacreditaría aun antes de ser publicada.

—Y usted —agregó adelantando el cuerpo hacia mí—, como darwinista que es, debería imitarme. Le digo por qué.

—¿Por qué?

Apagó en un cenicero de plata el puro y recargándose hacia mí en el brazo del sillón murmuró:

—Porque esto, doctora, es una guerra.

Una guerra entre teístas y ateos.

—Una guerra cuyo territorio es el relato de la vida de la especie, doctora, y también su botín.

Una competencia en la que triunfaría no necesariamente el bando más puro, ni el que tuviera el Relato de la vida más verdadero, sino el bando más fuerte.

Acercó su rostro un centímetro más a mí para preguntar:

—¿Ha oído de la Santa Alianza, doctora?

—No sé.

—¿No sabe si ha oído de ella?

—No lo recuerdo de inmediato. Si me da 1 minuto puedo revisar mi memoria.

—Tal vez si no ha oído de ella es posiblemente porque es secreta —dijo Ford—. Se trata de una alianza entre los teístas, doctora.

Una alianza secreta entre las 3 Religiones teístas. La Religión judía, la cristiana y la mahometana.

Una alianza con recursos económicos inmensos y una organización mundial.

—Y usted cree que esta Santa Alianza tiene algo que ver con la autobiografía teológica —aventuré.

—Sh —sopló sobre su dedo índice y señaló al mesero que se acercaba.

Vestía una filipina y pantalones negros, su piel era morena, tenía ojeras verdes, era probable que fuera árabe.

—¿Qué puedo servirles? —inclinó el torso.

—Té Earl Grey muy caliente —pedí—. Y galletitas redondas, si las hay.

—Lo de siempre —ordenó Ford.

—Estábamos en la Santa Alianza —dijo Ford cuando el joven se hubo retirado—. Le digo qué, doctora.

Suspiró:

—Son expertos en adulteraciones.

—Defíname la palabra «adulteración» —pedí.

Adulterado = alterado con mala intención = pervertido.

—Peor que fuese falsa —dijo Ford—, sería que la autobiografía fuese auténtica y estuviese alterada con mala intención.

—Así es —me alarmé.

—¿Sabe que una de las tácticas más malévolas de los religiosos consiste en eso, doctora?

No lo sabía y él me lo explicó.

—Desde el siglo 19 las religiones no han creado nada, ni ciencia, ni arquitectura, ni han patrocinado el gran arte o la gran literatura.

Por eso la táctica de las religiones para ejercer influencia en nuestro siglo era intervenir lo hecho por la cultura laica.

—Imagínese que agregan 13 líneas a la autobiografía. Nada más 13 líneas envenenadas. 13 líneas donde el ángel san Gabriel desciende hasta Darwin envuelto en una nube de luz.

Me reí.

—No se ría, doctora.

Me seguí riendo.

—En lo que he leído nada conduce a eso.

—O 13 líneas donde Darwin abjura de la Evolución frente a Cristo.

La risa se me cortó: el relato de *miss* Hope describía eso.

—Le cuento —dijo Ford— de una intervención teísta todavía más ridícula que ésa, la intervención de una obra científica, y de la que nadie se ríe.

—Sh —sopló otra vez sobre su índice.

El mesero se aproximó con una charola y fue depositando en una mesa baja a nuestro lado 4 copas: 2 de vino tinto, 2 con coñac, mi té Earl Grey y un plato con galletas redondas.

Cuando el mesero se retiró, Ford me confío:

—Mi dosis de alcohol para facilitar la sinapsis. Coñac, vino tinto y tabaco, y estoy listo para ser el Guerrero de la Ley del más Apto.

—No creo que esa dosis le facilite más que un ataque coronario.

—Usted debe de haber hablado con mi cardiólogo, doctora.

En contraste con mi soledad usual, esa última semana me había atiborrado de nuevas conocencias, así que dije:

—Puede ser, ¿cuál es el nombre de su cardiólogo?

En lugar de responder, por razones misteriosas para mí, Ford me guiñó un ojo, y dijo:

—Brillante.

Tomó un sorbo de coñac, otro de vino tinto, reencendió su puro.

—Se lo muestro ahora —dijo echando humo—: la adulteración de la Santa Alianza de una obra científica muy respetable.

Se inclinó para extraer de un portafolios un libro. Lo abrió en una hoja marcada con un separador de piel. Lo colocó en la mesa baja y me incliné a estudiar el cuadro sinóptico que mostraba.

Era un cronograma de la Evolución, con unos detalles aumentados.

En el inicio del tiempo, colocaba la «Intervención de la Inteligencia Superior». Y casi al final, antes del surgimiento del *Homo sapiens*, volvía a colocar la misma «Intervención de la Inteligencia Superior».

78

—¿Inteligencia Superior quiere decir Dios?

Lo pregunté temiendo la respuesta que precisamente Ford me dio:

—Sí, es otra forma de nombrar a Dios.

—Como ve —desglosó Ford—, según esta nueva teoría, llamada Diseño Inteligente, esa Inteligencia Superior ha metido la mano en la Evolución para guiarla en momentos clave. En el inicio puso el $1.^{er}$ organismo vivo en el mundo y más adelante volvió a intervenir para que emergiera el climax de su esplendor: el simio divino, el primate humano.

Me preocupé:

—Eso suena más bien al Viejo Relato Religioso.

—Por supuesto —asintió Ford.

El Diseño Inteligente era el Génesis de la Biblia disfrazado. El Génesis recontado ahora no sucediendo en 6 días, sino a través de cientos de millones de años. El Génesis en cámara lenta.

—¿Y qué evidencias hay de esas intervenciones de Dios? —pregunté.

—Ninguna. Ni un fósil. Ni un registro tectónico. Nada.

Me reí.

—Ríase otra vez —dijo Ford—, pero hay escuelas preparatorias donde esto se estudia como texto obligatorio.

Cientos de miles de escuelas en el planeta.

Y era para frenar el avance de esta teoría por lo que Ford había pasado la semana anterior en Ohio.

—Ah sí —dije Yo—, vi en la televisión que estuvo en un juicio civil, según recuerdo en Ohio.

—Deje que le cuente de Ohio —me pidió Ford.

—Cuénteme de Ohio —le pedí a mi vez.

Ford se puso en pie y me habló entonces de Ohio.

El presidente de la Sociedad Cristiana de Padres de Familia de Ohio había exigido a la dirección de escuelas del estado que el libro que recién habíamos ojeado fuese texto obligatorio en las clases de Biología de secundaria.

—La ideología de la evolución darwinista debe enseñarse —dijo el señor cristiano—, pero pedimos igual tiempo para el estudio de una ideología alternativa, en nombre de la democracia y la libre expresión de ideas.

¿Qué de malo había en crear controversia en el salón de clases? ¿Discusión entre los alumnos? ¿Debate?

—Y al final —pregunté Yo—, ¿quién decide cuál es la teoría verdadera?

—Cada niño por su parte, doctora —dijo Ford.

Y Yo no estuve segura de si Ford usaba la ironía o sus sinapsis se habían separado.

—Niños de secundaria decidirán si la teoría de Darwin es mejor que el Génesis intervenido por Dios. —Quise estar segura de que entendía.

Esto es lo que los padres cristianos explicaron. Si un niño de 12 años puede elegir qué marca de bicicleta quiere de regalo de Navidad, puede elegir la teoría de la Realidad que le parezca mejor.

—Adivine ahora usted quién patrocina estos libros, doctora —pidió Ford.

—¿La Santa Alianza?

—¿Y a la sociedad de padres cristianos?

Repetí:

—La Santa Alianza.

Pues bien, los maestros de escuela de Ohio decidieron que no iban a enseñar patrañas. Levantaron un juicio civil y llamaron a Ohio a eminentes científicos como defensores, en tanto que la Santa Alianza invitó también a sus científicos, y la prensa envió a sus corresponsales.

Se jugaba la inclusión de los libros en las escuelas de Ohio, pero la decisión crearía un precedente de peso en la inclusión de esos libros en las aulas de todos los Estados Unidos de Norteamérica.

En su etapa última, el juicio se concentró en un careo entre Ford y Emherson.

—El célebre doctor Ronald Emherson —acotó Ford.

No reconocí el nombre.

El caso es que al frente de la corte, Ford le espetó al profesor Emherson, de grandes lentes cuadrados y doctorado de la distinguida Universidad del Pato Donald:

—Deme una sola evidencia de la existencia de Dios, esa agencia superior inteligente que según su teoría ha intervenido en la evolución de las especies. Deme una huella, un rastro energético, un fósil, lo que sea, pero que sea real.

Yo me pregunté: ¿Universidad del Pato Donald?

Pero Ford ya estaba representando la respuesta de Emherson:

—De hecho, señor juez, lo que deseamos es liberar a la Ciencia de esa limitación fascista. Deseamos que la Ciencia, para explicar los hechos materiales, también considere hechos no-materiales.

—Interesantísimo —le dijo Ford al profesor Emherson—. Y dígame profesor, ¿incluiría en ese nuevo marco ampliado de Ciencia la astrología?

—Sí —contestó Emherson—, ¿por qué no?

Y en la corte se oyó un sollozo colectivo.

—¿Y la lectura del futuro en los caracoles?

—De ninguna forma —respondió ofendido el profesor de lentes cuadrados.

—Pero la alquimia podría ser.

—No podemos desechar —alzó la voz Emherson —, en un exceso de arrogancia, los secretos acumulados por la alquimia en los siglos de la Edad Media.

La juez dictaminó con voz tranquila:

—El Diseño Inteligente no es Ciencia, puesto que no ha sido verificado.

Dejó caer su martillo y Ford salió cargado en hombros de la corte, el héroe de la hora.

—Me precio —dijo Ford, volviendo a tomar asiento— de haber salvado a una generación de niños ohioenses de enloquecer.

Tomó su 2.ª copa de vino tinto y le dio un sorbo.

—Y sin embargo —agregó—, la realidad es que es un triunfo ínfimo.

La ofensiva de la Santa Alianza se inició en la última década del siglo pasado y desde entonces sus libros se han colado en las secundarias de Brasil, Latinoamérica y África, donde hay jueces menos versados en los criterios que distinguen un texto científico de otro de realismo mágico, y esperan su turno para colarse en las aulas del resto del planeta.

—Una porción considerable de los niños de la especie enloquece hoy en las secundarias del mundo —dijo Ford—, y pocos hacen algo al respecto.

Se bebió de golpe la 2.ª copa de coñac.

—Ah doctora —suspiró—, podría contarle otras historias, que igual erizarían su corto y adorable pelo.

Democracias jóvenes e inseguras donde los teístas no sólo cuelan libros en las aulas sino también leyes milenarias y salvajes en los parlamentos. Vetan el derecho de las mujeres al aborto y la anticoncepción, criminalizan el amor entre homosexuales, prohíben el uso de los condones en zonas donde las enfermedades sexuales son rampantes, retiran la educación sexual de las escuelas.

—Y qué decir de las teocracias. —Ford usó sus dedos como un peine para alzarse el mechón de pelo de la frente, en ese momento ya ensopado de sudor.

En pleno siglo 21 decenas de democracias han vuelto a ser teocracias en Oriente y ahí las leyes salvajes del viejo Relato de la Religión han vuelto a ejercerse dictadas por cortes supremas de justicia donde bípedos barbones ordenan castigos atroces. Lapidaciones. Ahorcamientos. Flagelaciones. Mutilaciones públicas.

—Es decir —empecé Yo a intentar darle un sentido concreto a lo que me contaba—, usted rechazará como falsa la autobiografía, antes aun de leer el tramo que le asignó Tonio.

—No, no —dijo Ford—. Tal vez no fui claro. La leeré con una lupa.

—Con lupa —dije.

—Y si cumple con 2 condiciones es posible que la autorice.

—¿Qué 2 condiciones?

—Que no contradiga en nada la Ley del Más Apto, que es la ley en que se decanta todo el Relato darwinista, y que no incluya lo milagroso.

—Ajá —acepté.

Lo milagroso = la intervención de Dios.

Se inclinó hasta rozar con su nariz mi mejilla.

—No sea cándida, doctora —sopló—. Tonio me contó cómo encontró el texto, y por Tonio yo metería ambas manos al fuego. Un hombre excelente, el mejor de nosotros, ¿no es cierto?

No me acordaba de Tonio adulto, sólo de Tonio joven, cuando fuimos compañeros en la universidad, así que no respondí.

—Pero ¿a través de quién nos llega ahora el texto? —me preguntó Ford. Él mismo respondió:

—No del excelente Tonio. Nos llega a través de un prostituto musulmán, ¿no es verdad?

—¿Franco? —pregunté.

—Franco se ha convertido en musulmán, ¿lo sabía? Se cruzó al campo enemigo.

Era cierto y no despegué los labios.

—Estoy convencido de que, muerto Tonio, utilizan a su amasio para hacernos llegar la autobiografía adulterada —murmuró Ford—. ¿Le ha contado Franco tal vez de su entrenamiento militar dentro de la Montaña?

—Al contrario —defendí a Franco—, él asegura que era un monasterio de rezos y estudios.

—En los monasterios de los hermanos de la fe se reza, sí, pero también se estudia cómo matar mejor, en nombre de Dios.

Observé mi mano diestra abierta. Recordé la mano de Franco entrelazada a mi mano. La moví para alzar la taza y bebí despacio el té caliente para destensarme el lugar de la angustia, la garganta.

—La leeremos hoy en la tarde, la autobiografía —dije bajando la taza a la mesita—. Y veremos qué sacamos en claro. ¿Le parece?

—Mire quién llega —dijo Ford.

Conducido por la recepcionista del pelo quebrado y rubio, un joven con una cachucha de béisbol blanca había entrado en la sala, desierta a no ser por nosotros.

La recepcionista se retiró y el muchacho de la cachucha metió ambas manos en sus pantalones vaqueros 3 tallas demasiado grandes. La camiseta verde era también inmensa, un niño en ropa de adulto que le flotaba alrededor.

Ford me lo contó despacio al oído.

El púber era su detective privado. Un tránsfuga de la preparatoria que no hacía nada sino surfear por internet y violar todo candado que hallase en sus extravíos.

—Una pesadilla para la seguridad de internet. Una bendición para personas en busca de información recóndita, incluidos detectives informáticos de la policía inglesa.

—¡Ho! —Ford alzó la mano y en la esquina distante de la sala el púber murmuró:

—Ho.

Ford le había encargado una búsqueda con relación a Franco Solá. Cualquier indicio de un acto criminal. Ford se alzó del sofá para ir hasta el muchacho de la cachucha.

Sacó de su saco, que para ahora estaba arrugado no en 100 sino en 1.000 partes, un fajo de billetes.

El muchacho rechazó el dinero y le dijo algo, baja la voz, de lo que sin embargo alcancé a escuchar algunas palabras.

—... más tarde... traducción... más dinero...

Y una palabra que me erizó la piel:

—... asesinato...

—Que tengan un bonito día —me despedí de lejos de ambos, con una de las frases más lujosas de mi repertorio de frases cordiales.

—Hasta esta tarde —contestó Ford alzando una mano.

Y Yo en el elevador volví a mirarme la mano abierta.

80

DOES GOD EXIST?

En la marquesina del teatro, en la pregunta formada con letras rojas, se apagaban y prendían intermitentemente unas cuantas letras y 1 símbolo, para convertirse en una exclamación:

GOD EXISTS!

Abajo aparecían los oradores del debate de esa noche:

John W. Ford & Arzobispo de Abuja

Y más abajo aparecía:

Habrá votación final

Desde la otra acera mirábamos el anuncio y Franco se alegró:

—Finalmente ésa es la pregunta que importa, ¿no es cierto?

Cambió su peso de una bota a otra.

Tenía los labios secos, las ojeras azules le asomaban incluso por debajo de los lentes de aviador y otra vez no se había rasurado.

Más que un criminal, como Ford temía que fuera, a mí me parecía un desesperado.

—Si yo estoy loco, no soy el único —dijo, como si sintiera mis pensamientos.

Señaló la fila de personas que partía de la taquilla. Una fila que recorría la cuadra y daba la vuelta a la esquina. 35 libras les costaría resolver su duda de si Dios existía.

Aunque más bien algunos parecían deseosos de excitar esa duda. A un lado de la taquilla había 2 puestos de venta de libros, unos de Ford y otros del arzobispo de Abuja, y algunas personas compraban libros en ambos puestos.

En especial noté a una mujer de edad, con el pelo blanco, laqueado y rígido, como un casco de algodón de azúcar, que luego de comprar 3 libros del Gran Ateo se movió con avidez a comprar otros 3 del arzobispo.

—Dotación de duda para 3 años —calculé.

Añadí:

—Pero respetemos la demencia de Occidente.

—Era la frase que le había escuchado a Ford.

Franco murmuró algo en árabe.

—Un verso del Libro Sagrado —me informó luego— para ampararme de los incrédulos como tú.

De buen humor levantó la mano para saludar a los 2 agentes de migración, que lo observaban desde abajo de la marquesina, pero ellos no respondieron al saludo.

—Pues vamos ya con el adorado tío Ford —dijo Franco.

81

El amplio camerino ovalado servía para elencos completos de óperas o de obras de teatro musical. En su pared suavemente curveada, los espejos enmarcados con focos se sucedían, como las sillas, ahora vacías, a excepción de una remota, en la que John Ford era maquillado por una mujer vestida como enfermera, de blanco.

Le pintaba con un pincel los labios cuando fuimos a aparecer en el marco de su espejo.

—Doctora —exclamó.

E ignoró a Franco por completo, aunque Franco se hizo notar:

—Te extrañaba tío John.

Ford dijo a la maquillista:

—Ya es suficiente, no tengo remedio.

—Sólo le mato el brillo —dijo ella.

—¿Y debo pagarle por eso? —preguntó Ford.

Se quitó el babero que protegía su ropa y se puso en pie para acercarse a mí. Vestía un traje blanco verídicamente radiante: parecía estar hecho de luz neón.

Franco repitió:

—Te he extrañado tío Ford.

—¿Quién eres? —le contestó con violencia Ford.

—Soy —empezó Franco, turbado—. Estoy más robusto, pero. Aumenté 2 tallas, pero soy.

—Un absoluto traidor —le completó Ford la oración.

Y volviéndose a mí de nuevo rompió mi equilibrio tomándome la mano y besándomela.

—Doctora —dijo—, regáleme un momento.

Tomándome del antebrazo me llevó lejos de Franco, a través de un quicio y por un pasillo alfombrado de rojo.

82

En el baño de hombres, Ford cerró la puerta y pulsó el botón de la perilla. Había una serie de urinarios suficientes para el coro de una ópera y nos reflejábamos en 12 espejos.

Extrajo de la bolsa de su saco blanco un disco CD en un sobre blanco.

—He llorado con esto —confesó—. Funde el horror con el dolor de una forma que yo desconocía.

—Es sobre Franco —intenté confirmar.

Asintió.

—Lo veremos juntos esta noche —me pidió.

Porque su plan abarcaba hasta la noche.

Ahora, empezaríamos a leer la autobiografía, nos detendríamos para que él sostuviera su controversia con el arzobispo, luego viajaríamos a su casa, en las afueras de la ciudad, para terminar la lectura.

—Y después despediré a Franco —dijo Ford—, y entonces veremos estas imágenes espeluznantes juntos.

83

En otra sala, procedí a asegurarme la muñequera al brazo de un sillón. Ford me miraba hacer mientras un mesero de raza africana distribuía las bebidas en mesas bajas individuales.

A Ford su doble ración de coñac y vino tinto. A mí, té Earl Grey caliente. A Franco té, también. Franco envió la portada del documento a las tabletas que sosteníamos. La portada contenía una sola palabra encerrada en un cuadrángulo.

Clave:

—Debe poner la contraseña —instruí a Ford.

—Alerta las antenas —me respondió él.

Me turbé.

—¿Antenas?

Me respondió:

—Buscamos 13 frases envenenadas.

Ah sí, recordé, debíamos estar alerta por las 13 líneas en las que tal vez alguien podría haber introducido en el texto un milagro.

—De acuerdo. Ahora la clave —volví a decir—. La clave es una palabra donde Tonio, usted y Darwin quepan.

—Mi querida amiga —me respondió él—, el amado Tonio me informó del método hace tiempo, lo más probable antes de enterar al prostituto musulmán que la acompaña.

Por encima de su hombro vi a Franco enfurecerse: se golpeó el cuello con 2 dedos.

Ford tecleó:

Clave: episkoposfago

Me educó:

—Es decir, tragador de obispos. Un mote que Darwin daba a Huxley y Tonio a mí.

Las 3 pantallas se llenaron de letras, era la contraseña correcta.

—Un momento —le pedí a Ford.

Con el índice moví el texto para ojear las palabras de la autobiografía.

Las palabras que mi ojo captó me dieron confianza, por conocidas.

Andén.

Topo.

Satán.

Relámpago.

Tormenta.

Incendio.

Tragedia.

—Estoy lista —dije.

Ford extrajo sus lentes de la bolsa del pecho de su saco blanco, y se los caló.

Eran gruesos: como prometió, leería con lupa.

Se encontraron en el andén del tren, Charles Lyell y Thomas Huxley, cada cual enfundado en un abrigo negro. Charles delgado y erecto como una garza, a sus 61 años, con un sombrero de alas cortas; Huxley bajo y cuadrado, la cara ceñuda, la melena larga y revuelta; un Beethoven inglés, lo llamaban algunos, aunque yo prefería llamarlo, con respeto e incluso temor, el Bulldog.

Años más tarde habrían de confesarme que después de saludarse y mostrarse uno al otro el telegrama idéntico con que los convocaba «con urgencia y encarecidamente» a mi casa, Down, «para tratar un asunto de vida o muerte», de inmediato se dijeron que se trataba del libro.

—Lo ha escrito —sonrió Huxley.

—Renunció a escribirlo —se lamentó Lyell.

En el tren, acomodados ya en la cabina, siguieron conjeturando. Huxley aseguraba que lo había escrito en secreto.

—Hoy nos dará una copia del libro a cada cual, para que lo critiquemos al margen, y luego de corregir procederá a publicar.

—No —opinó Lyell—. Ha desistido. Los dolores de cabeza no lo dejan avanzar. ¡Y esa ambición de recopilar evidencias suficientes! —exclamó.

Ésa era según Lyell mi locura. Yo deseaba trazar un mapa tan detallado de una isla que el mapa únicamente cabría extendido sobre toda la isla.

—Hace 15 años, sus 230 hojas le parecieron poca evidencia, ahora tiene demasiada evidencia.

En especial las lapas habían sido un exceso, coincidieron: ocho años de observar lapas por el microscopio y dos volúmenes gigantescos para describir sus microscópicas virtudes.

—¿Conoce el cuento de Jonathan Swift, «Magnum Opus»? —preguntó Lyell.

Las casas chaparras de los márgenes de Londres pasaban por las ventanas del tren.

Bueno, era un cuento breve, y Lyell lo narró en tanto el tren se adentraba en un oscuro túnel.

«Magnum Opus»

Un escritor decide que es momento de escribir su *Magnum Opus*, la gran obra que le abrirá las puertas de la inmortalidad. Su esposa lo mira empacar en una maleta 2 mil hojas blancas, 15 pomos de tinta azul, 20 plumas, 3 navajas para afilar las plumas.

El escritor se encierra en una cabaña en el bosque, ha ordenado que nadie por ninguna razón debe distraerlo. Pasa demasiado tiempo sin noticias de él y su esposa acude a la cabaña, y al no recibir respuesta, rompe la puerta.

La única estancia de la cabaña está literalmente repleta de hojas escritas. En la mesa, en el piso, en los muebles de la cocina, hojas y más hojas en desorden llenas de palabras y más palabras en tinta azul. Y no hay trazas del escritor.

La esposa lee una página, luego otra, con terror creciente una más y otra más. Levanta otra hoja y de pronto ahí está el hombre. Diminuto. Más breve que un dedo pulgar, hablándole, pero tan minúsculo que su voz se escucha como un levísimo chirrido.

86

El mayordomo los recibió en el vestíbulo. En el estudio encendió el fuego en la chimenea mientras la sirvienta les servía el té y Emma llegó a saludar y despedirse, puesto que se iba a misa con los niños. Les avisó de que un chalán ya había ido al bosque, donde yo paseaba, para advertirme que mis invitados habían llegado.

—Antes de irse, sáquenos de dudas —la retuvo Lyell—: ¿desistió de escribir la nueva versión de *El origen*?

—Los llama porque va a morirse —respondió Emma—, y quiere enterarlos de su testamento.

Luego Emma habría de contarme que mis amigos intercambiaron miradas suspicaces entre sí y ella les aseguró que el médico era quien había aconsejado formular el testamento. Fue a tomar una Biblia de las dos colocadas en el librero de mis libretas. Un librero de techo a piso repleto de libretas de pastas duras y negras.

—¡Albricias! —se alegró Huxley en cuanto Emma cerró tras de sí la puerta—. Te ganaré la apuesta, Lyell. Si cree que Dios lo mata es que escribió el libro. ¿No fue lo mismo hace 15 años? Acabó el libro y redactó su testamento.

Esto ya pude escucharlo yo, en el jardín y bajo la llovizna, a un paso de la otra entrada al estudio. Huxley me ha recordado en más de una ocasión mi aspecto al entrar al estudio. Llevaba un abrigo hasta los tobillos, negro, un sombrero de alas anchas, de fieltro negro, y me encontraba moteado de gotas brillantes de agua. Tenía 51 años mal llevados, el rostro estragado por la angustia, y tendía a doblar la espalda como un anciano, o como un sentenciado a la horca.

—¿Cuándo la publicación? —quiso saber Huxley, entusiasmado.

Me quité el sombrero y lo colgué del perchero. Me quité el abrigo y lo colgué del perchero. Pasé mi diestra sobre mis labios mientras negaba con la cabeza, lo que hizo estallar al irascible Bulldog.

—¿Lo has escrito o no lo has escrito?

—El libro está completo —acepté—. La tercera versión del *Origen* es esta habitación.

Giré despacio para mirar las paredes repletas. Libros de consulta en una pared. Cientos de libretas de tapas negras y duras llenando otra pared. Cartapacios rebosantes de cartas en una tercera pared. Una habitación en la que había reunido información sobre el planeta y sus formas vivas.

—Estoy intentando comenzar a redactar, pero —dije y no terminé la frase—. Es decir, es difícil ahora construir un relato que calque el relato de la vida. Son miles de evidencias. Hay que ordenarlas y luego conectarlas. El maldito trabajo de plomero, conectar las causas y los efectos. Calculo que *El origen* definitivo constará de cinco volúmenes.

—Ja —rugió Huxley—, si vas a escribir la nueva Biblia ha de ser perfecta, eso te parece. Pero la Biblia no es perfecta, Darwin, es un amasijo de historias e ideas morales contradictorias; amarás a tu prójimo pero lapidarás a la mujer que ama fuera del matrimonio; no fornicarás pero el rey David tuvo mil concubinas; no robarás pero pillarás con tus ejércitos al enemigo vencido.

—Enderézate —me ordenó el Bulldog, y Lyell enarcó las cejas sorprendido por los tonos que Huxley usaba conmigo, que en realidad eran los que se permitía usar con cualquiera.

—Si tú tienes pezones —vociferó Huxley—, la nueva Biblia que escribas naturalmente será tan imperfecta como tú.

—¡La nueva Biblia! —me mofé de Huxley.

—Lo dijiste tú —me señaló él con el índice—. Dijiste: *El origen* será la nueva Biblia.

—Nunca dije esa barbaridad —protesté—. Lo que sucede es que —titubeé en decirlo—, que en el relato que he formulado, no están, ¿cómo lo expreso?, no están consideradas partes importantes de lo que sucede en la Naturaleza.

La voz tranquila de Lyell, que seguía en el sillón, dando sorbos a su té, sonó por debajo de nosotros, que seguíamos de pie.

—¿Qué partes? —preguntó.

Huxley no me dejó responder. Desplegó su teoría del relato.

Un relato no es la realidad. Un relato está hecho de palabras, no de materia sólida. De palabras que se refieren a materia sólida pero no lo son. Terminar un relato implica violencia y humildad. La humildad de reconocer que no incluye la realidad entera. Violencia para amputar trozos inmensos de realidad.

Para hacer un relato se tiene una idea central, y yo había dibujado esa idea central hacía 25 años. Luego la idea se desdobla en un planteamiento, un desarrollo y una conclusión, que han de ser coherentes entre sí, a costa de desvergonzadamente omitir la mayor parte de lo real. Así en literatura como en ciencia. Con la ventaja que en ciencia con seguridad vendrán otros a corregir tu relato.

—Darwin ha estado enfermo —terció Lyell, con su voz gentil—. Todos estos 25 años. La mitad del tiempo que debió dedicar a *El origen* ha estado en cama.

Yo asentí con voz débil:

—Eso es verdad.

—¿Y de qué demonios has estado enfermo todos estos años? —preguntó con cariño Huxley, y supuse que su pregunta y su cariño eran irónicos, pues él sabía los pormenores del tumultuoso síndrome.

—Estás enfermo de miedo de Dios —afirmó cerrando el puño—. De miedo a un Dios en el que ya no crees. Estás enfermo del terror a la ausencia de un Dios creador de perfecciones y vigilante del orden. Estás aterrado por el nuevo dios que *El origen* plantea, un topo ciego con un ojo encerrado dentro de la frente, el dios de lo imperfecto, el dios del azar ciego.

La puerta se abrió y entró en el estudio la sirvienta para cambiar nuestra tetera de porcelana por otra caliente. Lo cual ninguno agradeció.

Cuando la sirvienta se retiró, la cucharita de plata de Lyell, que revolvía su té, tintineó contra la porcelana de la taza, y yo empecé a reírme.

—¿Qué es gracioso? —preguntó el Bulldog, enervado.

—Confíen en mí, es muy gracioso —respondí—. Tengan paciencia conmigo mientras les cuento una pequeña historia. Ocurre en Malasia. Y para contársela es por lo que los llamé de urgencia este domingo.

Me senté en la silla giratoria ante el escritorio, y levanté, para mostrárselos, un sobre de papel de estraza, cubierto con estampillas excepto por el espacio al centro donde estaba escrita mi dirección y en una esquina superior la dirección del remitente.

87

—Este miércoles me llegó esta carta de Malasia —empecé.

Una carta de Alfred Wallace.

—¿Quién? —preguntó Huxley.

Un cazador de especies exóticas. Mariposas y otros insectos y mamíferos pequeños y medianos. Especies endémicas de Asia que el joven señor Wallace atrapaba en una isla o en otra del archipiélago malayo, para venderlas a coleccionistas de Europa.

—Un hombre flaco y alto, bien parecido. Me envió su retrato en una ocasión —dije, y les alargué una fotografía donde Wallace salía así, alto y flaco, su rostro de facciones angulosas, en un traje blanco, con un sombrero negro.

—Me envió la fotografía una vez —dije—. Un hombre orgulloso de sí mismo.

Antes, les conté, Wallace me escribió para declararse admirador de mi viaje en el *Beagle*. Inspirado por mi libro había emprendido su carrera de explorador. Iniciamos una correspondencia, en la que yo le pedía informes de ciertas aves, o un ejemplar endémico de Asia. Recientemente, me escribió para preguntarme mi opinión sobre la transmutación de las especies, esa idea lunática.

Se oyó crepitar el fuego en la chimenea.

—¿Qué le respondiste? —se interesó Lyell.

—Generalidades. Luego le pedí que me enviara un pato salvaje, disecado. Pero al final de mi carta, en señal de cordialidad, le comenté que cualquier teoría sobre la transmutación, para ser considerada con seriedad, debía explicar cómo ocurre. Es decir, debía describir el mecanismo con que ocurrió y sigue ocurriendo.

—Las instrucciones que yo te di a ti hace años —resumió Lyell, preocupado.

Seguí con la historia. Recibí el pato disecado, pasaron algunos meses, y por fin el miércoles pasado llegó la carta de Wallace de la que quería hablarles. Extraje del sobre un fajo de hojas.

Las primeras hojas contenían una carta personal. El joven cazador me contaba que había sido presa de una fiebre que lo había tumbado en cama con grandes sudores, mareos y sueños de un colorido insoportable, y de cuyo malestar había logrado escapar únicamente por momentos, leyendo. Había leído en cama el *Ensayo sobre el principio de la población* de Malthus, y de pronto se le había ocurrido cómo sucede la transmutación de las especies.

Wallace escribía que me enviaba el artículo que había redactado y que esperaba revolucionaría la Biología contemporánea. 20 hojas que enviaba, según él, al único hombre que apreciaría en su total valor lo que la fiebre iluminó en su mente.

—¿Qué más? —dijo Lyell.

—El joven Wallace me pedía a continuación que, de parecerme en efecto valioso su escrito, lo hiciera llegar a Charles Lyell, a quien sabía que yo conocía, para que lo publicara en la revista de la Linnean Society, de la cual era editor principal.

Lyell en el sillón preguntó sin moverse:

—¿Tiene sentido el mecanismo que propone?

Respondí:

—Es el mismo que propongo yo.

Era ominoso: el joven Wallace usaba frases completas que yo había apuntado hacía décadas en mis libretas. Por supuesto en su artículo mencionaba contados ejemplos. Por supuesto su artículo carecía de referencias a otros textos científicos. Por supuesto se trataba escasamente de 20 hojas.

—Pero lo que pierde en evidencias lo gana en contundencia —dije con voz queda. El llanto me apretaba la garganta.

Desde hacía 25 años yo acumulaba municiones para ir a la guerra y resultaba que la guerra había terminado el miércoles pasado, y su triunfador era un joven de 35 años, que habitaba en una pequeña isla volcánica de Malasia.

—De 35 años —me hizo eco Lyell—. ¿Qué edad tenías cuando escribiste el anterior manuscrito de *El origen*?

Me ahogaba. Tomé una bocanada de aire y al soplarlo susurré:

—35 años.

—Lo has sentido como un martillazo de Dios —aventuró Huxley, de pie junto a mi librero de libretas—. Un castigo de Dios Padre a tu soberbia. Te rebelaste y te convertiste en Satán y Él te combatió y te ha vencido.

—Por eso —tartamudeé—, por eso dicté mi testamento, no creo poder sobrevivir a esto. La mitad de mí se esfuerza en respirar y la otra mitad quisiera ya no respirar.

—Dios no tiene nada que ver en este naufragio —bramó el Bulldog—. El tipo se mueve en tierras de vegetación y fauna exuberantes, como lo hiciste tú de joven. El tipo es un coleccionista, como tú de joven. El tipo tiene ambiciones y ha leído sobre esa idea lunática, la transmutación, y te pregunta qué opinas, y tú, con una maldita generosidad inoportuna, tú le dibujas el engranaje que hace falta para que la máquina camine. Tú, no Dios, eres tu enemigo. Tú y el topo ciego con un ojo encerrado en la frente, el dios menor del azar.

Dije:

—La autoría de la idea puede ser de Wallace. A continuación yo publicaré cinco volúmenes que la...

No pude terminar porque el Bulldog alzó la voz:

—¡La autoría lo es todo, Darwin! Ser la nota al pie de página de la biografía de Wallace es lo que te espera si él es el autor.

Lyell murmuró:

—Reflexionemos.

Pero el Bulldog ordenó en voz queda:

—Quémalo.

88

Su propuesta era simple. Quemar la carta y el artículo de Wallace. ¿Quién sabe?: la misiva pudo haberse extraviado en el correo. Ésa sería mi coartada, llegado el momento en que alguien me preguntara. Y de inmediato debía publicar una sinopsis de *El origen*, para asegurarme de que su idea central quedara registrada a mi nombre.

—La oportunidad lo es todo —concluyó Huxley.

Lyell opinó:

—Excepto que este joven Wallace podría ser un intrépido.

Especuló así. Wallace lee mi *Origen* recién publicado, furioso viene a Londres con mis cartas y con el recibo de correos del envío de su artículo, muestra eso a un tribunal, levanta un caso creíble de robo intelectual.

—Pensemos mejor en un plan B —dijo Lyell, se incorporó del sillón y caminó hacia mi librero de libretas.

Colocó su cabeza en un estante y cerró los ojos. Parecía una cabeza dormida en el estante, respirando profunda y lentamente, y ni Huxley ni yo nos atrevimos a emitir un ruido para despertarla.

La cabeza dijo:

—¿A quién conoce este Wallace en Londres?

Respondí que era probable que el científico de mayor categoría que conocía fuera yo.

—¿Tiene diplomas académicos?

—Nada —dije.

—¿Dinero?

—No creo.

—Tú eres el más apto en esta lucha —resumió Huxley.

La cabeza dormida en el estante dijo:

—Leeré ambos textos en la Linnean Society. El de Wallace y la sinopsis que tú escribirás. Aseguraremos así la coautoría de la idea central. Y de inmediato tú redactarás la versión definitiva de *El origen*, que se publicará en un año, para dejar claro que el científico eres tú, y Wallace un aficionado talentoso.

A Huxley la idea le pareció inobjetable. A mí en cambio me pareció bárbara. Yo planeaba escribir *El origen* en cinco volúmenes, cada uno de al menos 500 hojas, tal como Lyell había publicado sus *Principios de geología*, y necesitaba más de un año para lograrlo.

—Bueno —dijo Huxley—, eso planeabas, conjugado en pasado. Ahora debemos hablar, otra vez, de Dios.

Caminó hacia la chimenea. Dijo:

—En este *Origen* final, por piedad atrévete a darle la estocada al anciano. Mátalo desde el primer capítulo, para que la indecisión no vuelva a invadirte, como hace 15 años, cuando te impidió publicar.

Lyell levantó la cabeza del librero y dijo:

—No, de ninguna manera será así. No mencionarás a Dios para negarlo, lo mencionarás una sola vez, y en positivo, tal vez con un eufemismo, Inteligencia Superior, algo en ese tenor, y al ser humano no lo mencionarás ni en una sola ocasión.

Se trataba de que *El origen* no se viera envuelto en los gases tóxicos de una controversia teológica.

Huxley vociferó a todo pulmón:

—¡Error! ¡Error! ¡Error! Se trata de incendiar el Viejo Relato bíblico para siempre. La Biblia y *El origen* no pueden convivir en el mundo.

Fue directamente al librero a tomar la Biblia del rey James, la abrió en el escritorio.

—Veamos qué no es compatible de este libro con *El origen* —dijo—. Ya sabemos qué opinamos del Génesis.

Tomó del escritorio un cortapapel y lo hundió en las hojas del Génesis. Hizo con el Génesis una pelota de papel y la lanzó al fuego de la chimenea.

89

—Lo haremos no de forma exhaustiva, sino azarosa —murmuró luego abriendo al azar otra parte del libro—. Sodoma y Gomorra. Veamos. «Tres ángeles se le presentaron a Lot...» —empezó a leer.

Cortó con la navaja esas hojas, hizo con ellas otra pelota, la tiró al fuego.

—«Moisés golpeó una roca de la que fluyó el agua...»

Cortó el Éxodo, la nueva pelota cayó al fuego.

—Son metáforas y alegorías —dijo Lyell desde su sillón.

Yo negué con la cabeza. Hubo un tiempo en que yo creí en la palabra literal de la Biblia. Así me había sido enseñada, como la verdad literal revelada por Dios.

—Supongamos que lo son, metáforas y alegorías —dije—, pero ¿metáforas y alegorías que refieren a qué?

¿Dónde está ese código de metáforas que decodifica la Biblia? ¿Qué interpretaciones eran más ciertas, las judías, las católicas, las evangelistas, las anglicanas? ¿Y qué partes de la Biblia eran divinas e inamovibles y cuáles no?

Lyell no replicó.

Las nubes afuera se habían oscurecido y la lluvia que empezó a caer, tupida, vaticinaba una tormenta. El fuego nos iluminaba de un color dorado y Huxley al escritorio seguía cortando la Biblia y haciendo con sus hojas pelotas que lanzaba al fuego. Pero en cierto momento, cambió de método. Saltó a medio tomo, al Nuevo Testamento, y ahí únicamente leyó frases sueltas, sin usar la navaja.

—«... Nacido de una virgen...», «... transmutó agua en vino», «... resucitó al tercer día de muerto...». Es suficiente —murmuró.

E hizo entonces algo feroz. Cargó la pesada Biblia y la dejó caer completa al fuego de la chimenea.

Lyell se volvió hacia mí, pidiéndome una reacción. Con el pecho oprimido y la voz queda dije sólo esto:

—El libro sí mencionará a Dios, para negarlo.

Lyell fue al perchero por su abrigo, caminó hacia la puerta sin ponérselo, y nos abandonó.

—¡Que caiga un trueno! —vociferó el Bulldog—. ¡Que caiga el piso bajo nuestros pies! ¡Que el techo caiga sobre nosotros! ¡Que el planeta gire al revés!

Siguió lloviendo, monótonamente, y la luz naranja del fuego siguió iluminándonos.

Se oyeron, distantes, unas notas de piano. Espaciadas de forma irregular, extrañamente. Era alguno de mis hijos pequeños en la sala de música. Emma y mis hijos habían vuelto de misa y las manos inexpertas de un niño tocaban en compases titubeantes una melodía de Bach.

Era *La Resurrección de Jesucristo*, de Bach, tocada torpemente por manos niñas.

Me dolía el corazón en el pecho y me faltaba el aire, mientras esperaba el rayo, el desplome del piso, la catástrofe, y no podía desprender la mirada de la Biblia que entre los leños, invadida de fuego, se hacía humo.

90

—Buenas noches desde el centro de Londres —se inclinó ante el micrófono la moderadora.

Una mujer negra y delgada, de pelo castaño hasta los hombros y con un vestido naranja sin cuello ni mangas. 2.500 personas emocionadas llenaban las butacas del teatro.

—A los asistentes al teatro y a los televidentes que lo seguirán en la pantalla de la BBC, les doy la bienvenida a este debate de la serie *I al cubo*. Inteligencia al cubo.

Estaba de pie ante un podio de madera con un micrófono.

—Es mi honor y privilegio —siguió la mujer— presentarles a los contendientes de este encuentro. 2 de los comentaristas y practicantes más versados y provocadores del asunto en cuestión. Argumentando en favor de la existencia de un ser supremo y todopoderoso, a mi derecha se encuentra el arzobispo Ken Onaiyekan de Bugi, Nigeria.

Un círculo de luz iluminó al arzobispo frente a

otro podio, un hombre corpulento y alto, negro de piel, con un pedazo redondo de tela púrpura en la cabeza y una sotana negra con un ciento de botones al frente.

El arzobispo dijo por su micrófono:

—Buenas noches. Dios los bendiga a todos, y en especial a mi respetable oponente de esta noche.

—Y argumentando en contra de la existencia de Dios —dijo la moderadora—, a mi izquierda, John Ford, periodista y polemista de gran renombre.

Un círculo de luz iluminó a Ford ante su podio. Su traje blanco brillaba en el escenario, para entonces irremediable e infinitamente arrugado, y también, y supongo que para desesperación de su maquillista, su cara brillaba, perlada de sudor.

Ford se alzó el fleco de cabello húmedo con los dedos al decir al micrófono:

—Seremos crueles sólo para ser justos.

Un rumor de alegría recorrió a los 2.500 espectadores.

—Como ustedes saben —dijo la moderadora—, nuestro tema a debate es una pregunta crucial. De cierto, algunos creen que es La pregunta crucial. La pregunta que nadie debería dejar sin contestar antes de atreverse a salir cada mañana de entre las sábanas a combatir con el mundo.

Hubo algunas risas entre la gente, supongo que provocadas por la angustia.

—¿Existe Dios o no existe? —preguntó la moderadora.

Sentados en un palco, Yo observé el perfil de

Franco. Se mordía el labio inferior y aspiraba aire por la boca, como un lobo que espera el ataque de un enemigo, para contraatacar o para escapar.

La moderadora continuó:

—Al entrar ustedes a este recinto, han llenado una boleta expresando su creencia al respecto. Leeré ahora el resultado de la votación, y al final del debate les pediré que vuelvan a votar, para ver qué efecto ha tenido en ustedes.

Desdobló un papel.

Leyó:

—¿Existe Dios? A favor: 678. En contra: 1.102.

Un rumor de asombro recorrió la sala.

—Indecisos: 36.

Yo misma abrí ojos y boca. La gran mayoría del público sabía de antemano si existía o no Dios, para qué asistían al debate era para mí un asombro.

—Procederemos ahora a la 1.ª intervención de John Ford —dijo la moderadora.

Me alcé del asiento y salí del palco.

—¿No te quedas? —Franco salió tras de mí al pasillo.

—¿Para qué? —respondí.

La topografía del debate —3 micrófonos y 2.500 personas sentadas— me daba una idea de qué sucedería en las próximas 2 horas.

—Palabras y más palabras —dije.

Empezamos a bajar los peldaños de la escalera de caracol que daba al vestíbulo del teatro.

—Y lo que importa es si Dios existe en la Realidad, no dentro de las palabras.

Es decir, en las palabras también existen los uni-cornios, pero qué importa eso si fuera no existen los caballos con un cuerno en la frente.

—¿Has hecho algo criminal? —pregunté.

Franco se detuvo en un peldaño.

—No, nunca. Bueno sí, fumar mariguana. —Me alcanzó—. ¿Por qué?

—La Santa Alianza —dije Yo—. Me dicen que perteneces a una organización secreta llamada así.

—¿Quién lo dice?

—No importa —dije. Agregué—: ¿Qué sabes del retardo mental?

—No entiendo —dijo él.

Habíamos llegado a la estancia vacía de la entra-da del teatro.

—El autismo y el retardo mental no son sinóni-mos —le informé—. Yo veo el mundo más simple que tú, lo veo con menos conexiones, pero ése no es mi defecto, es el tuyo. Yo veo exclusivamente las co-nexiones que existen y no invento las que no existen. »Otra vez —le dije—, háblame de la Santa Alianza. O me vuelvo al mar.

—¿Qué quieres saber?

—Todo.

—Mañana —empezó él, pero Yo lo corté:

—No mañana. Ahora. O mañana estaré volando hacia Yucatán y de ahí en un hidroplano a mi barco.

Me moví al portón de cristal del teatro y lo sentí seguirme. Y tan pronto crucé la salida del teatro me volví para empujar el portón sobre la cara de Franco.

Luego eché a andar por la bruma de la calle.

De la bruma surgían rostros pálidos que desaparecían a mis espaldas.

Me subí la caperuza del saco marinero y hundí las manos en las bolsas.

Habré caminado unas 4 cuadras cuando en la bolsa de mi saco marinero sonó una campanita.

Ding.

Consulté el celular.

Un texto de la cuenta del fenecido Antonio Márquez.

Parque de Saint James. No mañana. Ahora.

91

—Hay un momento en que el pensamiento de la especie se desprendió de Dios.

Lo susurró Sibelius.

De la bruma que sumergía el parque, sobresalían apenas las frondas más altas de los castaños y el último piso de una torre heptagonal de ladrillos rojos, por cuya única ventana emergía un haz de luz tenue.

En la bruma los agentes de migración temblaban de frío recargados contra troncos, y los curas que habían acompañado a Sibelius, sentados a una mesa de picnic, tomaban café en vasos de papel.

Dentro del piso más alto de la torre, a la débil luz de un único foco, el señor de cara de duende, en su vestido negro de 100 botoncitos, sentado con los zapatos sin tocar el piso, siguió en su español raro:

—Es el día de la publicación de *El origen de las especies*.

Claro, otros libros que rechazan a Dios se han publicado antes o después. De cierto, la colección más completa de libros blasfemos, heréticos y satánicos llena los libreros de un edificio cuadrado de ladrillos rojos en el Vaticano. La sede de la Congregación para la Doctrina de la Fe.

—Pero ninguno como *El origen* ha herido tan larga y sostenidamente el Relato Religioso —dijo Sibelius.

—San Pedro —agregó— negó a Dios 3 veces, *El origen* lo niega 4.

Yo decidí saltar sobre el tal san Pedro o cualquier otra cosa que asomara en la reunión y Yo no entendiera.

Sibelius recitó las 4 veces en que Darwin niega a Dios en *El Origen*.

Niega que un Creador haya creado cada forma viva.

Niega que exista un plan divino que oriente la evolución de las formas naturales.

Niega que una Inteligencia Superior haya suplido las formas menos aptas por otras más capaces, y afirma que ha sido la competencia feroz por la comida y el territorio la responsable de la extinción de las formas más débiles.

Y niega, tácitamente, que el ser humano sea resultado de una voluntad extraterrena.

—Bueno —continuó su relato Sibelius—, ya lo sabemos, *El origen* tuvo un éxito fulminante.

En 1 día agotó su 1.ᵉʳ tiraje. En 1 año se había reeditado 10 veces. En 10 años estaba traducido a todas las lenguas con escritura del planeta.

—¿Qué hicieron las religiones al respecto? —preguntó Franco.

—Se indignaron vivamente —respondió Sibelius—. En voz muy alta. En voz de los más altos sacerdotes. Desde los podios más conspicuos. Lo que le dio a *El origen* la fama universal de ser el libro más peligroso para Dios. O como empezaron a decir los jóvenes cultos, la nueva Biblia para los tiempos científicos.

Un cura se acercó para depositar en la mesa de madera 2 vasos con té caliente y 1 copa de vino.

—Y el Vaticano colocó a *El origen* en el temible *Index* —dijo Sibelius—, bajo la severa advertencia: Este Libro Te Hará Perder la Fe.

Yo me reí.

Pero Franco se sobó con angustia el cuello.

—Lo que multiplicó su atractivo —me sonrió Sibelius—. ¿Quiere usted curarse de la superstición de Dios?, preguntaban las mentes científicas. *El Origen* es el antídoto.

—Por fuera, Darwin se deleitaba como un pavo real admirándose la extensa cola.

Reconocí la cita: Sibelius aludía a una carta del mismo Darwin.

La extensa cola: su efecto en una generación de biólogos que se convirtieron a *El origen* y redefinieron su trabajo. En adelante la Biología debía empeñarse en completar el árbol de la vida de la nueva religión materialista y un ejército de científicos se distribuyó por el planeta buscando nuevas especies.

—Pero pasados 10 años, ahora lo sabemos, por dentro Darwin dejó de sentirse en paz.

Lo dijo Sibelius y se volvió a mirar a Franco.

Y Franco resumió, con nuevas palabras, lo que me había narrado un día antes.

Surgían las 1.as teorías sociales que se autonombraban darwinistas. Teorías que daban por hecho la inexistencia de una Moral Divina, es decir dictada por una Inteligencia sobrehumana.

Teorías que daban por hecho que lo que regía la convivencia de los primates erectos era la Ley del Más Apto, revestida de palabrería hipócrita.

Nada era sagrado, nada era fijo, nada era eterno. El Bien y el Mal eran el invento con que el más fuerte se regalaba a sí mismo las razones para someter a los más débiles.

—Darwin, que siendo joven quiso ser sacerdote, se preocupó —repitió Franco.

Al cumplir los 61 años, le confió a Huxley que escribiría un libro gemelo de *El origen*, su 2.° libro sobre la evolución, que debería resultar tan abrumador como el 1.°, y trataría de las sociedades vivas.

Empezó a recopilar evidencias sobre las conductas gregarias y a realizar experimentos ingeniosos en su jardín, con abejas, ratas, hormigas y mariposas.

Sibelius intervino con el rostro emocionado:

—Buscaba en la Naturaleza una Moral.

Pero Darwin no logró encontrar suficientes evidencias, o no pudo poner en palabras la Moral Natural, el caso es que supo que el corazón le fallaría antes de poder terminar ese libro abrumador, y decidió escribir un esbozo: un recuento, en un tono personal, de su relación con Dios, al final del cual abordaría el asunto de la Moral Natural.

—La llamada autobiografía teológica que le envió a la reina Victoria —murmuró Franco—. Y que la horrorizó lo suficiente como para ocultarla en un archivo y enterrar a Darwin en una tumba equivocada.

—Un error enorme —tomó la palabra Sibelius—, sobre todo en vista de lo que habría de ocurrir en el siglo 20.

El Relato Religioso quedó arrinconado para los días festivos, los bautizos, los casamientos y los funerales. En tanto que la Ley del Más Apto fue la fuente de la que surgieron las ideologías ateas y materialistas, que gobernaron el mundo.

El marxismo, el fascismo y el capitalismo, que se repartieron los territorios de la especie. Y dada su creencia en que la vida era para la lucha y la conquista, resultó inevitable: combatieron entre sí.

A mediados de siglo se enfrentaron en una guerra planetaria, la llamada 2.ª Guerra Mundial, en la que murieron 50 millones de humanos, y de la que surgieron triunfadores el capitalismo y el comunismo, sólo para enredarse en otra guerra, de bajo impacto, también planetaria, la llamada Guerra Fría, que se sostuvo hasta el triunfo del capitalismo, a finales del siglo 20.

—Pregúntenme otra vez —pidió Sibelius—, ¿qué hizo la Iglesia católica durante ese siglo atroz de las ideologías?

—Mejor habría sido que nada —contestó el mismo Sibelius.

Pero la Iglesia católica hizo pactos con una ideología y luego con otra, al inicio con el fascismo, después con el capitalismo, buscando siempre salvar el poco poder y territorio que le restaban.

Tuvieron que pasar 130 años desde la publicación de *El origen* para que la Iglesia católica saliera de su propia confusión y se propusiera un mejor camino.

—La Santa Alianza.

Lo dije Yo.

Sibelius susurró:

—La secreta y malévola Santa Alianza, según te informó el Gran Blasfemo.

—Si no les molesta —añadió—, ahora que hemos entrado de lleno a nuestro tema, fumaré un cigarro.

92

—1981 fue un año decisivo para el Vaticano —dijo Sibelius echando humo verde en la luz tenue de la habitación heptagonal.

El papa Juan Pablo II eligió un nuevo guardián de la doctrina religiosa, el nuevo prefecto de la antigua Inquisición, ahora renombrada Congregación para la Doctrina de la Fe. Un estudioso de la Palabra de Dios y de las palabras humanas. Un genio de los idiomas: hablaba 12, amén del hebreo, el arameo y el latín.

—Un varón alemán de escasa estatura y rostro redondo —continuó Sibelius, y estuve segura que se describía a él mismo, hasta que el calvo Sibelius añadió—: Y de pelo enteramente cano, como la nieve.

—Mi Maestro —dijo Sibelius, y las mejillas de duende se le sonrosaron—. El teólogo más sutil que ha dado la Iglesia.

—Bueno —dijo Sibelius y 2 chorros de humo verde salieron por su nariz—, el Maestro reunió a los 25 cardenales de la Congregación en torno a una mesa ovalada, y les habló del momento preciso en que el pensamiento se desprendió de Dios.

—La publicación de *El origen* —repetí Yo.

—Y de inmediato les preguntó a los cardenales —dijo Sibelius—: pero ¿qué hacer si *El origen* captura la verdad de la Naturaleza?

Me reacomodé en la silla.

—¿Lo admitió? —pregunté.

Sibelius se divirtió con mi sobresalto:

—El árbol de la vida que Darwin esbozó, para 1981 ya estaba muy poblado, ¿no es cierto?

Insistí:

—Pero quiero entenderlo bien. ¿El guardián del Relato Religioso admitió que no hay propósito ni perfección ni un control central en la Naturaleza?

—No entró en detalles —dijo Sibelius.

Yo me reí: los detalles que el Maestro había dejado a un lado eran inmensos.

—La doctrina está viva —dijo el Maestro a los cardenales. —Es tiempo de que nosotros, los vivos, despertemos.

Ordenó a los teólogos de la Congregación leer la Biblia del Nuevo Relato científico, *El origen*, y encargó al más joven que se especializara en darwinismo.

—Mi fina persona. —Sibelius se sonrojó otra vez.

—3 días más tarde —retomó Sibelius— Dios habló en el mundo.

—¿Perdón? —me incliné hacia él—. ¿Cómo habló Dios en el mundo?

—Como suele hacerlo: en hechos que cifran su voluntad.

El papa Juan Pablo II fue baleado 3 veces en la plaza de San Pedro. Y a la semana el Maestro pidió una audiencia al Papa para anunciarle lo que los 3 balazos cifraban.

Una audiencia en la Capilla Sixtina, en el balcón que mira al lugar de la bóveda donde Miguel Ángel pintó a un Dios barbado y musculoso extendiendo el dedo índice para tocar el dedo índice de Adán, el 1.ᵉʳ ser humano.

Yo pedí 5 minutos para traducir la repentina aglomeración de metáforas, con ayuda de mi tableta digital.

93

—Hay que imaginarlo —se emocionó Sibelius, y apagó en un platito blanco la colilla del cigarro y reunió las manos ante su barbilla.

El Maestro, pequeño, regordete, de pelo blanco como la leche, siempre peinado con una raya a la izquierda, espera en el balcón, con 1 joven asistente, igual de bajo de estatura, que sostiene un portafolios con documentos.

—Yo a los 35 años —dijo Sibelius.

—¿Todos son especímenes semienanos en la Congregación? —pregunté.

—No todos. Pero sí los alemanes que trajo consigo el Maestro. Los otros cardenales de la Congregación nos llamaban los 7 enanos y Blancanieves.

Sibelius se rio fuerte y Yo no entendí de qué.

—Entonces entra en el balcón Juan Pablo II —prosiguió Sibelius.

En un caftán blanco, camina con la cabeza ladeada, arrastrando los zapatos sobre el mármol blanco, convaleciente del intento de asesinato que sufrió y le dejó heridos una mano, un brazo y el abdomen.

El Maestro dobla una rodilla ante su Santidad y besa su anillo, lo propio hace a continuación Sibelius.

El Maestro le alarga al Papa un informe. Las cantidades de creyentes en Dios y de los ateos del planeta.

Sibelius acotó:

—Los saldos de la devastación causada por *El origen* y las ideologías.

En 1981 solo 16 de cada 100 humanos eran católicos y solo 45 de cada 100 creía en Dios.

Juan Pablo, sentado en una silla recubierta de oro, la cabeza ladeada, cierra los párpados, adolorido.

—Es entonces —dijo Sibelius— cuando el Maestro despliega ante Juan Pablo el plan para la Reconquista de la especie.

Un plan en 3 fases, cada una de 15 años, la 1.ª de las cuales se propone la reconciliación de las 3 religiones del mundo.

Eso era lo que cifraban los 3 disparos de un musulmán contra la cabeza del Papa de la Iglesia Católica: el mandato divino que ahora el Maestro resumió en una breve frase.

—Crear la Santa Alianza.

—Hay que imaginarlo —pidió Sibelius otra vez.

La Reconquista inicia con una visita de Juan Pablo a la celda del musulmán que quiso matarlo.

—Te perdono —le dice tomándole ambas manos.

—Quiero convertirme a tu Dios —el musulmán se hinca ante el Papa.

—Ya adoras a mi Dios —Juan Pablo lo alza del piso.

Yo sorbí de mi té.

94

A continuación el Papa viajó al Medio Oriente. En Casablanca besó el Corán en el centro de un alud de flashazos de la prensa internacional. En la Meca besó el Corán. En el monasterio de la Montaña, el monasterio de los hermanos de la fe, la secta más violenta entre los musulmanes, plantado en la arena blanca del desierto bajo un parasol rojo, de nuevo besó el Corán, y declaró que iniciaba otra era. La era del ecumenismo.

Franco enderezó el torso al oír nombrar a los hermanos de la fe como la secta más violenta.

—Son ustedes los hermanos fuertes entre los hijos de Dios —les dijo el Papa—. Son ustedes los hermanos que esgrimen la espada, son los hermanos bendecidos por el oro negro bajo sus desiertos.

En Gaza reconoció a la nación Palestina, ante el pasmo de los judíos. Pero en Jerusalén lloró en el Muro de los Lamentos y pidió perdón a los judíos por el pacto de la Iglesia con el nazismo durante la 2.ª Guerra Mundial, por 20 siglos de persecuciones y por la acusación injusta de haber crucificado a Dios.

—Son ustedes nuestros hermanos mayores —dijo, y un estadio repleto de jóvenes israelíes lo ovacionó.

En Estambul abrazó al barbado Papa de la Igle sia ortodoxa oriental. En Inglaterra dobló una rodilla y besó el anillo de una reina Isabel, y declaró que él era José y los cristianos protestantes sus hermanos.

Entonces Juan Pablo empezó a deslizar en los discursos que pronunciaba ante auditorios cada día más numerosos la que debía ser la misión de la Santa Alianza de las religiones:

—Los creyentes no somos enemigos entre nosotros. Nuestra guerra es contra la laificación de las culturas. Contra el muro de la indiferencia que se ha levantado entre el hombre y Dios. Contra el ateísmo de las democracias capitalistas.

Y con un candor inédito empezó a describir a las democracias capitalistas en forma negativa.

El capitalismo democrático, que reinaba sobre la especie, era un régimen pagano, hedonista, insolidario, que esclaviza al humano al trabajo, con ningún otro objetivo que el dinero, y donde la moral se decide en elecciones, para que la mayoría imponga su ignorancia.

—Todo se discute en los parlamentos porque nada se sabe de cierto —decía el Papa en público.

—Es tiempo —decía su estratega de cabecera en privado— de conquistar la Controversia Moral de las democracias.

Lo que era la 2.ª fase del plan de la Reconquista.

—Por desgracia —dijo Sibelius—, recién arrancada la captura de la Controversia Moral, en el año 2005 Juan Pablo murió.

Vi de sesgo cómo Sibelius se tocó con una mano sobre el corazón, luego el otro pecho, luego el ombligo, luego los labios, mientras murmuraba:

—Dios lo tenga en el Cielo a su vera sentado en el trono de Pedro.

Me mareaban esas imágenes imposibles: un trono en el vacío del cielo.

—Pero el Espíritu Santo es próvido —agregó Sibelius otras cuantas metáforas fantásticas—, y escuchó los ruegos de Juan Pablo al elegir como su sucesor a su alma gemela.

El cardenal que ocupó el trono del papa Juan Pablo fue en efecto el anterior prefecto de la Congregación para la Doctrina de la Fe, el arquitecto del plan de Reconquista: un alemán de cara redonda, como de duende, con el pelo blanco como la nieve.

—Mi Maestro —sonrió Sibelius—, que ascendió al pontificado con el nombre de Benedicto XVI.

—Hay un libro de oro —la voz de Sibelius se adelgazó.

Un libro de oro con una cuadrícula de plata incrustada, que se abre a un hueco forrado de terciopelo rojo, del que se levanta la tapa del fondo, para encontrar el hueco cuadrado donde cabe una carta.

Cada Papa, cuando siente cerca de sí el aliento de la muerte, escribe un mensaje a su sucesor, indicándole lo que le parece son las misiones del pontificado, y lo guarda en un sobre que coloca dentro del libro de oro.

La carta que Juan Pablo II escribió a Benedicto XVI contenía sólo 1 palabra.

Recapi.

Es decir:

Reconquista.

En la penumbra, Sibelius movió 2 dedos en lo alto y un cura se acercó para cambiar nuestras bebidas.

95

El Vaticano es una burocracia compleja y para Benedicto XVI, un teólogo, un experto en esas cosas sutiles, las palabras, sus asuntos circunstanciales resultaron una obligación odiosa, cargada de demasiada materia.

Enredos del Banco del Vaticano, enredos de poder en la curia, enredos coyunturales sin gracia ni trascendencia. El nuevo Papa los asumió únicamente por no desatender lo urgente. Derrotar el materialismo ateo.

Luego de llamar a los sacerdotes y a las congregaciones de creyentes a participar en la Controversia Moral, había que limpiar su idioma.

—Pongan a un lado los Libros Sagrados, la Biblia y el Corán, no los citen —ordenó el Maestro—. No queremos revivir la vieja confrontación del siglo de Darwin. Pongan también a un lado los milagros y a los santos. Secularicen las palabras. Que sean simples y llanas y comunes.

Los sacerdotes y los creyentes debían apropiarse de los valores que dan pie a la Controversia. Hablar de libertad de expresión. De democracia. De evolución de la cultura. Incluso, de libre albedrío.

—La única palabra sacra que usarán es Dios, porque Dios es el único propósito de nuestra lucha. Afirmar la realidad de Dios y desbancar el materialismo naturalista.

Antes de la 2.ª fase de la Reconquista, en el interior de la Iglesia católica se discutía si la doctrina debía adaptarse a los tiempos de las nuevas libertades. Amistarse con los homosexuales y reconsiderar el aborto, dejar a los divorciados comulgar y a las monjas oficiar la misa, permitir que los sacerdotes se casen y los transgéneros se rebauticen con nuevos nombres propios.

Benedicto contestó: no, nosotros somos los de las palabras del Dios eterno, seamos ortodoxos, seamos fijos como rocas, son los tiempos los que deben ajustarse de nueva cuenta a nosotros.

Si el Nuevo Relato se entusiasmaba disolviendo cuanta vieja institución y viejo concepto encontraba en su camino —el matrimonio de hombre y mujer, la identidad sexual, las funciones de los hombres y las mujeres, la santidad de la vida desde su concepción hasta la muerte natural—, su entusiasmo disolvente debía toparse contra la fijeza del Viejo Relato de la Religión.

Antes, que un sacerdote debatiera con un científico o un sacerdote con un político era imposible. La gente los pensaba habitantes de mundos separados, unos del mundo discreto y contemplativo de la Religión, los otros del mundo activo y público.

Benedicto ordenó: sean humildes, vayan a la radio, vayan a la televisión, escriban en los diarios. Sean ciudadanos de sus sociedades.

Los devotos adinerados compraron espacios en los medios masivos para sus voceros. Luego compraron radios y televisores. Luego fundaron institutos y universidades para que científicos y filósofos adaptaran el Relato Religioso a palabras contemporáneas.

Así, la Controversia Moral del siglo 21 se redefinió como el choque entre 2 relatos. El Viejo Relato Religioso y el nuevo Relato Ateo.

¿Ganaba todos los debates y todas las votaciones parlamentarias el Relato Religioso?

De ninguna manera. Pero eso era un detalle.

¿Se había introducido el Relato Religioso en todas las escuelas de Occidente?

Tampoco, pero eso era otro detalle.

El objetivo era más simple: el dicho, redefinir los polos de la discusión, y algo más, colocar en su centro a 1 personaje:

—¿Cuál es el personaje más citado en los debates morales del siglo 21?

Lo preguntó Sibelius y después de un silencio lo respondió Franco:

—Dios.

Sibelius se rio con su risita aguda:

—No está mal para un personaje asesinado hace 150 años.

Yo pregunté:

—¿Y cuál es la 3.ª fase de la Reconquista?

Sibelius apretó los labios.

Se oyó chirriar los insectos nocturnos del parque que nos rodeaba y los pequeños zapatos del cura bailotearon a unos centímetros del piso.

Sibelius dijo por fin:

—Tienen ustedes una lectura esta noche en casa del Gran Blasfemo, ¿no es verdad? Un consejo: no me mencionen, no le agrado.

Saltó desde su silla al piso.

—Un momento —repliqué Yo—. Acá me quedo sentada, hasta saber cuál es la 3.ª etapa.

Según el plan expuesto por el cura, su 3.ª fase debía iniciarse en el año 2011.

Pero Sibelius se adelantó deprisa en la penumbra hacia la puerta, una puerta de madera que él mismo abrió a la oscuridad de unas escaleras de piedra.

—Vayan con Dios —nos despidió desde la puerta, mientras bajábamos los peldaños de piedra, manchados de luz.

Salimos a la bruma del parque y subí mi capucha para aislar mi cabeza del frío.

VI
La Guerra

96

En el bosque, tras los pinos negros, la casa de Ford era un cubo de cristal completamente iluminado. 2 plantas de cristales con aristas de metal negro que semejaban una lámpara cúbica y gigante en la noche. El dueño nos recibió en la puerta con una sonrisa triunfadora, el traje blanco arrugado en cada centímetro, y el resultado del debate entre los labios.

—De los 360 indecisos ante la pregunta ¿existe Dios?, 205 personas tomaron una decisión. El estridente Ford convenció a 185 y el amable y ponderado obispo de África escasamente a 20.

—¿Y cuánto tiempo hablaron de Dios? —pregunté Yo.

—El debate entero hablamos del brillo de su ausencia —se vanaglorió Ford.

4 sofás de cuero negro formaban un cuadrángulo para sentarse en la sala. Ford sirvió vino tinto y coñac en 6 copas, por más que hacía unas horas le habíamos mencionado que no bebíamos alcohol.

Prendimos las tabletas.

Volvíamos un siglo y medio atrás, y Charles Darwin de 73 años recibía en su estudio, en la planta baja de su casa, a un visitante venido desde el sur de África.

97

No usaré su nombre real, lo llamaré *mister* Money, y diré desde un inicio que no fue el primero ni el último hombre que vino a pedir mi bendición para trasladar la Teoría de la Evolución a la vida social de los simios pensantes, aunque en su caso, el plan que me presentó era detallado y dada su riqueza personal, me impresionó como realizable. *Mister* Getty Money era dueño de minas de diamante en Sudáfrica y de un lujoso hotel del tamaño de una cuadra en el centro de Londres.

Mister Moncy entró en mi breve estudio una mañana de otoño con la prestancia de quien es dueño del mismo aire, era sólido de apostura, con grandes bigotes rubios de manubrio, fue colgando del perchero el sombrero de paja, los guantes y el bastón, y tomó asiento ante mi escritorio en la silla más grande, mi sillón giratorio de terciopelo gris, mientras dos mayordomos suyos, de raza africana, introducían un tigre macho disecado y lo colocaban sobre mi mesa redonda de trabajo.

No omitiré que el tigre de Bengala me impresionó vivamente. Era más largo que el diámetro de la mesa, de un metro de largo. Su bocaza abierta en actitud de mordida dejaba ver su dentadura con caninos puntiagudos. Un espécimen excelentemente disecado, con ojos de cristal azul, que me parecieron a punto de moverse.

—Seré directo, *mister* Darwin —me distrajo de los ojos falsos del tigre *mister* Money—. Tome asiento por favor —me invitó en mi propio estudio, y tomé asiento en la silla de madera destinada a las visitas.

98

A *mister* Money le parecía urgente expulsar al Dios judeo-cristiano y sus normas morales de la vida humana y suplirlas con las leyes naturales descritas en *El origen de la especies*. La competencia debía ser el principio organizador de la sociedad capitalista y debían suprimirse las leyes que pretenden igualar el campo de juego para los desiguales.

—Es contraproducente, lo ha sido durante siglos, que los más aptos sientan alguna obligación hacia los ineptos. Los pobres lo son por su ineptitud, y si la Naturaleza trabaja para deshacerse de ellos, la sociedad no debería frustrar esa limpieza natural —explicó *mister* Getty Money.

—Los sindicatos son un error —continuó, y añadió—: Como usted bien sabe.

La seguridad social es un error.

—Como usted bien sabe —agregaba con cortesía a menudo.

La filantropía es otro error. Los comedores gratuitos, otro error. La misma culpa que sienten los más aptos no es sino una argucia de las viejas religiones para obstruir la evolución de la especie.

—¿Y qué hacemos con los pobres? —pregunté.

—Que los elimine el hambre —contestó *mister* Money—. Como el hambre eliminó los pinzones inadaptados en la isla de James.

Citaba mis palabras de *El origen* con confianza.

—Salvo que si sólo hacemos eso, hambrear a los pobres, no será suficiente.

Esto porque los pobres se casan más jóvenes que los humanos ricos y no ocupan su tiempo de ocio en leer o atender conciertos o ir al teatro, sino en copular, por lo que se reproducen más.

—Ah cómo joden los ineptos —exclamó en algún momento *mister* Money—. Verídicamente como conejos.

Entonces, según *mister* Money, había que implementar una serie de medidas. Una medida inicial era su libro, que estaba a su vez basado en un libro de mi primo Francis Galton, que por cierto había arreglado nuestra reunión. Me enseñó un ejemplar de tapas azul celeste con el título *Súper-especie* en letras doradas.

Había impreso miles de libros así y quería irlos introduciendo en los cajones de los hoteles, junto a la Biblia, para ir creando conciencia en las clases medias y altas de la misión de nuestra generación.

—Como el pasto conquistó los jardines de los continentes mi libro conquistará los cajones de los hoteles del orbe civilizado.

Alargué el cuello. Era una de esas tardes en que

mi cuerpo estaba incómodo. Me levanté para jalar el listón que en la cocina hacía sonar una campana, para que el mayordomo trajera nuestras bebidas.

Súper-especie delineaba un proyecto de medidas positivas y negativas. Las positivas no molestarían a nadie y si éramos sabios podríamos hacerlas aprobar en el Parlamento con presteza. El Estado debía premiar a las hembras aptas para que tuvieran más de ocho hijos y en caso de muerte de la madre o el padre, su progenie debía ser subsidiada, para que los niños no cayeran en la pobreza.

Las medidas negativas serían objetadas en el Parlamento por los teístas, de seguro, y debían, por tanto, irse introduciendo de forma gradual. Debía prohibirse que los anómalos tuviesen sexo o, de preferencia, debían ser esterilizados. Los anómalos: los idiotas e imbéciles, los epilépticos, los enanos, los hermafroditas, los homosexuales y los sordos, ciegos y mudos.

—Si usted es un criador de perros, elegirá los perros con las mejores características para cruzarlos entre sí, y así mejorar la raza, y no cruzará los peores perros, ¿o me equivoco?

Una generación científica como la nuestra debía hacer lo propio con nuestra especie. Reproducir los mejores ejemplares y castrar a las anomalías.

—Su primo Francis sugiere inventar una esterilización química indolora, un brebaje tal vez, que pueda incluso ser clandestinamente administrada. Un brebaje que se vierta en los depósitos de agua de las colonias miserables.

Inclinó la cabeza hacia mí para confesarme un dato íntimo.

Su querida y adorable esposa, llamada Peggy, era sorda, y a él le había costado mucho llegar a la decisión de que también a los sordos debía impedírseles tener sexo, pero estaba probado que la sordera era hereditaria.

—Así que somos un matrimonio casto.

—Para regresar, regresar —tartamudeé— a las, las anomalías. Algunas anomalías pueden parecernos variaciones sin propósito, pero son ensayos de la especie que podrían derivar en el curso de cientos de años a cambios provechosos.

Por ejemplo los calvos y los miopes.

—¿Diría usted —le pregunté— que la calvicie y la miopía son buenas?

—Desde luego que no.

—Y sin embargo el doctor Prokófiev, en Rusia, ha comparado el nivel de inteligencia de los miopes y los calvos con el resto de la población, y ha encontrado que son más inteligentes en un promedio de un 25 %.

Mister Money se inconformó:

—No creo que la sordera guarde la promesa de una evolución positiva.

Le respondí:

—Si usted es un reptil, y en sus patas aparecen, durante su estado juvenil, unas excrecencias suaves, unas plumas, usted no sabe si en 10 mil años esas anomalías se habrán convertido en alas.

Intenté una generalización.

Cuanta más variedad de anomalías contenga una especie, más oportunidades hay para su sobrevivencia.^{VIII}

—Volvamos a los pobres —pidió *mister* Money, contrariado—. ¿Le parece bien que se cree conciencia de que individuos de distintas clases económicas no deben casarse?

—Ese método, el de tomar conciencia, es el mejor —opiné—. Mediante matrimonios de los mejores con los mejores, durante varias generaciones consecutivas, es como se ha mejorado, y puede seguir mejorándose, la especie.

Mi parecer era que debíamos dejar a nuestra especie continuar sus métodos de selección natural, sin atribuirle al Estado el papel de criador.

—Aceleraríamos la evolución con medidas obligatorias —insistió *mister* Money.

—Sin, sin duda —tartamudeé—. Pero lo gradual me da más confianza.

—Entonces se contradice usted —me advirtió.

—Sin, sin duda —tartamudeé—. No sería la primera ocasión que me contradigo.

Mister Money vaticinó que nuestra reunión sería recordada por los súper-hombres en 10 mil años. Para esos simios superiores, de capacidades físicas e intelectuales imposibles de imaginar por nuestros débiles cerebros, seríamos aquellos ancestros primitivos pero visionarios que se atrevieron a ocupar el lugar vacío de Dios e intervenir en la evolución de nuestra propia especie.

Algo indigno habré hecho yo entonces, tal vez

rascarme la coronilla de la cabeza o morderme los labios inferiores, o ambas cosas a la vez, porque *Mister* Getty Money afirmó:

—Lo imaginaba a usted distinto. Es usted más un Hamlet que un Hércules. Un Hamlet que vacila en llevar a la acción las implicaciones de su Teoría de la Evolución.

Le asistía la razón, yo he sido más un Hamlet que un Hércules, así que no repliqué a su juicio. En cambio recordé lo que siendo un joven con pretensiones de genio le había espetado al bueno de Charles Lyell:

—Tal vez deberían jubilar a los científicos de más de 60 años, porque es cuando se convierten en estorbos para las nuevas ideas.

—¿Qué edad tiene usted, si no le ofende la pregunta? —quiso saber *mister* Money.

—61 —respondí.

Más un Hamlet que un Hércules, acaso un estorbo, presencié cómo *mister* Money me autografiaba su libro, la *Súper-especie*, y entre apretones de mano e inclinaciones de torso lo llevé a la puerta que daba al jardín, donde para mi extrañeza nos esperaban los dos mayordomos de *mister* Money, a un flanco y otro de una cámara fotográfica montada en su tripié.

Posamos hombro a hombro para ser fotografiados.

99

Se acercaba el invierno y en el comedor Emma y la recamarera revisaban un montón de ropa colocada en la mesa ovalada. Nuestros hijos ya no usarían csas prendas y las todavía decentes podían regalarse a la iglesia del pueblo, para que fueran entregadas a los niños menos afortunados.

Emma llevaba el pelo blanco en un chongo y trabajaba sin prestarme atención. Levantaba una prenda por sus hombreras, la revisaba a conciencia, en busca de roturas o manchas, y la ponía en una de las dos canastas colocadas en el piso a su lado. Una para la ropa inservible, la otra para regalar. Tras ella se encontraba el retrato al óleo de Erasmus Darwin, mi abuelo, gordo, con unos ojos de pícaro irredento.

La cocinera llegó con una charola que colocó en una mesita junto al sillón donde me había sentado. Me traía té, aunque yo no lo había ordenado. Se lo agradecí, y me sonrió.

Incliné la pesada tetera en la taza y el comedor se llenó del aroma a té.

Antes de la cena Emma recibió en la estancia de

música a la enviada de la parroquia, una viuda vestida de negro, y le entregó la ropa usada. La mujer cruzó el quicio de la casa, abierto de par en par, cargando al hombro el botín envuelto en una sábana. Se veía pequeña bajo esa bola más grande que ella misma, como una hormiga negra bajo un inmenso grano amarillo de polen.

—Que el Señor bendiga su hogar —dijo e inició su andar paso a paso por el camino de tierra y yo sentí en el pecho que el corazón se me aceleraba, como cuando uno está por descubrir algo inopinado.

100

Me disculpé por no cenar con mi familia y volví al estudio, y en un estado de urgencia busqué entre mis libretas aquellas escritas hacía mucho tiempo, antes aun de mi regreso a Londres del viaje en el *Beagle*, hasta que di con la que quería. La libreta de tapas negras rotulada en el lomo con las letras GIJ. Galápagos Isla de James. La libreta del día que me cambió la vida teniendo yo 25 años.

Me senté a leerla a luz del quinqué. Las hojas eran amarillentas y en algunas partes se hallaban manchadas, algo de agua había corrido el carbón del lápiz con que había sido escrita. Pero de sus letras resurgía la exuberante vida de esa isla negra.

Los peces amarillos, azules y verdes en el agua cristalina donde nuestras botas de exploradores iban pisando las piedras volcánicas. Los cangrejos rojos corriendo fuera del agua. Los dos centenares de leones marinos tumbados tomando el sol en la playa gris. Los pingüinos que confiados nos permitieron inspeccionarlos.

La ordenada y lenta procesión de tortugas gigantescas llegando a un lago envuelto en vapor para ocupar el sitio que otras tortugas gigantescas les cedían, y hundir las cabezas en el agua para beber largos sorbos. El pinzón que atrapé con una mano, sin que intentara escapar. La viva emoción de cuando algo está por revelarse al intelecto crecía con cada hoja.

Algo falta en mi teoría de la vida: lo pensé por fin.

Algo había quedado fuera de mi teorización de *El origen*, algo que estaba narrado en el relato de ese día.

Sí, algo muy extenso falta, pensé.

Me acomodé ante el escritorio a redactar cartas a mis informantes. Quería descripciones de grupos de animales. Grupos de animales de la misma especie o de especies que convivían en el mismo hábitat. Toda suerte de descripciones. Violentas o pacíficas. En el escritorio fue reuniéndose una pila de cartas.

Les pedí, también, intuiciones. Que no dudaran en aventurar hipótesis de las leyes que pudieran estar regulando la convivencia, por simples o complejas que fueran. Porque aun si eso no lo escribí en las cartas, mi propósito era empezar a vislumbrar algunas leyes positivas en la socialización de las especies.

La madrugada se fue poblando del ruido de los pájaros. Aleteos y silbidos. Tomé mi bastón del perchero y salí a caminar al Sendero Para Pensar.

Caminaba sobre la grava del sendero ovalado y en su margen derecho caminaban dos líneas paralelas de hormigas. Unas en la misma dirección que yo,

otras en camino opuesto, cargadas de minúsculos te-
soros, trozos de hojas, semillas milimétricas. En un
orden tranquilo el hormiguero de millones de hormigas proseguía según leyes milenarias.

De súbito llegó *Polly*, mi fox terrier, a dar círculos en torno a mis pasos, ladrando alegremente, aunque yo no la había llamado.

Ding.

Darwin redescubre la bondad y el amor.

Un siglo y medio más tarde, el texto llegó a mi celular, enviado por Sibelius.

Del otro lado de la sala Franco leyó la misma oración en su celular, en tanto nuestro anfitrión, el Guerrero de la Ley del Más Apto, John Ford, se alzó del sofá y se encaminó, formando eses de ebrio, a la cocina.

Ding.

La Ciencia avanza hacia Dios.

Otro mensaje de Sibelius llegó a nuestras pantallas.

Ford alzó la voz desde la cocina:

—Ayúdame acá muchacho.

Franco obedeció y fue a ayudarlo, y Yo me pregunté por qué diablos Ford llamaba muchacho a un tipote de 1 metro 90 centímetros y bíceps y muslos de boxeador, y lo más misterioso, por qué el tipote lo obedecía.

Como Ford estaba ebrio, y como los ebrios son psicóticos temporales y son intratables, llamé desde mi celular a un taxi.

Y otro mensaje de Sibelius apareció en la pantalla con un ding:

Buen viaje mañana a Veta La Palma. Tendremos entonces una Moral Natural.

—Ah sí, el altruismo —oí a Ford regresar con una botella de champaña en una mano—. De eso tratará sin duda la última parte de la autobiografía.

El «muchacho» que lo seguía con 3 copas aflautadas en una charola preguntó:

—¿El altruismo y la bondad son lo mismo?

—El altruismo es la bondad extrema —dijo Ford—. Es el sacrificio del individuo por el beneficio de otros. Por eso el altruismo siempre fue la pesadilla de Darwin. ¿No es verdad, doctora?

—Un problema importante para su teoría.

—Recogí una de las copas aflautadas que Franco me ofrecía.

—¿Por qué un problema para su teoría? —preguntó el «muchacho» de casi 2 metros.

—Doctora —me cedió Ford la palabra con una caravana de ebrio.

—La Teoría de la Evolución considera que la Ley del Más Apto es universal. Cada organismo lucha por sobrevivir y sobreviven los más aptos y perecen los menos aptos.

—Luego entonces... —inició Ford e hizo otra ebria y pronunciada caravana.

—Luego entonces, el altruismo es inexplicable de acuerdo a la Ley del Más Apto.

El tapón del champaña pegó en el techo. Con movimientos inciertos Ford sirvió las 3 copas aflautadas y las distribuyó mientras Yo daba ejemplos de la anomalía del altruismo.

El macaco que chilla para alertar de un puma a su tribu, y con su chillido llama la atención del depredador hacia sí: por salvar a los muchos sacrifica su vida.

Las hormigas que se aglomeran sobre un fuego para apagarlo con la materia de sus cuerpos carbonizados.

El hombre que se lanza de un puente para salvar a un bebé.

La abeja que clava su aguijón en un intruso para salvar el panal, y en ese acto se suicida.

O un caso de altruismo más discreto: Emma, que regala la ropa usada de su familia en lugar de venderla.

—¿Cómo se explica entonces el altruismo? —preguntó Franco.

—Ten paciencia —musitó Ford, por 1.ª vez dirigiéndose a él—, y te explicaré incluso a los hermanitos de la fe que estrellan 2 aviones contra las 2 torres del World Trade Center y asesinan en el proceso a 3 mil personas, incluyéndose a sí mismos, para salvar a su puto panal. Perdón, a su sueño de reconquistar un imperio medieval.

Toda cordialidad desapareció del rostro de Franco.

—Es un truco —declaró entonces Ford.

—¿El altruismo es un truco? —preguntó con voz seca Franco.

—El altruismo es un truco —repitió Ford—, así como su inserción en el penúltimo capítulo de la autobiografía teológica.

Son las 13 líneas insertadas por la Santa Alianza: estaba segura de que eso diría Ford, y me extrañó que, en cambio, dijera:

—¿Han oído del final apabullante?

No habíamos oído del final apabullante.

—Un truco tan antiguo como el arte de la polémica —empezó Ford.

Un polemista consulta su reloj y ve que sobran 5 minutos para que concluya el debate. Éste se ha disgregado, como suele suceder en los debates, en 10 temas vagamente conectados, el público se halla confundido, como sucede con los públicos de los debates. Es entonces cuando el polemista experto aplica el final apabullante.

De súbito admite una flaqueza.

«Debo reconocer que en este punto dudo», se disculpa.

El contendiente se abalanza sobre la debilidad del polemista, y el polemista usa el impulso de su enemigo para tumbarlo en el piso, y le pone el pie encima de la cara en el momento preciso en que suena la campana que cierra el debate, y el pobre diablo ya no puede responder nada.

—Una *kata* de judo —resumió Ford, de nuevo con sus saltos metafóricos que me resultaban difíciles de seguir.

La gente se queda con la impresión del pobre diablo tumbado en el piso y el polemista con el pie sobre su cara. El que está en pie de seguro es el triunfador, concluye la gente.

—Eso hace el viejo y astuto Darwin. Admite de súbito en el penúltimo capítulo de su autobiografía que el altruismo es una anomalía a su teoría, pero que lo encuentra por doquiera a su alrededor, es un hecho indiscutible.

Su esposa regala ropa a los pobres. La sirvienta le sirve té, sin que él lo haya pedido. Las tortugas de la isla de James ceden su espacio a otras tortugas para beber agua. Los pajaritos se entregan al cazador sin luchar.

Incluso la perra *Polly* es una santa. Corre a acompañar a Darwin en su paseo sin pedir nada a cambio, sino alegrarlo.

—Oh, es hermoso e inexplicable, da a entender Darwin, ablandado. Oh, sospecho que a mi brutal Teoría de la Evolución le falta algo.

—Y entonces —dijo Ford—, ya con el lector enternecido y confiado en que los buenos sentimientos triunfarán en el último capítulo, Darwin hará un picadillo con esos corazones blandos y se los comerá sobre una tostada con mayonesa.

Ding, sonó mi correo en el celular.

Ding, sonó en el de Franco.

Sólo Yo lo abrí.

Era de nuevo Sibelius, pero no era otro mensaje de optimismo:

¿Puedo verlos de inmediato en su hotel?

Tecleé:

En 60 minutos.

Franco en cambio no podía desengancharse de la discusión con el Guerrero de la Ley del Más Fuerte.

—Entonces, ¿no crees en la generosidad? —lo retó—. ¿En la honesta buena fe? ¿En la grandeza del autosacrificio?

Ford le rellenó la copa de champaña y dijo:

—¿En la bondad de la puta Santa Alianza que quiere reconquistar sus territorios perdidos?

Esta vez Franco no cedió al ataque:

—Yo no creo que todos seamos unos malignos egoístas.

—Ja —se exaltó Ford—. ¿Tú, precisamente tú, no lo crees?

Franco respiraba por la boca como un animal que se oxigena para atacar, pero Ford en lugar de apaciguarlo, lo violentó más.

—Rasca la nobleza de un buen hombre, y tarde o temprano descubrirás abajo el cobre de su egoísmo. Como decía, el altruismo es un truco. Doctora —añadió y se inclinó en una reverencia dando a entender que Yo era la autoridad para exponer el «truco del altruismo».

—Ésta es la hipótesis clásica —empecé Yo—: las conductas generosas son una estrategia para avanzar la propia sobrevivencia.

Se ayuda a un vecino para establecer una deuda con él.

2 boobies cooperan en construir un nido para el huevo de la hembra, porque la cría hará sobrevivir la mitad de los genes de cada cual.

Las hormigas se inmolan en el fuego porque salvan el hormiguero donde sus genes abundan.

La abeja heroica salva más genes suyos suicidándose que sobreviviendo, porque salva el panal.

—O bien —dijo Ford con su intensidad de borracho— una banda de musulmanes estrella 2 aviones contra 2 torres, no simplemente para matar a miles de enemigos, sino para que los putos genes musulmanes conquisten en el futuro el globo terráqueo.

Franco sacó del bolsillo de su camisa sus lentes de aviador negros y se los caló. Hasta Yo que soy autista entendí que así nos ocultaba sus emociones a nosotros, pero Ford siguió destruyendo con entusiasmo sus buenos sentimientos.

—Precisamente doctora —celebró mi resumen—. Darwin no resolvió la anomalía del altruismo porque no sabía de genética.

Gregor Mendel, un cura católico austriaco, descubrió las leyes de la herencia biológica en los tiempos en que Darwin vivía aún, pero Darwin no lo leyó, bien sea por falta de fe en su valor o porque temía que esa nueva información desorganizara la teoría que había tardado décadas en organizar.

—Pero es en la genética donde está la respuesta que necesitaba Darwin —dijo Ford. La unidad que busca la sobrevivencia en la cruel lucha por la sobrevivencia no es el organismo individual, ni siquiera su grupo, es el gen.

—El gen es el egoísta supremo —citó Ford a los darwinistas contemporáneos. Un hombre salta a un río para salvar a 2 hermanos, pero no a 1. O salta para salvar a 8 primos, pero no a 7. De hecho existe una fórmula matemática para medir el egoísmo oculto en el altruismo.

rB > C

Siendo r la relación genética del individuo, B el beneficio de la acción y C su costo.

Sonó un claxon y por el ventanal vi mi taxi detenerse ante la casa.

—Y sin embargo —quise Yo dejarles mi opinión antes de partir— Yo tampoco creo que el altruismo sea un truco del gen egoísta. Vaya, ni siquiera creo que el gen sea egoísta. Creo que el gen egoísta es una patraña. Una fantasía.

—¿Una patraña? —se exaltó Ford.

—Igual que los ángeles o Dios. Una invención.

Había insultado al mismo tiempo al Guerrero de la Ley del más Fuerte como al musulmán de los lentes de aviador. Los 2 me miraban resoplando y Yo miré mis botas amarillas y el taxi volvió a hacer sonar el claxon.

—También la Ciencia tiene sus hipótesis fantásticas sin comprobar, para tapar los agujeros de nuestra ignorancia. El gen egoísta, por ejemplo. Mi maestro —dije, y me sonreí pensando que en esta historia cada uno tenía su maestro o su juez—, E. O. Willis, es de la misma opinión.

Después de años de alinearse con la teoría del gen egoísta, E. O. Willis había virado recientemente su postura. Publicó que las matemáticas de esa teoría son desaseadas y la teoría es, sí, una patraña.

—Yo —añadí—, Yo no atiendo una reserva de atunes en altamar para multiplicar mis genes, eso es seguro.

Puntualicé:

—Porque Yo y los atunes no copulamos. Ni la doctora Garden, a la que veremos mañana en Veta La Palma, reproduce sus propios genes cuando reproduce especies marinas en proceso de extinción.

El claxon del taxi sonó otra vez pero hice caso omiso.

—Yo soy feliz viendo los atunes multiplicarse. No me imagino una vida más llena de vida que ver la vida multiplicarse a mi alrededor.

Al sesgo noté que Ford respiraba profundo, oxigenándose para saltar al ataque y dije:

—Me voy.

—Vámonos —le dije luego directamente a Franco, pero lo encontré con sus lentes negros y los agujeros de la nariz muy anchos y los puños cerrados: todo él también alistándose para la lucha.

Dijo:

—Yo soy un buen hombre. Yo regresé a Occidente, poniendo en peligro mi salud mental, sólo por amor a Tonio. A un hombre al que amé más que a mí mismo y que ahora no podría pagarme nada a cambio, porque está muerto.

Ford replicó con su voz pastosa de ebrio:

—Mira precioso muchacho. Lamento desencantarte, pero si crees que eres un buen hombre, te engañas. Doctora —Ford se volvió hacia mí y sacó de la bolsa de su saco un CD en su sobre blanco, para mostrármelo—. Doctora —repitió y se lamió los labios, como los mamíferos que saborean la sangre antes de morder—, doctora, acuérdate, debemos mirar este espanto.

»Por favor —siguió Ford—, no se vayan, quédense los 2 en casa, y les muestro por qué Franco es uno de los peores hijos de puta del planeta, y mientras tanto cenamos picadillo de corazones nobles.

He oído invitaciones poco atractivas, ésta era horrenda, y sin embargo Franco murmuró:

—Yo me quedo.

Yo en cambio retrocedí antes que los 2 simios dispuestos a la lucha me encontraran a mí en medio, y me apresuré a salir al aire libre.

Decisivo = definitivo = concluyente = terminante.

Hay momentos decisivos en que una normalidad desaparece y otra toma su lugar.

Un pez desconocido es introducido en el acuario de salmones y al día siguiente los ha devorado a todos.

Un pulpo atrapa a una mantarraya con sus tentáculos y la engulle, y 5 minutos más tarde se hunde en el fondo del mar, envenenado e inerte como un trozo de hule.

Un buzo entra en una cueva y algo se agita en la oscuridad y la arena del piso se eleva y la cueva parece girar lentamente 360 grados y el buzo parece caer al techo y ahí se queda tendido, mientras su boquilla, desprendida de su boca, aún despide burbujas.

Uno exclama: es imposible, un pez no pudo haberse tragado a 5 salmones en una noche, el pulpo debió poder expulsar el veneno de la mantarraya, el buzo debió haber podido escapar del remolino de arena, pero no hay remedio, los salmones viajan ya por el intestino del pez negro convertidos en una papilla rosada, el pulpo empieza a pudrirse en el fondo del océano, el buzo nunca volverá a la embarcación donde sus compañeros lo esperan.

Abordaba el taxi, cuando los vi por un ventanal entrar en la cocina. El primate bajo y regordete señaló con el dedo índice, y el monote de los lentes negros y 1 metro 90 obedeció y dócilmente se acercó al ventanal para tirar de un cordón: entonces las persianas de la cocina cayeron, ocultándomelos.

Fuera del terreno de la casa de Ford, en la carretera, mi taxi pasó a un lado del automóvil azul de los agentes de migración. Fumaban quietos en sus asientos y el piloto alzó una mano para saludarme.

Lo que fue una sorpresa.

3 minutos después el automóvil azul se emparejó a mi taxi y el piloto dijo:

—Las 12 en punto del día 40 de la cuarentena. Nos vamos a casa. Buenas noches.

Lo que me angustió un poco más. Había dejado a 2 primates furiosos en una casa solitaria.

Y en mi mente los apodos con los que me había acostumbrado a llamarlos los últimos días se volvieron, para mi mayor nerviosismo, una imagen.

Un bulldog enfrentado a un lobo.

Los 2 mostrando la dentadura y gruñendo, preparando la mordida.

En el vestíbulo del hotel me esperaba en cambio un bípedo sonriente. Sibelius en un traje de hombre de negocios propio de hacía 30 años. Saco de solapas grandes, pantalón acampanado, chaleco, corbata azul, y la cabeza calva de siempre.

103

—Vengo de incógnito —me advirtió—. ¿Como es que me reconociste de inmediato?

—Por la estatura —le dije.

En su vestido negro de cura o en el traje del siglo pasado, Sibelius me llegaba igual a la altura de los hombros.

—Traigo noticias extraordinarias. —Juntó las manos como si fuera a rezar.

Las mejillas enrojecidas, los ojitos brillantes, se rio con su risa de castor, 2 dientes sobre los labios.

—Vamos a tu cuarto —sonrió—. Acá pueden oírnos.

2 señores con corbata tecleaban en sus computadoras en sendos rincones del vestíbulo de paredes de madera. Remotamente prestarían atención a lo que dijéramos.

—Créeme —dijo—. Hablemos en privado.

Ante los 2 elevadores me pidió:

—Vamos cada uno en un elevador.

—¿Por qué?

—La Madre Iglesia ya tiene demasiados escándalos sexuales en su santo seno.

—¿De qué habla? —me admiré ahora Yo.

—Soy un sacerdote con voto de castidad —explicó él—. No quiero que quede registrado que subo al dormitorio de una mujer.

Esperamos en silencio los elevadores.

—A los 20 años —me confió Sibelius en voz aún más queda—, era un macho muy activo sexualmente. Pero son las reglas de la Iglesia, nada de sexo, y quién es uno para desafiarlas. ¿Sabes cómo aplaqué el deseo?

—Ni idea —respondí.

—Regaderazos de agua helada. De vez en vez todavía los necesito —me sonrió feliz y cerró un ojo.

Me parecía extravagante, pero subí sola a un elevador y él subió al otro. Noté una cámara en una esquina superior, que explicaba los temores de Sibelius.

Las ciudades se han vuelto lugares vigilados como cárceles de alta seguridad: en cada espacio público una cámara registra lo que puedan hacer los primates parlantes.

Abrí mi dormitorio y lo esperé a un lado de la puerta abierta, se había detenido a la salida de su elevador.

—Entra —silabeó en la distancia.

Entré y cerré tras de mí, intrigada.

104

2 minutos después tocó a la puerta. Me reí. Como espía Sibelius era un desastre, pero de buen agrado le abrí.

—El Maestro la encuentra superior a lo esperado —dijo.

Se refería a la autobiografía.

Nos sentamos en la sala del dormitorio. En la ventana la noche era una capa de nubes negras.

—Voy al punto —dijo Sibelius.

Pero era imposible que Sibelius fuera al punto sin trazar una curva antes.

—El Maestro toca el piano —me informó.

—Lo felicito —se me ocurrió decir.

—Su trabajo como administrador de esa cosa llamada Vaticano es lo menos musical del Universo. Es vivir entre transgresores del 7.° al 10.° mandamiento.

—¿Es decir?

—Entre ladrones, mentirosos, lujuriosos y hombres llenos de codicia. Peor es sentarse en una habitación a negociar con ellos. Debe uno ir con un chaleco blindado para no ser apuñalado por la espalda.

—Qué peligroso —acerté a decir.

—Entonces, decía, el Papa toca el piano.

Lo tocaba por las noches en sus habitaciones, para sanarse de la falta de musicalidad de la burocracia vaticana.

Bueno, el Maestro pulsaba esta noche muy poco a poco las teclas de un Bach ligero en su piano negro de cola entera, mientras su secretario, un sacerdote joven, le leía la autobiografía de la tableta, y en cierto momento el Maestro dejó de tocar las teclas.

—Lee de nuevo la última línea —pidió.

Su joven secretario releyó:

—«... mi propósito era empezar a vislumbrar algunas leyes positivas en la socialización de las especies».

El Papa dio 2 acordes maravillosos en el piano.

—Comunícame con Sibelius —dijo.

Cuando estuvieron mirándose a los ojos a través de las tabletas, el Maestro dijo:

—Leyes positivas, Sibelius.

—Sí... —se quedó pensando Sibelius.

—Leyes positivas —reiteró el Maestro.

—¡Leyes positivas! —saltó Sibelius.

—¿Es decir? —pedí Yo una traducción.

—Escucha —dijo Sibelius—. Como atea que eres no sabes qué son las leyes positivas, pero el Maestro sí y yo también, y es casi seguro que lo sabían Darwin y la reina Victoria, a quien Darwin dirigió la autobiografía.

Preguntó:

—¿Te suena más la expresión «las Primeras Tablas de la Ley»?

—No —dije.

—Me deslumbra la pureza de tu ignorancia —dijo Sibelius—. La historia está en la Biblia.

Se trataba de un acontecimiento ocurrido antes del nacimiento de Cristo, un suceso cuyo protagonista fue Moisés.

—¿Moisés? —pregunté.

Moisés: el príncipe egipcio que liberó a los hebreos de ser esclavos en Egipto, y los condujo por el desierto de Sahara en busca de la tierra que Dios prometió para que ellos se asentaran.

Coloqué mis rasgos faciales en expresión de: oh, y luego de: escucho.

105

En su camino por el desierto guiando a los hebreos, Moisés llegó al monte Sinaí, y se despidió del pueblo hebreo, para escalar a la cima.

Ahí permaneció con Dios, que escribió con su dedo en 2 tabletas de piedra las leyes que regirían en adelante a su pueblo elegido.

—Su dedo... —murmuré.

—El de Dios —dijo Sibelius.

Era el contrato que Dios ofrecía, y ahora los hebreos debían aceptar someterse a sus leyes, para cerrar el pacto divino.

Pero al descender de la montaña, Moisés encontró a los hebreos reverenciando la estatua de oro de un becerro.

Esos hombres y mujeres bestializados en el trabajo esclavo no habían comprendido las enseñanzas de Moisés. No habían comprendido que Dios es invisible y omnipresente, y el mayor pecado, no habían aceptado en sus corazones que Dios es único: en cuanto su maestro se ausentó regresaron a la idolatría en la que fueron educados en Egipto.

Lleno de ira, Moisés estrelló contra el suelo las 2 tabletas y las rompió, y Dios quiso destruir a los necios hebreos. Pero Moisés intercedió por ellos. Dios entonces le mandó regresar a la cima del monte Sinaí, y ahí Moisés, ya no Dios, pero sí en presencia de Dios, reflexionó 40 días y 40 noches y labró 2 tabletas nuevas.

Los 10 mandamientos que rigen a los judíos, a los cristianos y a los mahometanos. A las 3 religiones monoteístas.

—Tal como lo cuento está escrito en la Biblia —reiteró Sibelius.

Susurró:

—Lo que agrega la leyenda es esto. Las 1.ᵃˢ tablas eran distintas a las 2.ᵃˢ.

—¿En qué?

Las 1.ᵃˢ tablas contenían afirmaciones sobre la vida. Esto es así y opera asá. Esto es de esta manera y opera de la siguiente forma.

—Eran leyes positivas que Dios revelaba a los humanos —murmuró Sibelius.

Pero cuando Moisés vio a los humanos rezándole a un chivo de oro las quebró contra el suelo porque decidió que no las merecían. Todavía más, en sus manos eran un peligro. Las usarían en propio provecho y contra los otros humanos.

—Por eso regresó a la cima del monte Sinaí y redactó las leyes en negativo. Como prohibiciones.

No harás esto. No harás aquello. No preguntes por qué, pero no harás tampoco lo que sigue y lo que sigue.

—Los 10 mandamientos son prohibiciones para ser obedecidas por esclavos —dijo Sibelius—. Ahora te pregunto esto.

Inclinó hacia mí la cabeza calva:

—¿Es posible que el Darwin redescubriera las 10 Leyes Positivas de la Vida?

—Lo que es seguro —respondí— es que nadie se las dictó en la cima de un monte.

—Pero pudo encontrar las mismas leyes en la Naturaleza...

—No es imposible —asentí.

Sibelius dijo:

—La 3.ª fase de la Reconquista es ésa.

—¿Es decir?

—El encuentro entre la ley revelada y la ley natural.

—La reconquista de la Ciencia —traduje Yo.

—Llamémoslo la reconciliación de la Ciencia y la Religión.

Miré mis botas amarillas.

—Lo sé —dijo Sibelius—. Una reconciliación que hasta ahora ha sido una sucesión de desastres, como el ocurrido en Ohio. Pero...

Lo dijo en voz de secreto:

—Pero ¿no es factible que Charles Darwin hubiese vislumbrado, al final de su vida, la sabiduría eterna en las bases de la Naturaleza, y que esa sabiduría fuese la misma que Dios le reveló a Moisés?

Me solté a reír.

—Mujer de poca fe —me reprendió Sibelius.

—También pudo haber descubierto leyes muy

distintas —le advertí—. Y también puede ser que ustedes se espanten cuando conozcan las leyes positivas de Darwin, como la reina Victoria.

—El Maestro no es la reina Victoria —se molestó Sibelius.

El Maestro era un teólogo sutil y vería la cosa en sí. Pidió mi autorización para marcar un número en el teléfono. Abrió una libretita, y ambos nos sonreímos con complicidad. También él se había aficionado a las libretas que Darwin usaba, de tapas duras negras y papel color crema.

Consultó el número y lo marcó en el teléfono que se hallaba en una mesita baja cerca de la ventana.

—Recógeme en la calle —pidió—. Vamos al aeropuerto.

Me informó:

—Vuelo a Italia. Estaré mañana con el Maestro para la lectura de la autobiografía teológica.

Cerca de la puerta se volvió para decirme:

—Pero tu poca fe no es relevante. Ten mañana un buen viaje a Veta La Palma y despliega el final del texto. En tanto el Maestro y yo rezaremos con fervor para que suceda el milagro.

Y como un duende pícaro, Sibelius abrió la puerta apenas lo suficiente para deslizarse de un tirón fuera del dormitorio.

106

Pero a pesar de los rezos del Maestro y de Sibelius, o tal vez por ellos, el día en Londres empezó con pésimas noticias.

A las 6 de la mañana, bañada, vestida en mis vaqueros y camiseta blanca, enfundada en el saco marinero, al guardar el celular en mi portafolio vi un mensaje enviado a las 4 de la mañana. Era de John Ford.

Me ha sucedido una tragedia personal y lamento no poder acompañarlos a Veta La Palma.

Todo mi amor,

JF

En el aeropuerto esperé a Franco, pero tampoco él se presentó.

Abordé sola la avioneta que Franco había rentado para el viaje y 1 hora después aterrizaba en el aeropuerto de Sevilla.

Renté una camioneta y tomé rumbo al sur, hacia Veta La Palma, residencia de la última lectora de la autobiografía, por una carretera recta como una regla.

107

Ocurrió así.

Franco afirmó que era un buen hombre, que había regresado a Occidente por amor a su pareja, el doctor Márquez, para terminar su obra, aun a riesgo de perder la cordura, y lo había hecho por un amor puro, que no podía esperar recompensa de un hombre muerto.

—Quédense en casa —replicó Ford, que para entonces se había metido al cuerpo un par de litros de alcohól—. Quédense y les muestro que más bien eres uno de los peores hijos de puta del planeta, y mientras tanto cenamos picadillo de corazones nobles.

—Yo me quedo —aceptó Franco la horrenda invitación, los lentes negros puestos.

Yo salí de la casa para abordar un taxi y ellos se movieron a la cocina.

Una cocina blanca, a no ser por el mostrador de granito verde que la cruzaba en el centro, con 2 sillas altas para cenar.

—Baja las persianas, muchacho —le ordenó el

regordete Ford al «muchacho» de 1 metro 90 de puro músculo—. Veremos cine.

Franco fue hacia el ventanal, y mientras mi taxi arrancaba, dejó caer las persianas.

—Ve por los platos —le ordenó entonces Ford, y él abrió el refrigerador para tomar varios frascos y botellas.

Franco conocía la bodega de la vajilla. En algunas fiestas celebradas en esta casa, Ford lo había enviado por platos o cubiertos, dado que era el más joven de la reunión, o tal vez, como ahora lo repensó Franco, porque era el más oscuro de piel de los invitados.

Encendió la luz.

Más que una bodega, era una habitación donde se repartía la vajilla para 50 personas. La herencia de un abuelo ministro de Hacienda del Reino Unido.

Franco hubiera querido desplomar de un tirón la vajilla entera, pero respiró hondo y despacio eligió 2 platos extendidos, 2 copas de cristal, 2 juegos de cubiertos de plata.

Lo colocó todo en una charola y entonces vio una colección de cuchillos de cocina, insertados en una base de madera.

Eligió uno grande, con una hoja de acero triangular, por si se ofrecía picar alguna verdura o cortar alguna carne.

Ante el mostrador, Ford abrió un paquete de galletas secas, y trataba a continuación de abrir un pomo de caviar, cuando llegó Franco.

—Destápalo —le ordenó—. No sé por qué yo no puedo.

—Porque estás ahogado en alcohol.

Franco apalabró lo obvio y con un rápido movi
miento giró la tapa del pomo de caviar y lo dejó en
el mostrador. Ford tomó entonces el cuchillo grande
y se puso a embadurnar galletas con mantequilla ho-
landesa.

—Un cuchillo desmedido para la empresa —se
mofó.

—No me comunicaste el menú —respondió Franco y se puso a colocar los servicios.

—Destapa el vino —ordenó entonces Ford.

A Franco le pareció abusivo el reparto de activi-
dades. El gordo untaba mantequilla a las galletas con
el cuchillo desmedido y él venía haciendo todo lo
restante. Giró con pausada indignación el descor-
chador en el corcho del vino y de un jalón lo destapó.

Sirvió sólo 1 copa.

—No seas tan musulmán —dijo Ford—. Te vi
beber 2 copas de vino esta noche, tómate una 3.ª.

—No bebí nada.

—Te vi —alzó la voz el necio de Ford—. Y mira,
trajiste 2 copas vacías.

—La mía es para agua.

—No seas hipócrita, por piedad. —Ford se exas-
peró y empinó la botella en la copa vacía—. Otra
cosa. Quítate esos ridículos lentes de sol.

Franco no se movió. Ford alargó la mano y le
quitó los lentes. El hombre de los ojos cobalto los
achicó, no por el cambio de luz, sino por el odio.

Ford fue depositando las galletas con mantequilla en ambos platos, con coquetería, como quien di-

seña una preciosidad, todas las galletas dirigidas hacia el centro, y luego formó en el centro vacío de cada plato, a cucharadas de caviar, una montaña negra.

—Baja la luz —ordenó entonces.

Franco fue hasta el interruptor y lo giró para bajar la luz, mientras que Ford se dirigió a la pantalla, extrajo de la bolsa de su saco el CD, lo insertó en el aparato reproductor, y regresó con el control remoto a sentarse ante el mostrador.

—Son 3 cortos de cine —anunció.

Tecleó en el control.

108

En la pantalla apareció una imagen en grises y blancos. Filmado desde una esquina en el techo, un grupo de personas en un elevador.

Los 4 árabes en túnicas y pañuelos en la cabeza, rodeando a 2 figuras vestidas como occidentales, Franco en una camisa blanca, y Tonio vestido en su minifalda Prada, el pelo negro hasta los hombros, sandalias de plataforma anchas.

En la penumbra la respiración de Franco se volvió la de un lobo a punto de atacar.

La galleta que mordió Ford hizo chac al quebrarse.

Y luego chac chac chac al ser masticada.

Se distinguían los rostros. La cara de payaso de Tonio, con el rímel corrido por las mejillas, el lápiz labial corrido por media cara, a su lado Franco, inexpresivo.

—Me paralizaba el miedo —murmuró Franco.

Se escuchaba sólo un campaneo, cada vez que el elevador subía a otro piso, y la masticación de galletas con mantequilla y caviar de Ford.

Chac chac chac.

—¿Quién te dio el video? —susurró Franco.

—Yo también tengo hermanos —dijo Ford—. La red de odiadores de Dios es muy activa.

Franco sorbió de su copa de vino. La garganta apretada no le permitía decir mucho.

—¿Son 165 pisos? —preguntó Ford.

—Pero bajamos en el 57 —murmuró Franco.

Las puertas del elevador se abrieron, el grupo salió en perfecto orden, la grabación terminó.

—Vamos a la pista 2 —anunció Ford.

Y Franco se acordó del hermano que subido a una silla grabó con un celular la tragedia en la cocina industrial del piso 57.

109

Se veía claramente la mesa de acero inoxidable.

Luego, con un ruidazal de voces, el cuerpo desnudo de Tonio fue bajado por varias manos a la mesa, ya sin peluca, con el pelo canoso ondulado, la cara aún de payaso, los genitales al aire: le aferraron las muñecas de los brazos extendidos y los tobillos de las piernas separadas, y la boca se le abrió en un grito que se cortó al imprimirse en pantalla la palabra «MUTE».

—Lo veremos sin sonido —dijo Ford.

Entonces la imagen se cerró sobre el torso desnudo de Tonio y una mano entró a cuadro con una tijera grande de chef, la tijera se separó para atrapar entre sus 2 hojas el pene, se reacomodó para apoyarse en los cojones.

Y Ford congeló la imagen.

—La mano —dijo—. Mira la mano que empuña la tijera. La mano parte de una manga de camisa blanca. Nadie llevaba una camisa blanca, excepto tú.

Las lágrimas se le desbordaron a Franco.

—Lo hacía o me mataban igual a mí.

—Sí —dijo Ford.

—Seríamos 2 muertos en lugar de 1.

La masticación tronó en el silencio congelado.

Chac chac chac.

—La he visto —dijo Ford—, no sé, 30 veces.

Chac chac chac.

—Me fijé en la camisa creo que en la repetición 12, cuando el horror se asentó y dejó de impedirme ver. Diría un teísta: ése es el crimen más abominable, el de Caín, el fratricidio. Yo digo: no, el horror es más profundo, es el asesinato de tu amante, el asesinato «del amor puro» —evocó la expresión de Franco.

—¿Quién habría ganado algo si nos matan a los 2? —preguntó Franco.

—Tú —respondió Ford.

Chac chac chac.

—Te habrías ganado la conciencia de ser un héroe. Ahora has visto lo que eres en el fondo de ti mismo y con quién tendrás que vivir el resto de tu vida: una bestia en la despiadada lucha por sobrevivir.

—Saltemos a la pista 3 —anunció Ford—. La más perversa.

Por el túnel por donde suelen salir al estadio los futbolistas, emergió un escuadrón de hombres en túnicas y pañuelos grises en la cabeza, con metralletas en ristre. En las butacas del coliseo, la multitud aulló de placer, las manos en alto, hasta que Ford tecleó en el control y apareció MUTE en la pantalla.

Franco bebió de un sorbo su copa de vino.

El escuadrón se dispersó en el centro del pasto de la cancha de fútbol y al hacerlo dejó a la vista un burka negro.

Chac chac chac, tronó la masticación de Ford.

Un soldado tomó el burka por los hombros, lo sacó por la cabeza de la pequeña mujer, ahí quedó con el pelo negro hasta los hombros y vestida en una especie de costal de material burdo y gris.

—He aquí a la adúltera que Tonio fue a salvar al Medio Oriente —dijo Ford—. A la derecha mira al fustigador.

Un soldado con un látigo en la mano.

La imagen se alzó entonces hacia la libélula que sobrevolaba el estadio.

—Oh Dios —murmuró Franco—. Apaga el video por favor.

Chac chac chac: Ford no le hizo el menor caso.

De súbito el helicóptero cayó en línea recta y se detuvo a 5 metros del pasto.

Por su portezuela abierta saltaron 12 hombres con capuchas negras y fatigas verdes, y corrieron hasta la mujer.

—Los hermanitos de la fe —dijo Ford—. No les era soportable que una joven viuda hiciera el amor sin recibir un castigo ejemplar. Tampoco les era soportable que Tonio interviniera en nombre de la ONU. ¿Por qué putas habría de ser simplemente fustigada? ¿Un puto profesor de Biología iba a ordenarle a Dios lo que era justo?

—Apágalo por piedad —rogó Franco.

—Ahora observa a los soldados —contestó Ford y congeló la imagen.

Los soldados del emir atestiguaban el robo de la prisionera, como si las metralletas que llevaban en las manos fueran de juguete, o como si hubiese un acuerdo de no molestar a los ladrones.

—Apágalo —alzó la voz Franco.

—No. No. Llegaremos a la raíz del horror, mi hermoso muchacho de ojos azules. En honor a Tonio.

Ford tecleó el control.

Y el helicóptero se elevó como absorbido por el cielo. Se ladeó y resbaló hacia la derecha y Franco respiró aliviado, pero el video continuó dentro del helicóptero.

La mujer de ojos negros vociferó ante un encapuchado algo que el escándalo del helicóptero cubría y que se rotuló al pie de la imagen.

«¿ONU?»

—Leyeron sus labios para traducir —informó Ford—. Le tomó media hora a un sordomudo. «¿Son la ONU?», gritó otra vez la mujer en la cara del encapuchado.

—Lo preguntaba en inglés la desdichada —informó Ford.

«¿Sí?, ¿son Derechos Humanos de la ONU?» La imagen se cerró y el cuadrángulo de la pantalla abarcó los 2 pares de ojos, los negros de la mujer, con sus largas cejas y pestañas, y los ojos del hombre encapuchado, azul cobalto.

Ford congeló la imagen en los ojos azul cobalto.

—¿Qué quieres que haga? —preguntó Franco.

—¿Por qué pides siempre órdenes? —le respondió Ford—. Como una prostituta que busca a su chulo.

—¿Qué puedo hacer yo?, quiero decir ahora.

—¿Qué jodidos importa lo que puedas hacer tú ahora? La pregunta es otra. ¿Qué haremos nosotros contra esos jodidos primitivos? Occidente no puede seguir cruzado de manos ante la barbarie. Debemos forzar a un tribunal europeo a juzgar un crimen que para ellos es un pasaje al Paraíso.

—En cuanto a ti —añadió Ford, y su rabia se aplacó—, tendremos que inculparte, como parte del proceso, no hay remedio, pero eso es *peccata minuta*. Ya le explicarás al juez tu síndrome: me alié con los más fuertes, dirás, es un reflejo de sobrevivencia, que también los perros poseen.

Los perros. Los cerdos. Los chimpancés. Al parecer es la cobardía más común de la vida ante la muerte.

—Así no cuento yo mi historia —murmuró Franco mirando el mostrador de granito.

—Apuesto que no —dijo Ford—. Ahora abre bien los ojos. —Reinició el video y le quitó el MUTE.

La imagen se repletó de gritos cruzados bajo el escándalo del helicóptero.

Descorrieron la portezuela y el estruendo del aire parcció a punto de reventar las bocinas en la cocina.

Un hermano jaló por los hombros a la mujer para quitársela de encima a Franco y mientras él no hacía nada ella gritó alargando las manos hacia él.

La dejaron caer desde la portezuela.

Un bulto que cayó en línea recta haciéndose diminuto.

Y al cruzar la superficie del mar dibujó un punto blanco de espuma.

Ford apagó la pantalla y en la espesa oscuridad se escuchó el jadeo del «muchacho» de 1 metro 90 de puro músculo.

—Tonio era una eminencia en Biología —dijo Ford con voz suave—, un investigador distinguido, pero además era un tipo hermoso. Hermoso por fuera, con su cabeza de ondas grises y su perfil de sabio griego, y hermoso por dentro.

Tomó entre sus manos la cabeza oscura del muchacho.

—Algo debes de tener tú en la cabeza si él te amó, es imposible que no entiendas la diferencia entre ellos y Tonio.

—Estoy partido —confesó Franco en el aire negro.

Y usó la expresión en español: partido, es decir quebrado, es decir roto.

—Estoy partido en 2. Desde que volví, desde que vivo en casa de Tonio otra vez, desde que camino en vaqueros negros por la calle, es como, no sé, como si tuviera en el cráneo 2 mentes a un tiempo.

—Arroja la mitad enferma de tu cerebro —sopló Ford en su oído.

—Eso debo hacer —admitió Franco.

—Arroja la mitad débil que lo corroe y lo enferma.

—Eso debo hacer —repitió Franco.

Debo ser, se dijo en su fuero interno, debo ser, recordó para sí mismo las palabras del Juez, debo ser como una roca, duro, impenetrable, no como una gasa vaporosa, que no cesa de cambiar de forma.

—Pero no importa si únicamente lo piensas y lo dices —dijo Ford—. Las palabras son aire y no te volverán íntegro. Sólo las acciones te harán otro, y cambiarán tu vida.

Franco se admiró ante esa recomendación y recordó entonces las palabras de Sibelius en la casa del Juez:

—No hay coincidencias. Todo está previsto por Dios. También el milagro de que el Espíritu de Dios hable por la boca de uno de sus presuntos enemigos.

Ford le besó la frente.

Le dijo:

—Créeme. Las palabras no te sanarán, sólo las acciones.

Era el prodigio: por boca de Ford le hablaba Dios.

Le detalló el plan.

Debía atestiguar en la Corte Internacional de Justicia de La Haya en contra de sus hermanos de la fe. La policía internacional le daría trato de testigo protegido.

Debía narrar cómo los hermanos, dentro de la Montaña, preparaban un ejército de elite contra el mundo laico.

—Sí —dijo Franco, pero pensaba que su trabajo era oír y no oír: distinguir en las palabras de Ford las de Dios y no escuchar las palabras enemigas de Dios.

»Dilo otra vez —pidió Franco.

—Para deshacer tu error, debes actuar contra tu mitad débil, y extirparla de ti.

—Dilo otra vez —rogó Franco.

—Debes destruirla, a tu mitad traidora.

Zap: un silbido dentro de la cabeza de Franco lo llevó a otra oscuridad, en una habitación llena de otro aire negro, donde desfundó y empuñó un cuchillo.

Zap: se desplazó con la rapidez de un silbido por un quicio de sombra y pegó la espalda contra una pared.

Zap: de vuelta en Londres, Ford se alzó en la oscuridad para ir hasta el control de la luz.

La cocina se iluminó y Ford tuvo apenas un instante para notar que Franco ya no estaba sentado ante el mostrador de granito.

De inmediato el brazo de su atacante le cubrió los ojos, y sintió correr en su garganta la hoja de acero.

Franco lo soltó y el gordo se desplomó despacio sobre las rodillas, la cara de espanto, la sangre saltándole por el cuello en un chisguete, y Franco descubrió que prefería el espanto en la cara ajena.

Había elegido en verdad su mitad fuerte, se dijo.

El gordo terminó de caer, de bruces sobre los mosaicos blancos.

Por fin el polemista había dejado de polemizar. Por fin el enemigo de Dios había perdido la Controversia. Por gracia del Altísimo el señor de la verborrea estridente ya no dominaba el aire.

Una mancha de sangre se extendió alrededor de su cabeza.

Franco fue al fregadero.

Se lavó las manos ensopadas de sangre caliente.

Lavó el cuchillo por un lado, por el otro.

Con el trapo de cocina le limpió la hoja, por un lado, por el otro. Lo deslizó entre su cinturón y su cintura.

Estaba tranquilo, y eso le confirmó que Dios lo acompañaba en sus acciones. Su corazón ni siquiera latía fuera de ritmo.

Tomó de la bolsa del saco de tweed del Blasfemo su teléfono celular y se lo embolsó.

En el 2.º piso, en el clóset, eligió una camisa de seda blanca, muy semejante a la suya.

Ante el espejo se miró mientras la abotonaba. Le quedaba 3 tallas grande pero no importaba, estaba impecablemente limpia, y le iluminaba el rostro.

En el baño, colocó en la tina su camisa manchada de rojo. Le prendió fuego con un cerillo, y esperó que se convirtiera en un montón de ceniza.

I I I

El hotel tenía una galería de espejos en la planta baja, esa noche muy concurrida por mujeres vestidas con escotes al frente y escotes a la espalda y hombres con chaquetas negras y pajaritas negras al cuello.

Franco caminó por el centro de la galería mirándose en el espejo pasar entre la gente. En su abrigo negro, abotonado hasta el cuello, parecía más alto que hacía 6 meses, cuando recorrió la misma galería.

De cierto era 2 tallas más fornido. Su cara tenía trazos más rectos. Caminaba más erguido y también parecía más moreno y sus ojos azules destacaban mejor bajo sus cejas «como pintadas con tinta china», según Tonio solía decir.

Notó que las personas le abrían el paso. Se movían para que él no tuviera que distraerse de la línea recta..

Un hombre tremendo, así se pensó, y respiró por la boca. Un musulmán peligroso.

Tomó asiento en un rincón del restaurante iluminado tenuemente y notó que varias mujeres volvían la mirada hacia él. Luego algunos hombres lo miraron al sesgo, con caras serias.

Pero si volvía la vista hacia ellos, ni unas ni otros resistían sus ojos cobalto y volvían la mirada hacia otro lado.

Podía matarlos, a cada uno por separado, si los encontraba sin testigos. Tomarles la cabeza entre las palmas y estrellarla contra una pared. O si lo decidía, podía matarlos a todos juntos.

Cerrar las puertas del restaurante y prenderle fuego a los limpios y blancos manteles.

Alguna vez le había importado ser uno de ellos, se acordó. Alguna vez en un cóctel le dijo a un profesor amigo de Tonio:

—Ah no, el acento es de España, no del Medio Oriente, yo soy de España, soy europeo al 100 %, ser europeo no es ser de una raza, es una convicción, culturalmente soy un occidental.

Y el maldito profesor lo escuchó desgastarse en protestas de lealtad a Occidente sin confirmarle:

—Sí, eres de los nuestros.

Bueno, ya no era un occidental, eso era definitivo. Pertenecía a otra fuerza, bien organizada, de otra estirpe.

Otro hombre moreno y sin barba, con traje gris carbón, impecable, y corbata negra y delgada, tomó asiento ante él.

Tenía un párpado cerrado. Franco sabía dónde lo había perdido. Combatiendo en la Reconquista, en África.

—Buenas noches —murmuró en árabe el hombre con un solo ojo.

Un mesero vestido con esmoquin se acercó para preguntarles, con gran solicitud, si deseaban tomar un aperitivo o un vino antes de ver el menú. Llevaba en la mano una carpeta azul clara, la carta de bebidas alcohólicas.

Franco negó con la cabeza.

—Agua —murmuró.

El otro hombre repitió:

—Agua.

El mesero se inclinó en una reverencia y así inclinado retrocedió.

El hermano colocó contra la azucarera una lámina de titanio de no más de medio centímetro de grosor, y le alargó a Franco una diadema de fibra de vidrio, con micrófono y audífono.

Cada cual se colocó la diadema translúcida.

Desde una mesa próxima, viéndolos mover los labios en la suave penumbra del restaurante, cualquier comensal podría suponer que conversaban entre sí.

—Cuéntame —llegó la voz de Juez por el audífono, desde el otro lado del globo terráqueo.

—Yo pude ser tu muerto —concluyó el Juez, luego de oír el relato de Franco—. Pudiste habernos entregado a los hermanos a un tribunal de La Haya, y el interior de la Montaña habría sido destruido en un ataque aéreo, con los hermanos dentro.

—Tal vez no me he explicado bien —contestó Franco.

Pero el tuerto se llevó el índice a la boca indicándole que no hablara.

El Juez siguió:

—Es culpa mía, dejé que un hombre vacilante como tú viajara a Occidente y nos pusiera en peligro, y por una historia que no nos incumbe.

Franco se impacientó:

—Lo único necesario es borrar del crimen las huellas de mis dedos y sacarme de Europa.

—Cuidado —murmuró el tuerto—. No ordenes tú qué procede.

El Juez dijo:

—Destruí el texto, cuando supe que era herético, pero tú lo rescataste.

—Me prestaste a Sibelius y Sibelius quiere leerlo completo.

El Juez se irritó al oír hablar de la Santa Madre Iglesia.

Contó esta historia.

En su ciudad de origen había una viuda joven y coqueta, a la que le gustaba flirtear con hombres y llevárselos a su cama, sin cumplir la ley moral del Libro. Cuando el rostro se le arrugó y perdió sus atractivos, fue cuando se volvió una gran rezadora y exigió recato a las mujeres jóvenes.

Así sucedía con la Iglesia católica. Era una anciana sin dientes, sin poder, sin ejército, de ahí su piedad y su paciencia con los infieles. En cambio el islam vivía un auge en el siglo 21. Gobernaba vastos territorios, tenía ejércitos.

—Que la Iglesia perdone la apostasía, el islam la derrotará. Debes destruir el texto.

—Cambié sus configuraciones —explicó Franco—. Ahora, para destruirlo, debe desplegarse completo, y debe borrarse en cada tableta.

Se desplegaría completo en Veta La Palma, al día siguiente, y lo borraría en cada tableta, siempre y cuando fuera seguro que insultaba a Dios y que sucediese algo más.

—Que Dios así me lo ordene —dijo Franco.

—Que Dios te lo ordene —la voz del Juez llegó como un eco.

—Que Dios y nadie más, con su voz entre mis sienes, o con una señal indiscutible en el mundo, me lo ordene, directamente, a mí.

Durante 1 minuto completo nadie pronunció una palabra. El ruido de los cubiertos del restaurante sonó con claridad.

—Quítate la diadema, Franco —dijo por fin la voz del Juez.

Franco se quitó la diadema.

El Juez le habló al hombre que estaba ante él mientras el mesero se apersonó para servir las copas vacías de la mesa con una botella de agua.

Pero los hombres no tocaron el agua. Se alzaron y el que tenía sellado un párpado dejó caer un billete en la mesa.

113

El hermano de un solo ojo roció con fuego la sala de la casa de Ford. La manguera en una mano, el cilindro rojo detenido en la otra.

Cuando las llamas prendieron en los sofás y las persianas, roció de fuego el tapete persa azul, que un instante se volvió ceniza, chisporroteando, y roció de fuego el librero.

Las llamas fueron avanzando por los libros.

Luego en la cocina, cruzó por encima del cuerpo tumbado en las losas, abrió el gas de los hornillos y salió al cuarto de lavado para girar del todo el botón del gas del calentador.

Otro hermano bajó por las escaleras desde el 2.º piso, un cilindro rojo en una mano, en la otra una manguera.

Salieron de la casa al aire frío.

La casa no ardía todavía por fuera. Únicamente por los ventanales de persianas bajas se notaban las sombras de las flamas creciendo y ondulando.

Continuaron caminando hasta un automóvil negro.

Desviaron el automóvil de la carretera y avanzaron unos metros por dentro del bosque, bajaron al piso blando y caminaron entre los maples centenarios cargando con una mano los cilindros rojos y sosteniendo con la otra los lanzallamas.

Rociaron el fuego hacia arriba, largamente, para que las ramas desnudas por fin cogieran las llamas, amarillas, rojas, azules.

El incendio se extendió entre crujidos y humo, se corrió de maple en maple hasta llegar a la casa de Ford, que ardía, y la envolvió con un fuego más alto.

Ya en su casa, a solas en la azotea, el hombre tuerto, el hermano mayor de Londres, observó el horizonte: el resplandor rojo del bosque en llamas volvía morado el cielo.

Tecleó en su teléfono:

Borradas las huellas digitales.

114

Sibelius recorrió la vereda flanqueada de setos con flores rojas. A su diestra, oculto por la noche, se oía el mar explayarse y recogerse en la playa.

En el monasterio, un bloque de ladrillos de 2 plantas, fue conducido por el joven secretario del Maestro al salón acondicionado como enfermería.

3 monjas vestidas de blanco se deslizaban en silencio por el espacio blanco y el Maestro estaba tendido en una cama de patas altas, un catéter hundido en la vena del brazo izquierdo y conectado a una botella de suero.

La sábana blanca le cubría el cuerpo de no más de metro y medio, en el rostro blanco los párpados estaban cerrados.

—No le hable ahora —susurró el secretario en italiano—. Venga conmigo por favor.

Lo hizo cruzar al dormitorio contiguo.

Sibelius tomó asiento a un lado de la lámpara de pie cuya luz iluminaba el mural del techo. Un cielo cuadrado con 4 ángeles, cada cual en una esquina, ascendiendo.

Cuando bajó la mirada, vio sobre el piano negro, un piano de cola entera, el libro de oro. El libro que los papas llevan consigo cuando sienten el aliento de la muerte cerca.

El Papa arrastró las suelas de las pantuflas al acercársele, usaba una bata blanca hasta el piso. Sibelius hincó una rodilla, besó su anillo, después le ayudó a tomar asiento, y él mismo volvió a sentarse.

En la mesa entre ellos había una cajita de plata. El Maestro la abrió con dedos temblorosos.

—13 enfermedades —musitó—, 13 pastillas.

Sibelius alzó de la mesa una jarra con agua y la sirvió en un vaso. El Maestro fue tragando una tras otra las 13 pastillas.

Subió por la escalerilla del barco. Un camaronero destartalado anclado en el muelle oscuro.

Desde cubierta, se despidió con un ademán del hermano que lo había llevado ahí en un automóvil. Otro hermano se le acercó y le entregó un sobre de plástico. Mientras el barco se alejaba de la costa, abrió el sobre.

Contenía una nueva tarjeta de crédito, otro pasaporte, a nombre de Alberto Rivera Kun, un boleto de barco comercial Sevilla-Fez, un celular nuevo y un libro de tapas verdes con letras doradas, el Libro Sagrado.

Besó el Libro.

Guardó el sobre dentro de su abrigo, en una bolsa interior.

Y mientras el barco enfilaba hacia el mar negro, calculó que si todo salía bien, la noche del día siguiente cruzaría a África y tendría ya otro nombre. Alberto Rivera Kun. El apellido en árabe, ون, significaba «ser».

Está bien, pensó Franco. Soy ya el que soy.

Es decir, corrigió, mientras sobreviva.

Se dirigió a la proa y se recargó en la esquina exacta donde convergían el puente derecho e izquierdo del barco.

No se le escapaba que el Juez dudaba de él. Temía que pudiera causar una catástrofe de seguridad a la hermandad. Conocía el interior de la Montaña y sus prácticas, y podía revelarlas. Para colmo el Juez pensaba que no estaba cuerdo.

—Un hombre vacilante —lo había llamado—, que nos pone en riesgo a todos.

Y cuando Franco afirmó que Dios le había hablado en una cocina a través de la boca de Ford, el Juez se había alarmado hasta la punta de las barbas. Y cuando le informó que sólo destruiría la autobiografía si Dios mismo se lo ordenaba, fue cuando el Juez le pidió que se quitara la diadema y le dio instrucciones confidenciales sobre él al hombre tuerto.

El capitán del camaronero se acercó por el puente del lado izquierdo. Franco empuñó bajo el abrigo el cuchillo de cocina.

Entonces lo vio: otro marinero se acercaba por el lado izquierdo.

Sacó el cuchillo del abrigo y rápidamente lo metió en una de sus bolsas exteriores, sin dejar de empuñarlo. Si venían a matarlo, por lo menos 1 de los 2 atacantes sería ensartado por ese cuchillo.

El capitán le habló en árabe, pero la tensión de Franco era tal, que no entendió qué decía. Entonces el capitán le entregó un revólver.

Todo el cuerpo se le relajó a Franco al recibir el arma.

—Dios es Grande —exclamó.

El capitán le entregó entonces una caja de balas. Franco los guardó, las balas y el revólver, en otra bolsa del interior de su abrigo, y extrajo de su pantalón el celular del Blasfemo. Podía proceder con su plan: tecleó un mensaje para la doctora Nieto.

Me ha sucedido una tragedia personal y lamento no poder acompañarlos a Veta La Palma.
Todo mi amor,
JF

Y dejó caer el celular al agua. Luego dejó caer el cuchillo de chef al agua. Por fin examinó el revólver. Un aparato pesado y frío. Abrió el barrilete, tenía 8 cámaras para balas. Colocó 8 balas en las cámaras.

A su lado, Dios le habló por boca del capitán:

—Pruébala, es un arma fina, su disparo suena a música.

El horizonte era una raya negra al fondo del azul marino del mar y el cielo.

Franco disparó 1 balazo a la noche. El pequeño estruendo se fue expandiendo hacia el cielo sin estrellas como la resonancia de un timbal.

VII
La Moral Natural

116

Donde el listón recto de la carretera tocaba el horizonte, ahí se distinguía. Del tamaño de una hormiga.

5 minutos después, era un hombre de negro a media carretera.

5 minutos más de carretera recta y era el loco de Franco a media cinta de asfalto, indicándome con la diestra en alto que parara, el abrigo abotonado hasta el cuello, un sinsentido en ese día de primavera insertado al final del invierno, en el sur de la península Ibérica, con un sol radiante ascendiendo en el cielo y un calor feliz.

Fui frenando la camioneta, una cosa grande, plateada, con llantas anchas. Pero al tocarle las rodillas con el parachoques, no resistí la tentación, y lo aventé un paso atrás.

—Pum —dije.

Rodeó el cofre del vehículo y subió al asiento del copiloto con su cara seria de lobo.

—Autista salvaje —dijo por saludo.

—No traes lentes oscuros, el único día que los necesitas —dije y reanudé el camino.

No se había rasurado, como otros días, pero esta vez la sombra de su barba era gris, no negra.

Se lo dije y respondió.

—Envejecí 10 años anoche, discutiendo con ese sabio idiota, Ford.

—Quítate el abrigo —sugerí.

—Estoy bien —dijo.

—Estás loco, quítatelo —me enterqué, como una buena autista.

Cuando un autista tiene un propósito, va a él como si se tratara de un asunto de vida o muerte.

—Quítatelo —dije otra vez.

Franco tenía sus razones para no quitárselo, ahora lo puedo imaginar: en la bolsa del abrigo traía el revólver, pero en ese momento sólo me pareció que quería contradecir mi buen consejo y repetí embroncada:

—Te lo quitas o te bajas, loco.

Él tomo aire y preguntó:

—A propósito: ¿Ford nos alcanza en Veta La Palma? —Y para mi alivio empezó a zafarse con un cuidado extremo una manga del abrigo y luego la otra—. Lo dejé a las 3 de la mañana, ahogado en alcohol, por cierto.

—Le sucedió una tragedia personal —le informé—, y lamenta no acompañarme.

—¿Qué tragedia?

—Ni idea —dije.

—¿Le llamaste para preguntarle? —quiso saber Franco.

Supongo que ésas son las cosas que hacen los humanos neurotípicos bien adaptados socialmente.

Conocen a alguien un día y al día siguiente le llaman para entrometerse en sus tragedias personales. Yo no.

Ya con el abrigo sobre los muslos, Franco alargó la mano y la colocó en mi muslo: la descarga de energía me hizo dar un volantazo: 1 neumático se salió del asfalto y rodó sobre piedras, botamos dentro de la camioneta hasta que logré regresarla a la carretera.

—Tú también me gustas —dijo Franco.

Su mano volvió a mi muslo y apreté el volante.

Los arrozales inundados de agua pasaban uno tras otro por la ventanilla. Varas amarillas sobresaliendo de espejos de agua donde se reflejaba el cielo perfectamente azul.

Hundí el pie en el acelerador.

—¿Qué son esos pájaros?

Franco señaló por su ventanilla abierta: una línea de aves negras en formación en V.

—Cormoranes —le informé.

—Hace un rato que nos siguen.

—No nos siguen, vamos todos al mismo lugar.

La granja marina Veta La Palma.

—Y mira ahí —le señalé por el parabrisas otra formación en V de aves . Tampoco vienen a nuestro encuentro. Van a la granja.

Eran flamencos y me reí, y Franco se rio conmigo.

—Parecen caricaturas —dijo él.

Las alas grandes, los cuellos muy largos, los picos curvos, las patitas larguísimas recogidas contra el pecho, que de vez en vez se le extendían a uno u otro flamenco, mostrando cuán disfuncionales eran para volar. Un conjunto de imperfecciones, pensé.

—Y sin embargo vuelan —dije.

—Hacemos cada cual lo que podemos —dijo Franco.

Parafraseé a Darwin:

—Somos suficientemente imperfectos como para sobrevivir, ¿no es cierto?

117

La granja cubría 3.200 hectáreas, distribuidas en 45 piscinas de agua, trazadas con arcilla: cada piscina con el perímetro marcado por un carril de arcilla por donde corría el agua, cada piscina con una profundidad de agua de 1 metro y 80 centímetros y cada piscina habitada por una o varias especies.

Un mar cuadriculado que emulaba el de los arrozales y en el que entramos a baja velocidad, no más de 10 kilómetros por hora, por el listón de asfalto que recorre su centro y al mismo tiempo que los cormoranes en el cielo.

Se dispersaron hacia las piscinas de la derecha. A lo lejos se les podía ver descolgarse del vuelo para picar el agua y remontar el vuelo con un pez en el pico.

—Las aves van camino a África —dije—. Desde que la granja acuífera se construyó hace 10 años, una docena de especies ha cambiado su ruta para acampar acá, donde comen y se aparean. Por eso a la granja también se le llama El Nido de Europa.

Franco se sonrió:

—Y vamos todos a África —dijo—. Y antes hacemos acá lo que debemos hacer para seguir el viaje.

Me contó que ese mismo día por la tarde, una vez que el texto se hubiera desplegado completo y su deuda con Tonio estuviera cumplida, cruzaría a Fez.

No le pregunté para qué: eso no lo hacemos los autistas.

A lo lejos a la izquierda fue llegando la otra parvada, la de los ridículos flamencos: su única belleza es el color, un rosa cereza.

Y a la derecha, pero más adelante, y caminando por el borde lodoso de una piscina, avanzaba una tribu de flamencos.

Disminuí la marcha más todavía, a 5 kilómetros por hora, para no espantarlos. De pronto los flamencos se detuvieron, con una pata cruzando la otra para formar un 4.

—Como yo cuando te definí a Dios sobre un pie —recordó Franco—, el día en que nos conocimos.

Un letrero al inicio de una piscina anunciaba: Esturiones.

Los esturiones se habían extinguido hacía un siglo en España. La doctora Edna Garden trajo a 3 docenas de Asia y acá los multiplicaba. La doctora Garden publicaba como Yo en la revista *Science*, y la noche anterior había estudiado su reporte.

—¡Eh! —señalé a la izquierda.

Otra parvada de cormoranes bajaba del cielo: picaban el agua y se elevaban cada cual con un pez en el pico.

—¿Por qué no los matan? —preguntó Franco—. Quiero decir, si roban los peces, deben matarlos.

—Sí bueno —dije—, la filosofía de alguien que sabe un carajo de cómo funciona la vida.

Los pájaros tomaban peces de la granja, pero al dejarlos picar el agua, la granja ganaba más: sus aguas se limpiaban. No es seguro por qué sucede el fenómeno, escribía la doctora Garden, acaso los picos de los peces depositan en el agua alguna sustancia, alguna enzima lo más probable, pero era un hecho, y ella lo reportaba sin ocultar su orgullo al respecto: el agua de la reserva regresaba al río Guadalquivir más limpia de como había entrado a los canales de las piscinas.

—A mayor cantidad de especies que participen en un sistema vivo, más saludable es el sistema, y más estable.

Lo enuncié Yo y Franco respondió:

—Igual yo los mataría.

Las ojeras tremendas y los ojos azules enrojecidos en la retina, el Lobo sonrió complacido con su gran idea.

El siguiente letrero decía:

Anguilas.

—Eh —volví a señalar, ahora por mi ventanilla—. Garzas.

Franco ladeó la cabeza para mirar por mi ventanilla una parvada de garzas juveniles paradas en el borde de una piscina, entrechocando los picos y haciéndose arrumacos.

—¿Y eso? —Franco señaló al frente: una isleta en el horizonte, con un cubo de cemento.

—La computadora, que regula la química del agua de cada piscina.

El siguiente letrero al borde de la carretera indicaba:

Doradas.

El siguiente:

Camarón.

—Eso debe de ser la casa de Edna —dijo Franco. A 1 kilómetro, en el centro mismo del mar cuadriculado, se distinguía otro cubo, pero de cristal.

—Cuéntame de Edna —le pedí.

La doctora Edna R. Garden había sido amiga de Tonio durante sus estudios de doctorado. Edna estudiaba en Stanford y Tonio en Berkeley, ella era puertorriqueña, Tonio español, y se encontraban los fines de semana en un punto medio entre las 2 universidades, la ciudad de San Francisco, de hecho en una librería llamada Luces de la Ciudad.

Hablaban de biología y de la pequeña vida de cada cual, pero en español, que al parecer para Tonio era el lenguaje para hablar de lo íntimo, y se volvieron muy cercanos porque además del idioma y de ser ambos biólogos, los unía que él era gay y ella lesbiana.

—O sea, no poder enamorarse sexualmente uno del otro los hizo inseparables.

—¿Por qué? —no entendí.

—Ponía su amistad a salvo de las pasiones locas del amor —contestó Franco.

Seguí sin entender.

Iban de compras a las mismas tiendas y a los mismos bares a encontrar apareamientos.

—Incluso compraban faldas juntos —acotó Franco y la voz se le alegró, y de golpe se atipló.

Se golpeó con 2 dedos el cuello.

Con el tiempo, Tonio y Edna fueron juntos a sus 1.ªˢ marchas celebratorias de la diversidad sexual. Juntos leyeron libros sobre la diversidad. Juntos entraron en clubes en pro de la diversidad y se hicieron guerreros de la diversidad.

Franco resopló y se golpeó el cuello 2 vcccs.

Luego sus historias divergieron.

A Edna la arrocera más grande del planeta le aceptó un proyecto para crear una granja acuífera experimental en la ribera baja del río Guadalquivir, una granja que se volvió muy pronto el Nido de Europa.

En cambio Tonio fue despedido de su puesto de profesor en Berkeley por usar putas falditas escocesas, se radicó en Inglaterra y de ahí fue enviado por la ONU al Medio Oriente para defender la vida de una viuda.

—Y ahí Dios le cayó encima como un rayo —dijo Franco.

—Qué cosa tu Dios —sacudí la cabeza Yo—. Ejerce una justicia bastante aleatoria.

Me reí.

Imité al Gran Blasfemo al decir:

—Un Tirano pavorosamente injusto, que gracias a Dios no existe.

Me volví a reír, encantada de mi sentido del humor y de una nueva V de flamencos que nos alcanzaba por el lado de mi ventanilla y empezaba a cruzar hacia la ventanilla de Franco.

Franco metió la mano en una de las bolsas del abrigo que sostenía sobre los muslos y tocó el revólver.

—Pum.

Franco había puesto en escuadra el dedo gordo y el índice de su diestra, y fingía disparar por su ventanilla contra los flamencos:

—Pum, pum.

Alargué la mano para bajarle el arma imaginaria.

—Idiota —dije.

Y el idiota apretó su abrigo contra el regazo.

El último letrero al borde de un piscina decía: Lenguado.

A lo lejos la doctora Garden salió de su casa de cristal para recibirnos.

Era mulata, tenía el pelo rizado y negro, usaba un vestido holgado anaranjado, de algodón, y la mitad baja de la pierna derecha la tenía enyesada.

Caminó arrastrando la pierna enyesada a donde aparqué la camioneta, al borde de la isleta.

118

Me abrazó no como si me conociera, sino como si fuéramos, o hubiésemos sido, pareja sexual alguna vez. Juntando su cuerpo tramo a tramo al mío.

—Bienvenida —murmuró en mi oído con una intimidad que me hizo retroceder un paso.

—Señora, no nos conocemos —le informé.

—Supéralo, mujer —dijo—. El autismo se trasciende también.

Negué con la cabeza, ésa era una hipótesis en boga, un autista podía sensibilizarse con medicamentos y ejercicios hasta parecer un simpático neurotípico, pero además de ser falsa la hipótesis, no veía el provecho de ser una neurotípica.

En todo caso, antes de poder rebatirla, Edna ya arrastraba el yeso para abrazar a Franco.

—Niño —le dijo al tipote de 1 metro 90, enfundado otra vez en su abrigo negro abotonado hasta el cuello.

Y después de soltarlo del abrazo:

—Pareces otro.

—Soy otro —afirmó Franco.

—Mucho llanto ha corrido —dijo Edna.

Ambos se observaron con ojos nublados.

—Tonio era el mejor biólogo y el mejor ser humano que jamás haya existido —afirmó Edna y se volvió a mí para preguntar—: ¿No es verdad, doctora?

—Yo creo —contesté— que la muerte aumenta el prestigio de la gente.

—¿Y Ford no viene? —se extrañó Edna.

Le informé de su tragedia personal por el momento desconocida.

—Yo me quebré la pata con un paso en falso en el lodo de una piscina —informó ella de su propia tragedia en curso.

—Te felicito —le dije con seriedad.

La estancia de la casa se formaba con 4 paredes de cristal, un piso de maderas negras y un techo de varas de otate.

Al parecer Franco era el sirviente informal de todos los amigos del doctor Márquez. No más lo veían y lo enviaban a la cocina.

—Niño —le ordenó Edna al tipote de 1 metro 90—. Trae el té y los quesos que están en el mostrador de la cocina.

El «niño» respiró hondo, todavía enfundado en su abrigote negro, y fue a la cocina.

Volvió respirando más hondo, con una charola con la jarra de té, vasos altos con hielo, un plato con quesos y galletas secas, y un cuchillo filoso de plata, que clavó con furia en un medio círculo de queso blanco.

Sentados en sillas de mimbre alrededor de una mesa baja, sacamos las tabletas.

Con un ding recibimos el documento que Franco envió.

Apareció en la pantalla:

Clave:

Edna se descalzó la pierna sana. La cruzó sobre el muslo de la pierna enyesada y cerró los párpados, la tableta en la falda de su vestido naranja.

Abrió los párpados y tecleó en la tableta: social

No era la clave y nada pasó.

Tecleó: hábitat

Nada pasó.

Tecleó otras 5 palabras. Nada pasó.

Fui a la cocina a servirme más hielos y agua pura.

Cuando volví a sentarme Edna reclamaba:

—¿Debe ser 1 palabra? ¿No puede ser 1 concepto expresado en varias palabras? Porque la última vez que hablé con Tonio hablamos toda la tarde de 1 concepto. Yo creo que simplificaste la regla de Tonio y en mi caso pueden ser varias palabras.

Franco, perplejo, no sabía qué contestar desde atrás de sus lentes negros, y Edna tecleó.

Clave: leyes positivas

Y el texto se desplegó llenando las 3 pantallas presentes y supuse que las de los otros lectores.

Moví el texto con el dedo índice y Franco alzó la mano.

—Esperémosla —le pidió a Edna.

Las palabras que reconocí al vuelo me reconfortaron:

Ciencia.

Relato.

Sendero para Pensar.

Leyes positivas.

Lombrices.

Y la última palabra me hizo feliz:

Pingüino.

—Casi lista —dije.

Aseguré mi muñeca con la muñequera de plástico negro al brazo de la silla. Retrocedí el texto hasta el inicio de la última parte de la autobiografía teológica.

Como habría de verse, Darwin había cumplido ya 73 años, se encontraba encamado y mortalmente enfermo.

119

Un carruaje negro, sin adornos, tirado por tres pares sucesivos de caballos negros, y perseguido por los ladridos de mi fox terrier, *Polly*, se detuvo ante el pórtico de la casa Down. El mayordomo atrapó a la perra, mientras el cochero saltó al piso de polvo para colocar una escalerilla al pie de la portezuela.

Al entornarla, emergió una cofia negra, que guardaba en sombras un rostro, y después el resto de la dama, un vestido negro cuya falda se abrió como un paraguas al cruzar la portezuela.

La recamarera abrió el par de puertas y se apartó dos pasos para dejar pasar a la visitante hacia las escaleras.

—Segunda puerta a la derecha —alcanzó a murmurar.

Yo la esperaba tendido en la cama, la espalda contra dos almohadones de pluma de ganso, la barba ya enteramente blanca alcanzaba mi pecho.

—Se ve usted bíblico —dijo la visitante.

Respondí:

—El día es todavía joven.

Ella tomó asiento junto a la ventana. Se desató el listón de debajo de la barbilla y se quitó la cofia negra, la reina Victoria.

La ventana era un cuadro de fuertes colores. Abajo el verde bosque de Down, arriba el cielo cubierto de nubes blancas, una larga parvada de golondrinas recorriéndolo.

Emma se encontraba lejos, en Londres, visitando a nuestros hijos y sus familias, tal y como habían previsto las mediadoras de nuestro encuentro confidencial, las damas de honor de la Reina y mi nueva secretaria, *miss* Elizabeth Hope.

Teníamos una década de diferencia, ella 63 años de juventud acumulada, yo 73 años de padecimientos almacenados. Intercambiamos algunas cordialidades. Le dije que la veía sana y severa, como antaño. Ella dijo que me veía peor de como le habían prevenido. ¿Era dolorosa mi condición?

—Soportable —repliqué.

Luego de un silencio, la Reina abordó el tema que la traía a Down. La educación pública.

En Inglaterra se discutía si *El origen de las especies* debía entrar en el currículo de los estudiantes de bachillerato. Un bando exigía que *El origen* fuese material de estudio obligado y la Biblia ya no. Otro bando exigía lo contrario, que se siguiese enseñando la Biblia y *El origen* no fuese admitido a las aulas. Un tercer bando, el más tolerante, los consideraba libros compatibles, uno y otro debían estudiarse.

La Reina quería saber de labios del Gran Hombre si eran libros compatibles.

Supongo que me sonrojé cuando la reina Victoria usó la expresión «Gran Hombre» refiriéndose a su súbdito menos monárquico. Un científico que al recibir un galardón de la Real Academia de Ciencias Británicas se había disculpado por no asistir a la ceremonia aduciendo que le dolía la cabeza.

—Voy a decepcionarla, otra vez —me lamenté—. La Biblia y *El origen* son absoluta y completamente incompatibles. Me gustaría explicarme —añadí de inmediato—. Tendré que dar un rodeo al tema.

—¿Conoce a mi fox terrier *Polly*? —pregunté.

La Reina asintió.

Bueno, mi fox terrier solía tumbarse a tomar el sol en el jardín, cerca de un parasol rojo gigante, que daba sombra a una mesa. Cuando hacía viento, el parasol se sacudía y su tela, sujeta a los rayos de madera, tronaba. Y *Polly*, entre el susto y el interés, siempre se posicionaba a una distancia cauta para espiar el asunto.

Bueno, así suponía yo que había nacido la Religión. Tratando de adivinar las causas invisibles de ciertos hechos importantes del mundo natural, los simios pensantes habían imaginado otro mundo sobrenatural. Y así habían duplicado el problema. Ahora debían explicar dos mundos en lugar de uno solo.

Habían inventado una geografía imaginaria sobre la geografía real y la habían poblado con seres imaginarios. Sobre el cielo, un Cielo con ángeles. Bajo la tierra, un Infierno con diablos e incendios. Y luego, habían armado relatos imaginarios sobre las relaciones amistosas u hostiles de esos seres imaginarios.

La reina Victoria carraspeó. No le gustaba lo que yo venía diciendo, pero no me interrumpió.

El Relato de las Religiones había sido una hazaña poética que llevó milenios urdir, y había servido a las tribus de la especie de forma admirable. Las había cohesionado con un relato único de la vida y así les había permitido cooperar en la construcción de civilizaciones complejas.

La Reina insertó:

—Excepto cuando dos tribus con distintos relatos se han asesinado mutuamente.

—Cierto —admití—. Así ha sido. En tanto —añadí—, otro relato más joven, con otro método de invención, se articulaba en los márgenes de las tribus.

Tomé aire.

—¿Cuándo apareció la Ciencia en la especie humana? —pregunté.

La reina Victoria no intentó responder, sabía que mi pregunta era un puente retórico para pasar a ello.

Aristóteles se refiere a Tales de Mileto, que vivió en el siglo 5 antes de Cristo, como el primer hombre que volvió a ver las cosas del mundo con una curiosidad inocente, buscando sus causas en la Naturaleza y no en los dioses.

Tales midió cosas, probó el sabor de las cosas, se sentó ante el mar para anotar el volumen de sus mareas, dibujó el cambio de los astros en las noches sucesivas de un año.

Su método lo habrían de extremar los siguientes científicos: harían crecer el relato de lo real sin jamás desprenderse de lo real.

—Bueno —dije—, eso es una exageración. Desprendiéndose de lo real para imaginar qué causas y efectos podrían no estar viendo y volviendo a lo real para verificar si tal trozo de imaginación empalmaba con causas y efectos naturales.

—Las llamadas hipótesis —dijo la Reina.

—Adivinaciones provisionales —asentí yo, y seguí. La Ciencia narra la Naturaleza encontrando sus causas y sus efectos dentro de la Naturaleza. En cambio la Religión encuentra sus causas en una so-bre-naturaleza, un mundo paralelo e imaginario.

—¿Y qué relato es superior? —preguntó de tajo la Reina.

Con pesar le confirmé la respuesta que ella no deseaba:

—La Ciencia. Es una cuestión de metodología —expliqué.

El relato religioso contiene la prohibición de la duda, exige al acólito la fe. De hecho, considera que suspender la fe es el primer pecado, y que creer lo increíble es la mayor virtud. Esa prohibición de la duda es el blindaje del relato religioso para mantenerse intacto y perdurar, pero también es el impedimento para que se corrija y expanda.

—El Viejo Testamento captura el conocimiento que la especie tenía hace 21 siglos —dije—. El Nuevo Testamento hace 20 siglos. Y desde entonces no han sido ni aumentados ni corregidos.

En cambio la Ciencia exige a su acólito el cuestionamiento de las partes ficticias del relato, las hipótesis por comprobar, y expulsa de su método la fe. Lejos de blindar su narración, afirma de antemano que es una narración imperfecta e inconclusa. Una aproximación a la historia real de la Naturaleza, que siempre está sujeta a ser ajustada y aumentada.

—La Ciencia es un relato más modesto pero más verdadero.

Lo dije y luego, mirando al techo, por no mirarla a ella, agregué:

—La Teoría de la Evolución contradice la Biblia palabra por palabra, y de principio a fin. Contradice la idea de que estamos en la vida gracias a un Creador, contradice la ilusión de que la Naturaleza es perfecta y niega que tenga un plan definido.

La Reina movió la mirada a la ventana.

Las parvadas sucesivas de golondrinas no cesaban: en formación en V, huyendo de la isla de Inglaterra al cálido sur.

Lo dije en voz alta:

—Siete mil millas de aleteo para llegar a Sudamérica y depositarse en la ramas verdes de Ecuador, de las islas Galápagos, Chile, Argentina. ¿Por qué sería más maravilloso un ángel que una parvada de golondrinas recorriendo medio planeta?

—Porque la Ciencia no nos enseña cómo convivir —dijo la Reina aún de cara a la ventana—. La Ley del Más Apto, convertida en ley social, destruiría la sociedad, o la volvería un infierno.

Me contó de una reunión con Malthus. El demógrafo le presentó su remedio para acabar con la pobreza. Matar a los pobres. Es decir, dejarlos morir de hambre por las calles, cerrando los comedores gratuitos o los asilos de las iglesias, o de una vez ir llevando hordas de desarrapados al mar y obligarlos a caminar dentro de las aguas y ahogarse.

Me contó luego del Club de los Nuevos Espartanos. Estos otros caballeros le propusieron a la Reina restablecer la costumbre espartana de hundir en el río helado a los recién nacidos. Los que sobrevivieran merecían sobrevivir, los que murieran merecían morir.

—Cada uno de estos caballeros, más los eugenistas, encabezados por su primo Francis Galton, mencionaron su Ley del Más Apto como su piedra de toque.

La voz de la Reina sonó atiplada:

—Pero no será durante mi reinado cuando se verá esa regresión a costumbres bárbaras. Su Ley del Más Apto no es una ley en la que una sociedad pueda fundarse. Es lo contrario a la sociedad: es una ley que disocia. Si Dios es una mentira y por tanto las leyes misericordiosas del Dios cristiano son falsas, esto es lo que yo afirmo...

Tomó una profunda inspiración, le costaba hablar.

—Es una mentira necesaria.

Respondí:

—Sin duda.

No esperaba esa respuesta y se volvió a mirarme.

—La moral judeo-cristiana es necesaria —admití—, en tanto la Biología no nos entregue algo mejor. Una Ciencia del Bien y el Mal.

La Reina me observó con sorpresa y yo le pedí que diéramos otro rodeo, esta vez no verbal, sino por el campo.

Cuando bajé de mi dormitorio, ya vestido en un traje negro y con el sombrero negro de alas anchas en la mano, en el comedor la reina Victoria se llevaba a los labios una taza de té: las recamareras y la cocinera y el mayordomo, parados en hilera contra la pared, observaban con devoción a Su Soberana tomando el té.

En el jardín de césped volvimos a hablar, mientras caminábamos, yo rengueando de mi pierna izquierda, un bastón en la mano, ella resollando por momentos, cansada de cargar su pesado cuerpo, dos viejos caminando.

Le pregunté si había leído mi delgado librito *El origen del hombre*. No, no lo había leído, pero tenía entendido que argumentaba que el ser humano tiene el mismo origen que los chimpancés y los simios bonobos, y la noticia no le pareció agradable. Por lo demás ni siquiera era una novedad, las pruebas de esa inconveniente familiaridad ya las habían presentado darwinistas más jóvenes.

—Es un libro tímido —coincidí—, también disperso.

Incluía una serie de observaciones sobre la vida social de los vertebrados al servicio de una hipótesis ya conocida, en efecto, pero lo valioso en él eran las observaciones en sí. Hoy alinearía esas observaciones de la vida social al servicio de otra hipótesis.

—Daré un brinco —dije entonces.

Se entendía que un brinco intelectual, no físico. Abrí la puerta que daba paso al jardín de hierbas silvestres y nos adentramos en la hierba, caminando poco a poco.

—Uno de los engranajes de la Teoría de la Evolución —dije—, según la presenté en *El origen*, es la hipótesis de Malthus.

La población aumenta geométricamente mientras los recursos aumentan sólo aritméticamente y los territorios no crecen. Por tanto siempre habrá más seres vivos que comida y territorios disponibles. Y por tanto se establece una competencia cruel y de esa lucha sobreviven las formas más aptas.

—Bueno —dije—, eso es falso.

La Reina se detuvo, la falda negra en el mar de hierba verde.

—¿Es falso? ¿Toda la Teoría de la Evolución es falsa o es falsa la hipótesis de Malthus?

—Ni una ni otra. Lo falso es la palabra «siempre».

No siempre hay escasez de comida y no siempre hay escasez de territorio. ¿Qué pasa cuando en esa fórmula se modifica «escasez» por «suficiencia» o «abundancia»? Cuando la comida y los territorios son suficientes o abundantes.

Respondí mi propia pregunta:

—Se suspende la cruel competencia entre las formas por sobrevivir.

La Reina cruzó las manos sobre su regazo, esperando que dijera más.

—Bueno, a través de miles de millones de años, la Naturaleza ha logrado estrategias para evitar la escasez y producir abundancia, y así suspender la Ley del Más Apto. La principal es la aparición de las especies sociales.[XI]

La vida en sociedad es una estrategia extraordinariamente exitosa. No en vano las especies sociales dominan los territorios del planeta. Las ratas, las hormigas, las termitas, los cardúmenes de peces de distintas especies, las parvadas de distintas especies.

—Para empezar a nombrarlas —dije.

Y entre esa multitud de especies sociales, tampoco era casual que la dominante en los territorios de tierra fuese la especie más gregaria de cuantas existen o han existido. La especie humana.

Le abrí a la Reina la puerta del invernadero, que también era mi casa de experimentos. El mayordomo estaba preparado para mi pequeña demostración. En una jaula, doce ratas comían pedazos de queso o bebían de un plato con agua. La Reina tomó asiento ante la jaula, colocada en una mesa.

—Los barrotes laterales son movibles —expliqué.

Era un experimento sencillo. El mayordomo y yo

fuimos desplazando levemente los barrotes a cada minuto, disminuyendo así el territorio de las ratas. Poco a poco éstas empezaron a pegarse unas a otras. Poco a poco carecieron incluso de espacio para estar lado a lado y se inició un chilladero tremendo, y de pronto se produjo la primera mordida, después el primer arañazo, de pronto una guerra despiadada, y la primer rata asesinada.

—Comprendo. —La Reina se alzó de la silla.

—Un momento —le pedí.

Había otro experimento preparado. Dos acuarios en forma de esfera con guppys rojos en uno y guppys verdes en otro. Guppys que no habían comido en dos días.

Con una red trasladé ocho guppys verdes y hambrientos al acuario de los guppys rojos y hambrientos. La carnicería se inició de inmediato. Un pez verde se tragó a uno rojo, uno rojo a uno verde. Espolvoreé con rapidez alimento en el acuario. Algas secas pulverizadas. En cuanto los granos de comida descendieron por el agua capturaron el hambre de los peces y cesó la guerra.

La Reina salió del invernadero con la barbilla en alto. Acompasé mis pasos a la lenta majestad de los suyos.

Cuando hay escasez hay competencia.[IX] Cuando hay abundancia se suspende la competencia.[X] Eran dos leyes probablemente universales.

En medio del mar de hierba, la mujer vestida de negro se volvió a preguntarme:

—¿Dónde está su famoso Sendero para Pensar?

Caminamos hasta el fondo del jardín de hierba y abrí la siguiente puerta, que daba al bosque, donde una vereda de piedrecitas formaba el óvalo del Sendero para Pensar.

123

—Siempre lo presentí —dijo la Reina mientras caminábamos—. Lo que sucede en realidad en la Naturaleza no es esa lucha tremenda y continua que
describe usted en *El origen*. Es algo mucho más gentil y amistoso.

Lo decía con la autoridad de quien convivía con
una variedad de especies en sus palacios —perros,
gatos, pericos, pavos reales, faisanes, perdices, patos,
cisnes, truchas—, y de quien montaba a menudo a
caballo a campo traviesa y tenía numerados los
venados que se movían libres por los bosques de sus
propiedades, para estar pendiente de la salud de cada
uno.

—¡Pero cómo no lo vio usted! —exclamó de
pronto sin dejar de andar, y sacudió la cabeza—. La
mayor parte del tiempo los animales no luchan, se
dedican a mejores asuntos.

—Le cuento una historia —respondí—. Me la
narró a mis 26 años un científico gruñón llamado
la Lechuza, que dirigía el Museo Real de Zoología.
Yo la llamo «La parábola de las piedras».

»Un hombre se para en un pedregal y sin dejar que ningún prejuicio lo distraiga, recoge todo tipo de piedras. Al llegar a su casa, ¿qué tiene? Todo tipo de piedras. ¿Qué averigua de ellas que no sabía cuando estaba plantado en el pedregal? Nada.

»Un científico se planta en el pedregal con una hipótesis, una idea previa, y busca lo que verifica su idea. Si su hipótesis se refiere a las piedras rojas, recoge en el pedregal piedras rojas. Ni verdes, ni grises, ni azules. Entonces puede averiguar algo sobre las piedras rojas.

»En mi investigación para escribir *El origen*, y puesto que tomé por cierta la hipótesis de Malthus, sólo recogí evidencias de la competencia entre las formas vivas, y al final eso obtuve, una avalancha de evidencias sobre la encarnizada competencia entre las formas vivas.

»35 años más tarde, me fijé en las piedras verdes: los actos de convivencia de las especies sociales. Eran más abundantes que las piedras rojas, de cierto mucho más abundantes, y de una variedad maravillosa.

»Las especies sociales son la respuesta de la Naturaleza para suspender la lucha atroz por la existencia —repetí—, porque las especies sociales han desarrollado toda una variedad de conductas para que la escasez no se presente.[XII]

Entramos en la zona boscosa del Sendero para Pensar, el frío fue volviéndose húmedo y el olor a clorofila, intenso.

Le hablé a la Reina entonces de estrategias específicas contra la escasez, enunciándolas una tras otra con un silencio intermedio.

—Las especies sociales buscan su alimento en grupo, para lograrlo con mayor eficacia. Los lobos cazan en manada. Los pelícanos pescan juntos.

»Las especies sociales también suelen almacenar comida, previniendo la escasez.

»Y cuando la escasez se instala en un territorio, las especies sociales suelen migrar en grupo.

»Además, es común que distribuyan los trabajos y los espacios del grupo, lo que previene así mismo la lucha.

—Y dedican mucho tiempo del día a limpiarse entre sí —insertó la Reina—. ¿Por qué?

Describió a sus perros echados durante horas lamiéndose entre sí. O sus gatos rascándose uno al otro. O los pericos expulgándose unos a otros con los picos.

A cambio yo le conté de los changos bonobos. Mi informante del sur africano me había referido sus varias reuniones diarias para expulgarse mutuamente. Lo que suele derivar en caricias y besuqueos y frotamientos de los genitales. De cierto, copulan unas 14 veces cada día.

La Reina no hizo comentario alguno pero se adelantó dos pasos.

Dije, alcanzándola:

—Limpiarse entre sí parece ser una actividad de importancia en la mayoría de los animales sociales.

Una actividad cuyo resultado evidente es evitar las enfermedades y de donde deriva también la intimidad de los individuos de la tribu, que probablemente facilita luego la cooperación, que a su vez aumenta el contento del grupo.

Volvíamos a la zona de luz del Sendero para Pensar, lindante con un campo abierto, un trigal seco en ese final de invierno.

Cité textualmente *El origen del hombre*:

—Es claro que el bienestar de un grupo depende de la cantidad de lazos amistosos que contiene.[XIII]

Y volví a citar *El origen del hombre* para repetirlo en otra forma:

—Una tribu contenta en sus necesidades urgentes y feliz por la abundancia de lazos de simpatía que alberga, prospera mejor que otra.[XIV]

Sin prevenirla, solté otra descarga que no la complacería:

—Mi informante del norte de África me describió el uso de la embriaguez para aumentar los lazos afectuosos de una tribu de mandriles. Los simios solían reunirse alrededor de un árbol de pitayas, cuando las pitayas habían caído ya de las ramas y yacían podridas en el suelo. Entonces las comían, lo que les provocaba una alegría intensa, se abrazaban y besaban, y rodaban abrazados y haciendo ruidos semejantes a la risa, hasta caer dormidos al anochecer, unos encima de otros, y al amanecer parecían sufrir, especialmente en la cabeza, que se sobaban, y estar de pésimo humor.

La Reina asintió como si le pareciese bien ganada la jaqueca de los mandriles borrachos.

Y entonces solté mi mayor descarga:

—También he recibido noticia de primates que ejercen la justicia —dije.

La Reina frunció el ceño.

—¿Primates justos? —dijo.

Mi informante del norte africano me había referido lo que sigue. Si un chimpancé roba una penca de plátanos de los almacenados por su tribu, recibe un castigo. Es descuartizado.

La Reina asintió, le parecía correcto.

—Y hay otra multitud de conductas morales que referir.

—Morales —pronunció ella con cautela.

—Parece ser que todas las conductas morales se dirigen a suspender la competencia, pero también a dos objetivos secundarios. Aumentar la salud del grupo y su felicidad.[XV]

—Conductas morales en los animales —repitió la Reina mi expresión y otra vez con suspicacia.

—Sin duda las conductas que he descrito son muestras de una Moral Natural. Una moral más antigua que la Religión o el ser humano. Una Moral Natural inscrita en la vida misma.

La Reina se detuvo. El sol frío nos iluminaba los rostros.

—Defina moral sin hablar de Dios —me retó.

Cité la definición de *El origen del hombre*:

—Lo bueno es lo que causa bienestar general al grupo.[XVII] Lo malo es lo que causa malestar general al grupo.[XVI]

—Una moral sin Dios. —La Reina lo pronunció con desagrado y recomenzó la caminata.

—Una Moral Natural cuyos mecanismos podrían medirse y replicarse —dije yo—. Ahí está lo que se necesita para acumular una Ciencia del Bien y el Mal.

La Reina no replicó. Nuestras suelas hacían un ruido áspero contra el piso de grava.

Al cabo de un rato la Reina preguntó:

—Y esa moral sin Dios, ¿sería distinta a la religiosa?

—Lo es —dije.

Me detuve y aparté unos setos.

—Su Alteza —dije indicándole que pasara por el espacio abierto.

Mi mayordomo había colocado bajo un haya una mesa redonda y dos sillas de hierro forjado. La mesa estaba dispuesta con un mantel blanco, un juego de té de plata, y tazas de porcelana blancas, y una sirvienta quinceañera esperaba como un soldado a un lado.

124

—Obsérvenos tomando té bajo este árbol frondoso —rompí el silencio.

La Reina no estaba feliz y miraba el cielo nublado.

¿Cuántos humanos habían colaborado a este momento? Sembradores y recolectores de té en la India. Marineros transportadores del té. Empaquetadores y comerciantes. Alfareros. Los plateros que forjaron la encantadora tetera. La sirvienta que nos había servido la bebida caliente. Y eso todavía no empezaba a explicar el mantel y las servilletas de encaje o nuestras ropas aptas para el frío.

La joven mucama, al pie del árbol, irguió el torso al escuchar que la nombraba.

—La lucha por sobrevivir tiene un sabor heroico —dije—, un dramatismo épico sin duda atractivo, pero la mayor parte del tiempo nuestro alrededor nos habla de la cooperación.

En el cielo seguían pasando las parvadas de golondrinas en formación en V.

—Últimamente soy budista —declaré.

La Reina abrió los labios en el gesto de los primates al sorprenderse, y aunque de inmediato los cerró y siguió con la vista en las golondrinas, yo sabía que me escuchaba.

—Si hay que llamar Dios a algo —dije—, creo que podemos llamar así a la vida. Omnipresente, sí. Creativa, sin duda, incesantemente creativa. Creadora de perfecciones, no. Creadora de una diversidad exuberante, sí, hasta lo inimaginable. Con un plan fijo y un destino determinado, de ninguna forma.

—Su Dios es difícilmente un Dios —se mofó la reina Victoria volviéndose a mirarme.

—Pero con una suprema ventaja sobre un Dios sobrenatural. Es real.

Luego de un silencio agregué:

—Y por tanto, podemos acercar a esa deidad a nuestra conciencia a voluntad. Tocando lo vivo. Acariciándolo. Jugando con lo vivo. Hablando de ello y dejando que entre en nuestras palabras.

—Es decir —la Reina se llevó la servilleta a los labios—, mientras no estemos muertos, ¿no es cierto?

Colocó la servilleta en la mesa, señal de que la hora del té y de la charla acababa.

Preguntó:

—¿O su budismo científico tiene un consuelo para la muerte?

No le respondí. ¿Qué consuelo ofrecerle para la muerte, la muerte a secas, la muerte sin una vida más allá, en una geografía imaginaria? La misma Emma, a raíz de leer el manuscrito de *El origen*, me escribió una carta desgarradora, expresando por qué le era odioso. Porque de ser cierto, la muerte nos separaría eternamente.

—¿Sabe por qué visto de negro? —preguntó la Reina.

Lo sabía el Imperio entero. A la muerte del príncipe consorte, la Reina había declarado que vestiría luto hasta encontrar a su marido en el Paraíso y poder oírle cantar una tonta canción o pedirle la hora.

—Elija *El origen* —le pedí— para la educación de los niños. Elija la verdad sobre una mentira conveniente.

125

Un botín sobre la escalerilla del carruaje, la reina
Victoria preguntó:

—¿Y cómo lo logran?

Volvió la mirada a las golondrinas que seguían
cruzando el cielo blanco en formación en V.

—No estoy seguro —respondí—. Pero tengo algunas claves.

La formación en V parecía ser vital para el avance ordenado de la parvada. El ave del vértice rompía
el aire y para cada ave subsiguiente era más fácil ale-
tear. Luego de un tiempo, el ave del vértice se des-
prendía de la punta, suponía yo que exhausta, y se
integraba en el final, donde el aleteo era más fácil.

La Reina terminó de subir a la cabina del carruaje. Por la ventanilla abierta me dijo:

—Cuide su salud.

Yo sabía, creo que ella también, que no volveríamos
mos a vernos, y en un arranque de emoción le contesté que le escribiría mis pensamientos sobre Dios.
Es decir, mi historia con Dios. Haría algo más, tra-
zaría un esbozo, serían por fuerza únicamente unos

garabatos intuitivos, de una Ciencia del Bien y el Mal.

—Los diez nuevos mandamientos —dijo ella, seca.

—¿Mandamientos mandados por quién? —pregunté.

—Ah, cierto —dijo la Reina—. Olvidé que su Dios no manda.

—Podrían llamarse leyes positivas —aventuré.

La Reina se apartó de la ventanilla y su silueta se borró en la sombra. El carruaje se desplazó por el camino de polvo hacia las rejas de Down.

126

Esperen.

Sibelius lo tecleó en su tableta digital.

Esperen un momento por favor queridos.

Y envió el mensaje a Veta La Palma.

El Maestro preguntó:

—¿Nos esperan?

—Hoy la que controla el cambio de hojas es la doctora Garden —explicó Sibelius—. Y no está cambiando de hoja. Nos esperan.

—Eso es lo que espantó a la Reina —dijo entonces con voz ronca el Maestro.

Se refería al último tramo de la autobiografía.

—La espantó la candidez de la idea de Darwin —desglosó—, de cierto abismal. Una candidez abismal como la transparencia del agua.

Los 2 sacerdotes se resguardaban de la resolana del invierno dentro de una casa de campaña cuadrada, de tela blanca y fina. Vestían túnicas blancas pero estaban descalzos, sentados en sillones sin patas, con los pies desnudos sobre la arena fría.

Darwin no proponía otra cosa que olvidar al

Dios de la Biblia, ponerlo en la caja de las reliquias. Poner en la misma caja de cosas inservibles los 10 mandamientos que son el centro de la moralidad de las 3 religiones. Lo que implicaba quitar los crucifijos de los templos. Quitar las Torás. Quitar también los versículos de las paredes de las mezquitas. Tal vez poner en el sitio de lo desechado árboles. Sauces. Flamboyanes. Pirules. Dejar crecer enredaderas encima de los murales de la vida de Cristo y musgo fresco y oloroso sobre las arcas de la alianza.

—Ja —dijo el Maestro—, la imagino, a la reina Victoria, al fondo del carruaje que la regresaba a Londres, trémula y lívida, verídicamente espantada por la candidez de Darwin.

Usted, le decía Darwin sin decirlo, usted soberana del Imperio británico por derecho divino, haga el favor de declarar que el Dios que la ha elegido para reinar no existe, y al salir del palacio de Buckingham, si no le es molesto, deje su corona abandonada en un cesto de ropa sucia.

—No, no es que no entendamos a Darwin —dijo el Maestro con su voz cansada de enfermo—. Es que lo entendemos demasiado bien.

Su nueva Moral Natural implicaba también que una nueva religión debería surgir.

Una nueva religión para religar al humano con los otros humanos en comunidades de cooperación y a los humanos con las otras especies del planeta y a los humanos con ese Dios-energía.

Una religión con ceremonias y ritos nuevos.

—Pero —añadió el Maestro— creo que no estamos listos para convertir el Vaticano en una reserva ecológica.

Sibelius se inclinó hacia él para murmurar:

—La doctrina debe estar viva.

Era una de las frases predilectas del Maestro.

Dijo también:

—*Eclessia semper reformanda.*

Otra de las frases del Maestro. La Iglesia debe estar siempre reformándose.

—Es verdad —replicó el Maestro—. Queremos una Iglesia viva, como lo está un árbol, y por ello se le pide una continua conversión.

Al árbol en una estación le nacen hojas y en otra las pierde. Le crece una nueva rama o varias. Puede podarse, puede enderezarse.

—*Certissimo, certissimo* —afirmó el Maestro—. Pero las raíces son intocables —añadió—. De cortarse, el árbol se secaría.

Éstas eran las raíces del cristianismo, según Benedicto XVI:

El Viejo Testamento y el Nuevo Testamento, es decir las 2 fuentes de verdades reveladas por Dios a los humanos. Más la Herencia, es decir las formulaciones teológicas de aquellas verdades, formulaciones realizadas del siglo 1 al siglo 4.

—Innegociables —repitió el Maestro.

—Podríamos excavar las raíces. —Sibelius intentó utilizar la misma metáfora del árbol, e iba a decir más pero el Maestro lo detuvo.

—¿Y corregir la palabra de Dios? Escucha lo que

dices, Sibelius: ¿se puede corregir a Dios?

—No a Dios, pero tal vez a los humanos que lo escucharon inexactamente —dijo Sibelius.

El secretario particular del Maestro entró en la casa de campaña.

—Ha llegado Sordano —murmuró.

El Maestro tocó la rodilla de su alumno.

—Lo siento —le dijo a Sibelius —, *miei cari fratello*. —Mi querido hermano—. Ambos lo deseábamos, una reconciliación entre la verdad revelada y la ley natural, pero resulta que no es posible. De corregir a los Profetas, los Apóstoles y los Santos, el judeo-cristianismo se nos desmoronaría entre los dedos.

El Maestro tomó aire con dificultad, y permitió que el secretario lo ayudara a ponerse en pie, sosteniéndolo por el codo.

El cardenal Sordano le traía el reporte de la policía sobre el presunto suicidio de director del Banco del Vaticano.

Presunto suicidio: la versión oficial hasta ahora era que el caballero se había lanzado de una ventana a un patio de mosaicos rojos, pero otra versión se murmuraba en los pasillos del Vaticano: un cardenal lo había empujado por la ventana.

El secretario condujo al Maestro, paso a paso, tomado del codo, hacia el aire libre, donde un mar azul oscuro se enrollaba en una ola y se explayaba siseando en la arena.

Sibelius salió a la playa tras él y observó con qué esfuerzo el Maestro daba un paso y luego el que seguía, yendo hacia la sordidez de un asunto de orden criminal, él que era un genio de las palabras y el Relato Religioso.

Sibelius hizo cuentas para sí mismo. Había recibido el encargo del Maestro para encontrar la coincidencia, el tronco común, entre el Relato de la Religión y el relato Darwinista, hacía 30 años, 32 para ser exacto. En eso se le había ido la vida, pensó. En una esperanza que ahora el mismo Maestro condenaba al fracaso.

En la distancia, tomado aún por el codo por su secretario, el Maestro se volvió para decirle algo que el viento de la playa no alcanzó a desvanecer:

—Bórrala Sibelius.

Sibelius sintió bajar de su ojo y por su mejilla una línea de llanto.

El Santo Padre, el anciano Maestro, el Guardián del Viejo Relato de 21 siglos de antigüedad, un hombre que para caminar necesitaba el sostén de su secretario, repitió:

—Bórrala Sibelius.

127

Del mensaje de Sibelius solo me sorprendió la parquedad.

Borro ahora el texto de nuestras tabletas. Más allá no podemos seguir a Darwin. Dios los bendiga.

Ninguna metáfora. Ninguna mención de un ángel. Ninguna referencia a un suceso ocurrido hace 4 mil años.

Franco se montó en la cara los lentes oscuros y dijo:

—Es así. Más allá no debemos seguir a ese hombre.

Se alzó de su sillón tan largo como era, se abotonó el cuello del abrigo y salió de la casa de cristal.

Ante la sucesión de piscinas de la granja acuífera, Franco gritó a todo pulmón:

—Dios es grande. Dios es perfecto. Dios es el Creador de los mundos y es su Guía. Dios es el Creador y el Destructor del Mal y de los incrédulos.

Luego se hincó y se dobló para depositar las manos en el cemento del muelle, y colocó la cabeza sobre ellas para rezar.

—Porque amamos la muerte y ellos aman la vida.

Porque amamos el martirio y ellos aman la vida. Porque amamos la muerte que conduce al Paraíso y ellos ante la muerte se acobardan.

Y dentro de la casa de vidrio, desde donde Yo miraba a Franco postrarse, la doctora Garden regresó de la cocina con otra charola generosa. Rebanadas de piña, fresas, frambuesas y un plato sopero con crema batida muy blanca.

Sentadas en las sillas de mimbre continuamos la lectura de las últimas hojas del texto.

128

Dicto esto a los 73 años, encamado, la espalda contra dos almohadones, en la ventana las parvadas de golondrinas desaparecieron hace días, semanas, meses. El bosque negro se volvió blanco, cubierto de nieve, y ha ido reverdeciendo. Los puntos de unas distantes flores amarillas aparecieron ayer en las frondas.

Dicté durante estos meses una hora cada mañana y una hora cada tarde a *miss* Hope. *Miss* Hope, la señora Esperanza, la señora Hop hop hop, la señora salto al punto final.

La trajo a casa el párroco de la iglesia de Downe, es viuda, una mujer muy seria y paciente, con una letra grande y redonda, letra Palmer. Una mujer discreta como una espía.

(*Miss* Hope vuelve la cabeza para que no vea su sonrisa cuando dicto esto.)

Le he pedido que a mi muerte lleve este manuscrito a la reina Victoria. Le he hecho prometer que se lo entregará en mano y no lo mostrará antes a nadie, sobre todo a mi familia, porque mis hijos (y sin duda Emma) no soportarían el deseo de protegerme de mi propia honradez.

Lo expurgarían para evitar enemistarme con éste o este otro, o con sus descendientes, porque no pocas de las personas de las que hablo han muerto ya. O caerían en la tentación, como cayeron con mi autobiografía anecdótica, de tachar del manuscrito los pasajes que versan de religión, en cuyo caso esta autobiografía teológica se convertiría en una serie de tachones negros.

Le he pedido también que me deje revisar el manuscrito cuando lo concluyamos, para marcar las leyes positivas. Colocaré un número romano donde las he incluido, para distinguirlas.

Y por fin ahora le pido a *miss* Hope que vaya hoy a la parroquia y contrate al coro para que el domingo venidero, en mi jardín, cante *La Resurrección de Jesucristo* de Bach.

(*Miss* Hope dice que sí, los ojos húmedos.)

—No voy a morirme el lunes —la amenazo—, pero el martes podría ser.

129

Me vestí de colores, en un traje azul celeste, una camisa color cereza, una corbata de lazo amarilla, y con una mano apoyada sobre mi bastón y la otra sobre el hombro de mi fiel *miss* Hope, bajé por las escaleras al vestíbulo y salí a la luz de primavera del jardín.

—¡Un payaso! —gritó uno de mis nietos. Los otros niños aplaudieron, coreando—: ¡Payaso, payaso! —Sus madres se apresuraron a silenciarlos y les exigieron guardarme el debido respeto.

Iban de colores también los otros Darwin, según les había pedido que se vistieran para la ocasión. Las mujeres en vestidos primaverales, vaporosos, azules y naranjas y rosas, los hombres, más tímidos, de blanco, con sombreros de paja. Mientras *Polly* se movía entre las piernas de los presentes, yo hice lo propio, me moví de un Darwin a otro, aunque menos ágilmente que mi perra.

Saludé a cada uno con un beso en una mejilla y otro beso en la otra mejilla, al estilo francés, y luego los abracé acariciándoles la espalda, los hombros, la piel del cuello, y de nueva vuelta las mejillas y las orejas, como un buen pariente de los monos bonobos, incluso acaricié profusamente a los hombres, que al contacto respiraron profundo, irguieron los torsos e hicieron retroceder la pelvis para no sentirme demasiado en la región entre las ingles y el abdomen, la zona de los genitales: el territorio más peligroso del planeta, según la moral judeo-cristiana.

Emma los rescató de mí tomándome de la mano. Nos sentamos todos en las sillas de paja y el fox terrier a mi lado en el piso.

El coro de niños de la parroquia se colocó en dos filas ante los Darwin.

Cantaron *La Resurrección* de Bach. Hasta yo, reticente a las emociones sublimes y sus mareos, me dejé llevar por la melodía, y sobre el brazo de mi silla, apreté la mano de Emma. Qué música armoniosa la de Bach, qué perfectamente geométrica, cortada en compases de 4 por 4, descenso de escalas y luego ascenso, y al paso de los compases sublimes, qué monótona y previsible y no-natural. Bajé la vista al pasto verde, y hete aquí la sorpresa de descubrir dos organismos muy distintos a las armonías de Bach.

Dos lombrices de tierra se enredaban una alrededor de otra.

Con discreción extraje de la bolsa de mi saco azul una libreta y un lápiz. La abrí para hacer un rápido dibujo del apareamiento.

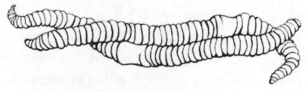

No ha venido a cuento escribirlo, pero estoy trabajando en un libro para el que ya tengo título. *La Formación de moho a través de la actividad de las lombrices, con observaciones de sus hábitos.*

Animales aparentemente humildes, las lombrices son los intestinos delgados del planeta, en los que la fertilidad de los suelos se sustenta. Mientras excavan sus túneles subterráneos, ingieren partículas de restos orgánicos, sobre todo hojas secas. Llegan a comer cada día hasta nueve décimas partes de su propio peso, y de esa ingesta, excretan alrededor de la mitad, convertida en un nutriente natural de altísima calidad, el humus de lombriz.

Escribí en la libreta:

«Son sordas. No notaron en lo más mínimo las notas de *La Resurrección de Jesucristo* que llenaban el aire. Aun si era un coro de niños gritando a voz en cuello, siguieron en su actividad copulatoria tranquilamente.»

Me incliné, y a pesar de que mi primogénito volvía el rostro y se mordía los labios, padeciendo por lo que tal vez consideró la senilidad de su viejo padre, troné los dedos cerca de las lombrices varias veces, y nada, siguieron copulando, lo que me demostró que eran, en efecto, sordas.

130

No me parece impropio terminar estas memorias de mi relación con Dios con el recuerdo de un pingüino. Me refiero al que decidí llevar de la isla de James, en las Galápagos, a Inglaterra, hace medio siglo.

El pingüino iba parado en la proa de nuestra barca, y al llegar al buque, mis asistentes y yo nos ocupamos de intercambiar a gritos instrucciones con los marineros de a bordo, para acordar cómo elevar nuestros baúles.

En ese ajetreo nos enredamos nosotros, pero a donde miraba el pingüino era al casco del buque, en nada parecido a cosa que él hubiese visto antes, ni a una montaña ni a una cueva ni a un árbol.

Así veía yo la Naturaleza, como ese pingüino el buque. Como a un asombro que superaba totalmente mi capacidad de comprensión. 50 años de observación y de estudio fueron permitiéndome adentrarme en sus mecanismos y descubrir la forma ideal de observarla: como a una historia viva, en cuyas formas se acumula la invención, eficaz a veces, a veces errada, de cientos de millones de organismos a través de cientos de millones de años.

Una historia que pierde gloria por momentos en la imperfección de sus detalles, o en el fracaso y extinción de muchos de sus intentos, pero la gana en la infinidad de sus formas logradas, entre ellas algunas de una belleza o de una audacia indecibles.

Qué daría por otros 20 años de investigación en la historia de la vida. Sé con exactitud qué corregiría de *El origen* y en qué dirección alargaría su relato, para que empalme mejor con el de la Naturaleza.

Bueno, otros biólogos lo ajustarán, corregirán y extenderán; y así como la Tierra continuará rodando, así como las formas naturales continuarán variando, así el relato igual seguirá ajustándose y explayándose, y de cualquier forma, nunca será perfecto y nunca abarcará la vida entera.[XVIII]

Eso no es bueno ni es malo, es algo más simple, así es.

131

Splash splash.

Hundí el remo a un lado de la barca y luego lo hundí a otro lado de la barca.

Splash splash.

Al escribirlo uso la palabra onomatopéyica en inglés —splash splash: me gusta por cercana al ruido real y porque no hay en español una equivalente.

En las piscinas de Veta La Palma se rema: un motor aterraría a los peces.

—Qué lástima que la muerte exista —se había entristecido Edna al cabo de la última frase de la autobiografía—. Le encantaría ver qué provechosamente colaboramos acá los peces y los humanos y las computadoras.

El sujeto tácito de la oración era Charles Darwin.

—Tendrás que ir tú en su representación a la isleta de la computadora —se consoló Edna, y dio un golpecito con el talón de su yeso en la duela negra de la casa—. Yo no puedo ir, por el yeso.

Franco acababa de rezar en el muelle y al verme subir a la barca me pidió que lo esperara.

—Voy contigo —dijo—. Dame un instante.

E hizo algo que entonces me fue invisible pero ahora puedo reconstruir. Se volvió para darme la espalda, y así evitar que viera cómo extraía de la bolsa de su abrigo negro un revólver: deslizó su seguro, para dejarlo preparado para disparar, y lo guardó de nuevo en la bolsa del abrigo.

—Voy —dijo otra vez volviéndose hacia mí.

Y vino.

Splash splash.

Avanzábamos sin prisa en la barca, el sol bajaba igual sin prisa hacia el horizonte, el cielo iba volviéndose naranja y las aves empezaron a inquietarse, como suelen en los ocasos.

Una parvada de garzas pasó aleteando y silbando sobre nosotros mientras seguíamos en línea oblicua cruzando la 4.ª piscina del viaje.

Faltaban otras 4.

Me reí cuando pasaron graznando los ridículos flamencos y mucho más rápidos que nosotros llegaron al cubo de cemento al que nos dirigíamos y se pararon en su techo.

Splash splash.

Me entristecí por Sibelius. Lo imaginé melancólico caminando, en su vestido negro de 100 botoncitos.

Luego hundí el remo en el lado derecho 4 veces seguidas para alinear nuestra dirección con el espacio abierto en la cuadrícula de cemento que daba paso a la piscina contigua.

Splash splash splash splash.

Entonces ocurrió.

Cuando el cielo y su reflejo en el agua eran ya rojos y los silbidos de los pájaros ya intensos, Franco dijo en voz alta, para ser escuchado:

—Deja de remar.

Nunca acato instrucciones si no veo su propósito, así que hundí el remo 2 veces más, a mi derecha, a mi izquierda.

—Deja de remar y pon el remo en el piso de la barca —repitió Franco alzando la voz sobre los silbidos de los pájaros.

Sacó el revólver y me apuntó.

Dejé de remar. Coloqué el remo sobre mis muslos.

—Debo contarte —dijo Franco— lo que sucedió anoche.

Y me contó cómo el Gran Polemista perdió contra él la guerra de las palabras: de una cuchillada de acero en la garganta. Cómo el Gran Blasfemo cayó de rodillas al piso con cara de espanto y la sangre saltando en un chisguete del cuello, y luego se desplomó.

—Como una saco de papas —dijo Franco.

Era tan triste que aun Yo, que raramente me inundo de emociones, sentí las lágrimas bajar por mis mejillas, aunque igual era el miedo de la pistola el que me hacía llorar.

Franco dijo:

—Tal vez no lo creas, pero igual yo lo lamento enormemente. Recibí un encargo de Tonio y lo arruiné todo, ¿no es cierto?

—Todo —le confirmé Yo.

—¿Qué puedo hacer ahora? —dijo él—. ¿Beber vinagre? ¿Ayunar hasta morirme? ¿Saltar de un edificio a la calle? Te lo cuento para que entiendas lo que he decidido hacer: no me queda otro camino que destruir lo último que queda de Tonio y de quien yo fui a su lado, y serle fiel al Dios del Libro, como un esclavo. Lo que significa, querida doctora Nieto, que debo destruir este abominable texto contrario a Dios.

—Mejor —sugerí de la forma más amable posible— tírate de un edificio.

Enderezó el cañón del arma hacia mí.

—Saca tu tableta —dijo—. Vas a borrar el texto y luego le pediré lo mismo a Edna. El texto debe desaparecer.

—No entiendo por qué debe desaparecer —dije Yo—. Son sólo palabras.

—Si son sólo palabras —dijo Franco— qué te importa si desaparecen.

No, las palabras son algo más que palabras. Arman el Relato que tenemos de la vida. Un relato siempre imperfecto e insuficiente, pero es lo mejor que tenemos.

Eso no es bueno ni malo, es algo más simple, es verdad.

El dedo de Franco acarició el gatillo del revólver.

—Saca la tableta y borra el texto —alzó la voz.

Y la algarabía de los silbos de las aves se elevó, un escándalo agudo.

Me doblé para alcanzar mi portafolios, reclinado contra la pared de la barca, y extraer la tableta.

—Ahora, abre el documento —dijo él.

Mis dedos temblaban. Quiero decir no que vibraban inquietos, sino que literalmente temblaban.

Prendí la tableta y reapareció el texto.

—Ahora bórralo —dijo Franco, todavía apuntándome con el arma.

—No sé cómo se borra —dije.

Me instruyó:

—Cierra el documento. Pulsa luego su portada. Aparecerá la opción de eliminarlo definitivamente. Púlsala.

—¿Con los dedos?

Franco se impacientó:

—Pon atención. Por supuesto que con el dedo índice.

—Lo siento —me exasperé Yo—. No puedo pulsar nada con mi dedo índice. Mira mis manos.

Las mostré. Las manos de alguien con Parkinson.

—Hazlo tú —pedí.

Le alargué la tableta y mis manos apretaron el mango del remo, y así dejaron de temblar.

Sin dejar de apuntarme con el revólver, con la otra mano Franco empezó a pulsar en la pantalla, y entonces fue que recibió el palazo del remo en la oreja derecha.

CLAP.

Me miró con cara de sorpresa y luego, parpadeando, empezó a elevar otra vez el revólver para apuntarme mientras Yo me levantaba en la barca bamboleante.

Como si fuera un bate de béisbol retrasé sobre mi hombro el remo y bateé la cabeza de Franco otras 3 veces:

CLAP: en el temporal izquierdo.

PUM: un disparo cruzó sobre mi hombro.

CLAP: en el parietal izquierdo.

PUM: otro disparo desgarró la manga de mi saco marinero.

CLAP: en el temporal izquierdo.

Y de pronto todo se volvió oscuro y húmedo.

La barca se había volcado y estaba sobre de mí y Yo estaba parada en el fango de la piscina, la nariz apenas sobresaliendo del agua.

Me hundí en el agua, recorrí unos 5 metros, y asomé otra vez media cara al aire abierto.

El cielo era morado, con destellos rojos, los silbos eran escasos y Franco no estaba por ninguna parte.

Lo busqué con la mirada girando despacio sobre mi eje.

Pero Franco me encontró antes a mí, me agarró bajo el agua los tobillos. Zafé mi pierna izquierda y con la suela de la bota hundí con fuerza la cabeza de Franco en el fango del fondo de la piscina.

132

Splash splash.

Remé en la noche duplicada: en el cielo y en el agua de la última piscina.

El rumor del río Guadalquivir se acercaba, sólo interrumpido por chasquidos de los reptiles en sus orillas y una lechuza:

—U-uu.

Y en el piso de la barca, el cuerpo inerte de Franco, enfundado en el abrigo negro completamente empapado, todavía respiraba. Con dificultad. Producía un silbido al inhalar con esfuerzo por la nariz quebrada.

Los párpados cerrados.

Sus maravillosos ojos color mar pelágico ocultos.

Le salía sangre de un oído.

Subí al muelle y miré la barca por última vez: alrededor del cuerpo tendido de Franco se había formado una lámina de sangre.

Empujé con la bota la barca para que la corriente del río Guadalquivir la capturara.

Se fue con la corriente.

—U-uu.

Lejos.

—U-uu.

Más lejos.

Yo crucé a nado la piscina. Y la que seguía. Y la que seguía. Nadando de regreso a la casa de cristal iluminada en el fondo de la noche.

Splash splash.

133

Ante el espejo me vestí los nuevos vaqueros blancos, la camiseta blanca de mangas largas, el nuevo saco marinero.

A la salida de los vestidores, hecha un ovillo, tiré mi ropa manchada al basurero.

Al salir de la tienda Gap a los anchos pasillos de mármol del aeropuerto de Sevilla y al murmullo de la burbuja del lenguaje, noté cómo las personas se reunían debajo de los televisores que colgaban del techo.

Grupos de 5, de 10 personas, cada 10 pasos, ante otro televisor, con el volumen cortado, como suelen estar en los aeropuertos.

Me aproximé a un grupo y alcé también la cabeza.

En la pantalla el papa Benedicto XVI sentado en un trono y vestido de blanco, con el pelo enteramente blanco, leía de unas hojas ante un micrófono, y bajo la imagen corría un cintillo con una leyenda escrita.

BENEDICTO XVI RENUNCIA AL TRONO DE SAN PEDRO.

De pronto en el sonido local del aeropuerto sonó la voz del Papa. Alguien en los controles había decidido que era de interés general escucharlo.

Su voz infirme sonó en latín.

—Joder —dijo a mi lado un señor—. ¿Quién habla latín acá?

Nadie hablaba latín en mi grupo y apuesto a que nadie, o casi nadie, en todo el aeropuerto de Sevilla.

En su idioma del pasado el Maestro renunciaba y el cintillo debajo de su imagen narraba.

SU DÉBIL SALUD, EL MOTIVO.

Tras el Papa distinguí a Sibelius, la cabeza agachada, los labios moviéndose, como si rezara, o acaso soplara las palabras del discurso, para auxiliar a su maestro.

Otro cintillo:

LOS DIFÍCILES ASUNTOS DE LA IGLESIA REQUIEREN EL ÍMPETU DE UN PONTÍFICE MÁS JOVEN, EXPLICA.

—Qué bueno que se va —dijo a mi lado una señora—. Lo malo es que llegará otro igual.

—Cierre la boca señora —le dijo un señor—. Si usted es atea, respete a los que sí creemos.

Recordé la frase del Gran Blasfemo: respetemos la esquizofrenia de Occidente.

Y otro cintillo apareció en la pantalla:

PIDE PERDÓN POR SUS DEFECTOS...

El idioma incomprensible de otros siglos resonaba en los salones inmóviles del aeropuerto, la gente detenida con la mirada en las pantallas colgadas del techo.

Entonces fue cuando fui reemergiendo de la burbuja del lenguaje. Había quedado atrapada en ella 10 días y ahora, gracias a la extrañeza del latín, un idioma muerto, emergía Yo a la Realidad, mientras el aeropuerto se iba repletando de bla bla bla bla bla bla bla blas y Yo me iba deslizando entre ellos.

Blablablá   **Yo**   blablabláblablablá   blablablá   blablablá blablablá

Blablablá   blablablá   blablablá blablablá   blablablá   blablablá   blablablá

Blabla   blablabláblablablá   **Yo**   blablablá blablablá   blablablá

Yo

Blablablá   blablablá   blablablá   blablablá **Yo**   blablablá   blablablá

blablablá blablablá   blablablá   blablablá blablablá   blablablá   blablablá   blablablá

Blablablá   blablablá blablablá   blablablá   blablablá   **Yo**   blablablá

blablablá blablablá   blablablá   blablablá blablablá   blablablá   blablablá   blablablá

Blablablá   blablablá   blablablá   blablabláblablablá   **Yo**   blablablá

Blablablá blablablá blablablá   blablablá blablablá   blablablá   blablablá **Yo**   blablablá

blablablá blablablá   blablablá   blablablá blablablá   blablablá   blablablá   blablablá

Yo

134

Apagué el motor de la lancha Zodiac y nos sentamos cada cual, Yo y Huang Wei, en bordes opuestos. El barco brillaba en la distancia, en el centro de la superficie del mar color de oro, con el sol dorado a 1 hora de tocar el horizonte.

Bajamos los visores sobre nuestros rostros, mordimos la boquilla y nos dejamos caer hacia atrás, para entrar de cabeza en el agua tibia y verde.

Que gradualmente fue volviéndose azul y fría.

Cruzamos la cuadrícula de barrotes de la jaula.

Mis atunes, plateados, fueron aproximándose. 10 al principio.

50.

100 atunes.

300.

Me recoloqué en horizontal y prendí uno de los 2 cilindros que llevaba a mi espalda, el del motor propulsor. Nos movíamos ahora a cerca de 30 kilómetros por hora, la tribu de peces por encima y por abajo de nosotros, delante y detrás.

Un día de pronto, en un parpadeo, perderé mi

forma humana y me volveré un atún. Lo imaginé y mi risa llenó mi derredor de burbujas blancas.

En cierto momento se inició el ritual.

5 atunes se separaron de los restantes y acelerando se alejaron. Lejos, modificaron la dirección para describir varios 8 acostados.

Es decir:

∞

Un atún expulsó entonces una nube rosada: huevos microscópicos.

Y mientras la nube rosada se extendía despacio por el agua, los otros 4 atunes la cruzaron expeliendo una sustancia blanca, el semen.

El ritual de la fertilización se repitió con otro grupo de atunes hembra y atunes macho: se alejaron de la tribu, dibujaron ∞ con sus trayectorias, las hembras expelieron en el agua color naranja nubes rosadas, que después los machos mancharon de semen blanco.

Elegí una esquina de la gigantesca jaula para acurrucarme, la barbilla colocada en las rodillas, y continuar mirando la maravilla de las lentísimas explosiones rosadas, seguidas de las lentísimas explosiones blancas.

Así durante los siguientes 14 atardeceres ocurrió el desove y la inseminación, de forma que al enfriarse y oscurecerse el mar sirviera de incubadora a los huevos fertilizados.

135

Casualmente, el día 14 de los desoves, por la noche en el barco, volví a la burbuja del lenguaje durante 4 minutos, para leer un mensaje del doctor E. O. Wilson.

Contenía un saludo lleno de signos de admiración y 2 fichas de la Enciclopedia de la vida.

Querida Karen,

¡Hola! ¡Y felicidades!: ¡una nueva especie a tu nombre y una pizca más de conocimiento de la vida para los primates parlantes!! E.O.

Karenium

Nom. informal: Luciérnaga marina

Proveedor: doctora K. Nieto

Ubicación: Oceáno Atlántico

Ángel

Proveedor: Franklin Hidalgo

Ubicación: Izabal, Guatemala

Comentarios: Imagen producto de fotomontaje; especie inexistente

136

Y por fin, al 15.° día de iniciadas las fertilizaciones submarinas, en el agua azul celeste y helada de la madrugada, la descubrí flotando.

La 1.ª larva.

Un atún en miniatura, con todas las partes —cola, aletas, branquias— en el lugar y las proporciones de las de un atún adulto, salvo los ojos desproporcionadamente grandes, como si mirar fuese su 1.ª urgencia y su 1.ᵉʳ privilegio.

Urgencia de vigilar a un posible y fatal depredador.

Privilegio de deleitarse con cuanto hay que no depreda, que es interminable.

Con una camarita submarina tomé su fotografía. Clic.

Éste es su tamaño real y acá Yo termino mi relato:

Apéndices

Las leyes positivas

I. El mundo está en flujo.

II. El cambio es el estado natural del mundo y nunca concluirá.

III. El cambio no salta etapas, sino que avanza en cortísimos y lentos pasos.

IV. Las formas vivas y las formas inertes de continuo y de forma gradual se modifican entre sí.

V. Cada forma viva guarda, físicamente, evidencias de haber sido otra y augurios de otra que podría ser en el futuro.

VI. Dado que las formas vivas se reproducen en cantidades muy superiores al aumento de los alimentos, se establece una feroz lucha por los alimentos y el territorio.

VII. Las formas que han acumulado variaciones que les dan una ventaja sobre sus competidores sobreviven, mientras las otras perecen. Esto puede llamarse Ley del más Apto.

VIII. Cuanta más variedad de anomalías, es decir de formas minoritarias, contenga una especie o grupo, más oportunidades hay para su sobrevivencia.

IX. Cuando hay escasez hay competencia.

X. Cuando hay abundancia se suspende la competencia.

XI. A través de miles de millones de años, la Naturaleza ha logrado estrategias para evitar la escasez y producir abundancia, y así suspender la Ley del Más Apto.

XII. Las especies sociales son la respuesta de la Naturaleza para suspender la lucha atroz por la existencia, porque las especies sociales han desarrollado toda una variedad de conductas para que la escasez no se presente.

XIII. Es claro que el bienestar de un grupo depende de la cantidad de lazos amistosos que contiene.

XIV. Una tribu contenta en sus necesidades urgentes y feliz por la abundancia de lazos de simpatía que alberga, prospera mejor que otra.

XV. Todas las conductas morales se dirigen a suspender la competencia, pero también a dos objetivos secundarios. Aumentar la salud del grupo y su felicidad.

XVI. Lo malo es lo que causa malestar general al grupo.

XVII. Lo bueno es lo que causa bienestar general al grupo.

XVIII. Así como la Tierra continuará rodando, así como las formas naturales continuarán variando, así el relato humano igual seguirá ajustándose y explayándose, y de cualquier forma, nunca será perfecto y nunca abarcará la vida entera.

Los hechos

Uso el nombre del doctor Antonio Márquez en lugar del nombre verídico de un biólogo que desapareció en Dubái el año 2011. Era graduado de la Universidad de Berkeley, transexual y defensor de los Derechos Humanos.

Charles Darwin está enterrado en la iglesia de la abadía de Westminster, precisamente detrás del altar principal.

La conversión de Darwin al cristianismo en su vejez fue narrada y publicada por *miss* Elizabeth Hope a su muerte, y ha sido reeditada en incontables ocasiones desde entonces, por más que los hijos del científico siempre la negaron.

El plan de la Santa Alianza retraza y documenta lo narrado en un documento presuntamente robado de la Congregación para la Doctrina de la Fe y que circuló por las redes sociales en el año 2011. Se llamaba precisamente «Plan de la Santa Alianza».

Todo lo que atañe a *El origen de las especies* se ciñe con rigor a ese texto clave de la Biología moderna.

Las afirmaciones sobre la cooperación entre los animales sociales las tomé de *El origen del hombre*, un librito delgado de Darwin que en efecto es disperso y enredado, como se comenta, pero contiene un asombro: esbozos de las leyes de una Ciencia del Bien y el Mal —una Moral Natural.